À PROPOS DE L'AUTEUR

Auteur phare de la collection « Les Historiques », Anne Herries a situé plusieurs de ses romans en Angleterre médiévale, avant de s'intéresser aux coulisses de la cour élisabéthaine, puis à l'époque tumultueuse de la Régence.

Sous la protection du croisé

ANNE HERRIES

Sous la protection du croisé

Traduction française de
JULIETTE FUHS

LES HISTORIQUES

HARLEQUIN

Collection : LES HISTORIQUES

Titre original :
PROMISED TO THE CRUSADER

HARPERCOLLINS FRANCE
83-85, boulevard Vincent-Auriol, 75646 PARIS CEDEX 13
Service Lectrices — Tél. : 01 45 82 47 47

www.harlequin.fr

ISBN 978-2-2804-1562-0 — ISSN 1159-5981

Prologue

— Je t'en supplie, ne pars pas ! Ne me quitte pas, Zander. Si tu pars, mon cœur brisé me tuera ! Je ne le supporterai pas !

Elaine s'accrochait au pourpoint de son ami, le corps secoué de sanglots désespérés. Comment allait-elle survivre sans lui ? Elle l'aimait tant. Le monde lui semblerait atrocement vide sans Zander ! Elle avait beau n'être qu'une toute jeune fille, ses sentiments pour lui étaient ceux d'une adulte. Hélas, aucun d'eux ne jouissait pour l'heure de la liberté accordée aux adultes. Malgré sa haute taille et sa musculature déjà prononcée, Zander avait à peine dix-sept ans.

Il se pencha pour déposer un tendre baiser sur ses cheveux blonds en tentant vainement de cacher la peine que son désarroi lui causait. Elle le connaissait bien et savait lire ses expressions.

— Je dois partir, ma douce. Tu sais que je t'aime et que je ne cesserai pas de t'aimer jusqu'à mon dernier souffle. Mais mon père a été assassiné et la majeure partie de nos terres ont été vendues pour solder ses dettes. Ma mère s'est réfugiée dans un couvent pour le pleurer, aussi, je me dois de venger sa mort. Il me faut partir en croisade pour devenir chevalier. Alors seulement, je pourrai venger l'honneur de ma famille et faire de toi ma femme.

Elaine leva sur lui ses yeux bleus mouillés de larmes et écarta nerveusement les mèches emmêlées qui revenaient sur son visage. Elle entendait à peine les paroles de Zander, pas plus que le chant d'un rossignol plus loin dans la forêt. Elle savait seulement que la personne qu'elle aimait le plus au monde s'en allait au loin et qu'elle ne le reverrait peut-être jamais. Ses doigts se crispèrent sur la tunique courte du jeune homme.

— Que ferais-je si tu es tué ? Comment peux-tu m'abandonner ainsi ?

— Je ne te laisse pas seule, Elaine. Ton père t'aime tendrement et prendra soin de toi. Et si je suis tué… Tu devras oublier que tu m'as un jour connu.

— Jamais ! s'écria Elaine avec passion. Jamais je ne t'oublierai ! Tu es le seul homme que j'aimerai !

— Tu n'as que quatorze ans, Elaine, chuchota-t-il avec tendresse.

Elaine admira les boucles sombres et les iris gris au fond desquels brillait une lueur argentée. Elle trouvait Zander superbe et adorait sa voix grave et mélodieuse… Sauf quand elle lui ordonnait de l'oublier. Que ferait-elle sans lui jour après jour alors qu'il emplissait toute sa vie ? Lors des longs étés, il lui chantait des mélodies romantiques quand ils allaient se promener dans les bois.

— Je t'aime sincèrement, ma douce, reprit-il d'un ton enflammé. Seulement, ton père ne nous laissera pas nous marier. Il a néanmoins promis que, si je rentre de Terre sainte chevalier et fortuné, il regardera notre union avec bienveillance. D'ici là, hélas, je n'ai rien à t'offrir.

— Je ne veux rien ! Rien, sinon toi…

Que pouvait lui faire tout l'or de la chrétienté s'il ne revenait pas ?

— Je ne ferai pas vivre ma femme dans un taudis ! répondit-il plus durement. Je dois partir, Elaine. Quand ma quête sera achevée, je reviendrai pour toi. Je te le jure !

— Et si je suis mariée ? demanda-t-elle, le menton haut.

Il la rejetait ? Très bien, elle ne supplierait pas davantage ! Le regard chagriné de Zander lui fit aussitôt regretter ses paroles de défi.

— Alors, je te souhaiterai tout le bonheur du monde et je m'éloignerai pour toujours.

— Tu ne m'aimes pas…, souffla-t-elle douloureusement. Pas comme je t'aime.

Elle se détourna, blessée et en colère, mais il la saisit par le bras pour la ramener face à lui. Un instant plus tard, ses lèvres étaient sur sa bouche. Son baiser possessif trahissait déjà l'homme qu'il allait devenir. Malgré le chagrin et la fureur qui courait dans ses veines, Elaine se sentit prise d'un vertige délicieux en s'abandonnant entre ses bras.

— Zander… Pardonne-moi… Je t'aime tant.

— Je t'aime de toute mon âme, répondit-il en caressant sa joue. Prends soin de toi, mon aimée. Je t'emporte dans mes rêves. Et je te jure qu'un jour je reviendrai pour toi.

Sur ces mots, il s'écarta d'elle et grimpa en selle avant de partir au galop sans un regard en arrière.

Elaine resta là, pétrifiée, les joues maculées de larmes en regardant celui qu'elle aimait partir au loin sans savoir si elle le reverrait un jour.

Chapitre 1

Zander de Bricasse se tenait au milieu du carnage, le regard perdu sur les corps des cadavres et des mourants. Amis et ennemis étaient couchés côte à côte, unis dans la mort comme ils n'avaient jamais pu l'être dans la vie.

Il était venu en Terre sainte, plein de zèle et désireux de porter avec fierté la Croix pour apporter la parole divine aux païens. Très vite, son impatience s'était muée en un profond désespoir, nourri du chagrin, de la souffrance et de la déception de découvrir que le roi qu'il avait suivi pouvait à l'occasion se montrer tout aussi cruel et injuste que l'ennemi sarrasin. Parfois, l'ennemi sarrasin lui semblait plus miséricordieux que les chevaliers chrétiens qui massacraient les prisonniers sans remords.

Lui aussi était chevalier depuis des années maintenant, mais ce rang, qui lui avait permis d'amasser gloire et richesses en prouvant sa valeur au combat, n'avait fait qu'assombrir son âme.

Quand il eut trouvé le jeune garçon qu'il cherchait dans le charnier, Zander sentit son chagrin peser plus lourd sur son cœur. Le garçon était un nouvel arrivant, venu tout droit de son paisible village d'Angleterre. Zander avait tout de suite apprécié son caractère bonhomme et il l'avait pris sous son aile en raison de sa jeunesse. Exactement comme Zander cinq ans plus tôt, Tom avait été recruté sans avoir beaucoup le choix dans l'armée du roi.

Mais leur point commun s'arrêtait là. Lui avait eu la chance de survivre à d'innombrables batailles, hélas, le jeune Tom avait péri dans les tout premiers moments de sa première rencontre avec l'ennemi. Sa mère et l'amie chère à son cœur dont il lui avait parlé attendraient en vain un message les assurant qu'il était sain et sauf. Tom ne rentrerait jamais chez lui.

Zander prit le corps inerte dans ses bras et l'emporta à l'écart du bain de sang. Il ne pouvait pas ramener sa dépouille auprès de sa mère, toutefois, il pouvait au moins l'enterrer avec honneur dans un lieu paisible qu'il connaissait. Une terre préservée du sang, de la chaleur et de la poussière. Après quoi, il enverrait un message en Angleterre pour informer la famille de Tom de sa fin honorable sur le champ de bataille.

Ensuite, que ferait-il ?

Stupéfait, Zander sentit ses joues se mouiller de larmes et il comprit qu'il pleurait. Oui, il pleurait sur la mort d'un garçon qu'il connaissait à peine. À moins qu'il ne pleure sur le garçon qu'il avait été autrefois, sur la vie qu'il avait quittée il y avait déjà tant d'années ?

Dans son esprit, l'image d'une belle jeune fille s'imposa à lui. Il se rappelait la promesse qu'il lui avait faite de revenir et de l'épouser dès qu'il aurait été fait chevalier et aurait vengé la mort de son père. Il était chevalier et avait suffisamment combattu pour son roi et son pays. Il était temps qu'il rentre chez lui pour accomplir la seconde partie de sa mission — venger son père. Après quoi… Elaine l'aurait-elle oublié ?

Après avoir parcouru quelque distance à cheval,

Zander déposa son précieux fardeau à l'ombre d'un olivier près d'un petit étang qui ne s'asséchait jamais, même au plus fort de l'été. Il commença à creuser la tombe qui accueillerait le corps de Tom. En même temps, il priait silencieusement pour que l'âme du garçon monte au paradis.

Hélas, où était l'enfer ? Où était le paradis ? Il n'était plus aussi sûr qu'autrefois de le savoir. L'enfer ne pouvait être ailleurs qu'ici, dans cette contrée écrasée de soleil et abreuvée du sang des hommes.

Zander n'était plus certain que le paradis existât. Tandis qu'il creusait, une détermination nouvelle montait en lui. Il avait assez donné à cette guerre et à cette cause qu'il avait crue juste. Il ne savait même plus si Dieu existait. Peut-être après tout que les chrétiens avaient tort de vouloir imposer leur religion. Peut-être auraient-ils dû laisser les païens en paix ?

En vérité, il s'en moquait. Il se sentait désespérément… vide. Oui, vidé de toute émotion, à l'exception de la pitié que lui inspiraient toutes ces pertes humaines. Il n'avait plus qu'un seul désir : rentrer chez lui et retrouver un peu de paix.

Elaine l'attendrait-elle encore ? Ou bien serait-elle mariée à un autre depuis longtemps ? Il le découvrirait bientôt… Oui, il était plus que temps de retrouver son foyer et son village. Il était prêt à accomplir sa vengeance légitime, avant de réclamer la femme qu'il aimait.

Quand il eut fini de prononcer la prière pour l'âme de Tom, Zander se redressa. C'est alors qu'il entendit un hurlement guerrier retentir derrière lui. Il fit volte-face et découvrit un cavalier sarrasin qui fonçait droit sur lui, l'épée au clair. Quatre autres cavaliers le suivaient. Avec effroi, Zander tourna les yeux vers son épée à lui, abandonnée sous l'arbre pour ne pas le gêner tandis qu'il creusait la tombe de son ami. Pourrait-il l'atteindre à temps ?

Un atroce sentiment de désespoir s'abattit sur lui.

— Pardonne-moi, Elaine, murmura-t-il.

Hélas, son sang à lui rougirait bientôt cet endroit qu'il avait cru préservé de la guerre.

— Tu feras ce que j'ordonne, déclara Lord Marcus en jetant un regard impérieux à sa nièce. Ton père s'est montré trop indulgent avec toi, trop longtemps. Attendre ainsi des années un homme qui pourrait tout aussi bien être étendu mort n'importe où à l'autre bout du monde ! À présent que mon bien-aimé frère nous a quittés, c'est moi le maître. Or, le comte de Newark a demandé ta main et je ne vois aucune raison de la lui refuser. C'est un homme puissant et cette union renforcerait notre position.

Elaine s'efforça de maîtriser la rage impuissante qui grandissait en elle.

— Je vous en supplie, sir. Ne m'obligez pas à accepter ce mariage ! Je n'aime pas le comte et mon cœur appartient à Zander. S'il est mort, je ne souhaite rien d'autre que me réfugier dans un couvent et consacrer ma vie à Dieu. Je lui ai donné ma parole de l'attendre et je ne la trahirai pas. Je refuse d'en épouser un autre, moins encore un homme que je méprise !

Elle jeta sur son oncle un regard plein de feu et de fierté.

— Vraiment ? Eh bien, nous verrons cela, jeune dame.

Lord Howarth tenta de l'intimider de sa haute taille. Grand et fort, il était bâti à l'opposé de son père dont elle pleurait encore la mort.

Le précédent seigneur de Howarth Castle n'aurait

jamais forcé sa fille unique à épouser un homme qu'elle n'appréciait pas. Ne serait-ce que parce que lui avait épousé sa mère par amour. Il n'avait jamais cessé de porter son deuil lorsqu'elle était morte en couches, sept ans après la naissance d'Elaine. Le bébé n'avait survécu que quelques heures et son père avait dû enterrer le petit corps auprès de celui de sa femme. Il l'avait tant aimée qu'il n'avait pas voulu se remarier alors même qu'il n'avait pas d'héritier et que ses possessions iraient à son frère après sa mort. Il l'avait, elle, sa fille adorée et cela lui suffisait.

Elaine ravala les larmes de chagrin et de frustration qui lui montaient aux yeux. Il lui était toujours infiniment douloureux de songer à son père et à ses derniers moments. Alors qu'il était proche de la fin, il avait fait venir Elaine à son chevet : « Marcus est un homme bon, lui avait-il assuré. Suis ses conseils, ma chère enfant, parce qu'il n'est pas d'un naturel très patient. Mon frère est un honnête homme, mais il aime être obéi promptement et sans discuter. »

Tout à sa douleur, Elaine s'était contentée d'embrasser tendrement son père sur la joue en lui disant de ne pas s'inquiéter. Néanmoins, elle ne lui avait fait aucune promesse.

Elle savait parfaitement qu'il estimait qu'elle était une enfant trop gâtée et trop orgueilleuse. Sa propre épouse, Margaret, ne discutait jamais ses ordres. En fait, elle tentait même de devancer tous les désirs de son époux et était visiblement terrifiée à l'idée de lui déplaire. Ainsi, Elaine ne trouverait aucune aide chez sa tante, qui se contenterait de lui affirmer qu'il était de son devoir d'obéir à son oncle.

— Je suis une héritière et dans mon bon droit, déclara-t-elle en levant le menton. Si vous ne m'autorisez pas à rester ici en attendant Zander, autorisez-moi néanmoins à rejoindre les terres qui m'ont été léguées par ma mère pour me servir de dot. Je pourrais vivre là-bas sans plus vous déranger, mon seigneur.

Certes, Marcus était fort et pourrait sans doute lui briser les os si l'envie lui en prenait. Toutefois, elle doutait qu'il recoure à la violence physique. À sa manière autoritaire et brusque, il était un homme honorable. Hélas, il pensait vraiment savoir ce qui était mieux pour elle et pour leur famille. L'avis d'une femme, fût-elle sa nièce, n'avait à ses yeux aucun poids.

— Petite folle ! s'exclama son oncle en lui jetant un regard exaspéré. Combien de temps crois-tu que tu seras autorisée à rester là-bas sans protection ? Ta beauté et ta richesse font de toi une cible pour le premier nobliau venu ! En moins de six mois, tu te retrouverais prisonnière d'un chevalier sans le sou et forcée au mariage parce qu'il t'aura déshonorée. Au lieu de quoi, je te propose une union qui t'apportera la richesse et le prestige. Newark est l'un des favoris du prince Jean et il t'emmènera à la Cour, où ta grande beauté sera appréciée à sa juste valeur. Tu porteras de beaux vêtements, des bijoux et tu bénéficieras du pouvoir d'un nom respecté. Allons, Elaine, sois raisonnable, donne-moi ton accord afin que je le fasse chercher. Les fiançailles pourraient avoir lieu dans quelques jours…

— Non, trancha-t-elle d'un ton ferme.

La fureur qu'elle lut dans le regard de Marcus fit battre son cœur plus vite mais elle tint bon.

— J'ai déjà donné ma parole, mon oncle. À Zander…

— Un chevalier sans terre qui ne peut rien t'apporter ! tempêta-t-il. Ton père exigeait qu'il fasse ses preuves s'il voulait obtenir ta main. Et qu'a-t-il fait ? Il est parti pour la croisade ! S'il était resté ici et avait gagné la faveur du prince Jean, tu serais mariée avec lui depuis longtemps !

Elaine se mordit la lèvre. Au fond de son cœur, elle ne pouvait qu'être d'accord avec les propos de son oncle. Elle avait versé bien des larmes d'amertume, la nuit, après le départ de Zander. Cependant, elle savait que l'homme qu'elle aimait ne serait jamais parti chercher des honneurs à la Cour. Sans aucun doute, il aurait méprisé ce prince corrompu qui étouffait son peuple de taxes et d'amendes, alors même que la misère accablait durement les pauvres gens.

Inutile de dire à son oncle qu'elle n'avait aucun désir de se rendre à la Cour. Tout ce qu'elle désirait, c'était être châtelaine de sa propre maison. Les terres de Sweetbriars, qui lui venaient de sa mère, étaient fertiles et situées sur la frontière entre l'Angleterre et le pays de Galles, à quelque cent miles de distance. Malheureusement, son oncle avait raison, si elle quittait sa protection, elle deviendrait une cible pour les coureurs de dot et les chevaliers sans scrupule.

— Je vous en prie, mon oncle, pour l'amour de mon bien-aimé père, accordez-moi encore quelques mois. Si Zander n'est pas rentré d'ici… la veille de la Noël, j'accepterai mon destin et épouserai l'homme que vous aurez choisi pour moi.

Lord Howarth la contempla un long moment en silence. Elaine avait le cœur au bord des lèvres, inquiète de se voir forcer la main. Évidemment, plutôt que de se soumettre, elle s'enfuirait, toutefois, elle savait bien alors les dangers qui l'attendraient.

Sans une solide escorte d'hommes en armes, elle risquait d'être enlevée. Au mieux, elle serait maintenue captive dans l'attente d'une rançon, au pire, elle serait forcée d'épouser son geôlier contre sa volonté. Sa meilleure chance était d'attendre le retour de Zander ici.

Hélas, son oncle semblait extrêmement impatient de la voir mariée. Elle avait dépassé de plusieurs années l'âge habituel du mariage, c'était un fait. Dans sa famille, les filles étaient plus souvent données en mariage à leur douzième anniversaire. Elle en avait dix-neuf ! Pour sa part, elle préférait finir vieille fille que d'épouser un homme qu'elle méprisait.

Pourquoi son oncle semblait-il si intéressé par une union avec Newark dont la réputation de brutalité et d'avidité était bien connue ? Après tout, il n'avait rien à gagner personnellement dans cet arrangement. Encore que… Il préférait sûrement compter Newark parmi ses amis plutôt que ses ennemis. Si le comte était déçu dans sa demande, il pouvait tenter de prendre ce qu'il voulait par la force.

Les yeux de Lord Howarth s'étrécirent.

— Tu me donnes ta parole, Elaine ? S'il ne revient pas d'ici la Noël, tu épouseras le comte ?

— Si c'est là votre souhait, oui, sir, affirma-t-elle.

Elle ne manqua pas de croiser ses doigts dans les replis de sa robe car aucune promesse ne la forcerait jamais à épouser cet homme diabolique. Si elle en était réduite à cette extrémité, elle trouverait le moyen de s'enfuir pour trouver refuge dans un couvent.

Lord Howarth inclina la tête en signe d'accord.

— Dans ce cas, je t'accorde ce délai. Il te reste donc deux mois et demi. Je ne suis pas insensible au point de te forcer pour ma seule satisfaction, ma nièce. Crois-moi, je n'ai d'autre motivation que ton bien. Si tu tardes davantage à te marier, tu n'auras peut-être plus d'autre choix que de te retirer dans un couvent pour le restant de tes jours.

Elaine préférait largement cette perspective à celle d'un mariage dont elle ne voulait pas, néanmoins, elle tint sa langue. Par bonheur, elle parvint à afficher un calme qu'elle était loin de ressentir.

— Je vous suis infiniment reconnaissante de votre patience, mon oncle.

Elle baissa les yeux pour qu'il ne voie pas la colère qui brûlait au fond de ses yeux. Il la trouvait déjà entêtée et orgueilleuse, inutile de lui préciser qu'elle préférerait encore s'ôter la vie que d'accepter un mariage avec le comte de Newark. Certains poisons étaient rapides en dépit des douleurs atroces qu'ils occasionnaient. De toute façon, n'importe quelle douleur lui semblait préférable à la perspective de subir cet homme. Quand Newark posait son regard sur elle, son estomac se retournait de dégoût et d'horreur à l'idée qu'il puisse poser ses mains et ses lèvres épaisses sur elle.

— Très bien. Tu m'as fait une promesse. À présent, retourne auprès de ta tante. Elle se sentait mal tout à l'heure, peut-être pourras-tu lui donner un peu de soulagement.

Elaine inclina respectueusement la tête. Elle s'était déjà occupée des terribles migraines qui assaillaient sa pauvre tante et la laissaient prostrée sur son lit pendant des heures. De fait, elle l'avait soignée un peu plus tôt. Inutile cependant d'en informer son oncle car il risquait de venir au chevet de sa femme qui se reposait enfin et avait besoin de calme.

Elaine quitta les appartements privés de Lord Marcus pour rejoindre la grande salle. La pièce était toujours emplie de chevaliers et de serviteurs affairés. En hiver, et souvent aussi en été, l'énorme cheminée flambait pour réchauffer l'immense salle que les murs épais et le toit élevé rendaient glaciale. De rares rayons de lumière parvenaient à se faufiler dans les quelques fenêtres étroites, si bien qu'il y faisait toujours sombre. À l'extérieur, en revanche, le jour d'automne était resplendissant.

Les terres de sa dot ne possédaient pas un château aussi imposant que celui-ci, Sweetbriars était à peine un manoir, mais l'endroit était bien plus lumineux. Perché sur une colline, il offrait une vue splendide sur les champs et les jardins qui entouraient la maison de sa mère. Elle avait passé des jours heureux là-bas, dans son enfance, et elle aurait aimé y retourner. Quel dommage que son oncle ait dit vrai : sans un époux pour la protéger, elle serait vulnérable.

— Ma lady, voulez-vous faire une promenade ? proposa Marion, sa fidèle compagne. Nous avons besoin d'herbes aux cuisines. Je pars en forêt. Cela vous plairait-il de m'accompagner ?

— Pourquoi pas ?

Elaine avait déjà mis son manteau pour aller arpenter les caves du château, mais en cette radieuse journée il serait effectivement bien plus agréable de sortir.

— Devons-nous emmener Bertrand ?

— Il nous attend dans la cour intérieure, expliqua Marion. Il m'a prévenue de ne plus aller seule dans les bois pour le moment parce qu'une bande de hors-la-loi maraude en ce moment. Nous avons toujours été en sécurité sur les terres de votre père, seulement…

Elle se pencha vers Elaine pour achever dans un souffle :

— Lord Howarth n'envoie pas des patrouilles aussi souvent que le faisait votre père, ma lady.

— Mon oncle pense que son nom suffit à terrifier quiconque voudrait se rebeller contre lui. Par chance, nos voisins sont en bons termes avec lui et je pense que nous ne prenons pas de risques inconsidérés dès lors que Bertrand nous accompagne.

Bertrand courtisait sa servante depuis plusieurs

mois. C'était un homme à la voix douce, grand, solide et plaisant. Néanmoins, il était extrêmement réservé avec la jeune femme. Ainsi, même s'il avait marqué sa préférence pour Marion, il ne lui avait jamais avoué ses sentiments franchement.

Cette promenade serait une bonne occasion pour eux de passer un peu de temps ensemble. Elaine marcherait un peu en avant pour leur donner l'opportunité de découvrir leurs cœurs.

S'ils lui demandaient la permission de se marier, elle la leur accorderait avec plaisir même si elle espérait que Marion ne quitterait pas son service une fois mariée. Elle aimait sa dame de compagnie comme une sœur.

Si seulement Zander avait été là… Un léger sourire ourla ses lèvres quand elle se rappela leurs nombreuses escapades dans les bois de son père avant son départ pour la Terre sainte. Elle ferma les yeux un instant en songeant à l'un de leurs derniers échanges avant son départ.

— Tu sais que je t'aime, Elaine. Jamais je ne m'éloignerais de toi s'il y avait une autre solution.

— Je le sais.

Malgré sa tristesse, Elaine avait souri en plongeant le regard dans ses yeux gris. Il était merveilleusement beau avec ses traits nobles, sa bouche sensuelle, ses sourcils sombres et volontaires. Une mèche couleur ébène était tombée sur son front et elle l'avait écartée.

— Jure de me revenir sain et sauf, Zander. Je me moque que tu ramènes avec toi des richesses. Dès que j'aurai dix-huit ans, les terres de ma mère seront miennes. Nous n'avons pas besoin de plus pour vivre en paix et heureux.

Zander l'avait attirée dans ses bras. Sa bouche s'était faite douce sur la sienne. Troublée par sa tendresse, Elaine avait senti les larmes lui monter aux yeux.

— Sache que je n'aimerai aucune autre femme que toi, Elaine. Si je ne reviens pas, c'est que j'aurais été tué là-bas, sur cette terre sacrée.

— Non ! Je t'interdis de mourir ! Oh ! Zander ! Dois-tu vraiment me quitter ? J'aimerais tant que tu restes. Obtiens des honneurs à la cour du prince, avec le temps, mon père t'accordera ma main.

— Mon aimée, tu sais bien qu'il ne s'agit pas seulement d'une question d'honneurs et d'argent. Le roi Richard veut convertir les païens ou les écarter de la Ville sainte. Notre quête ne sera achevée que lorsque Jérusalem sera entre nos mains. Une fois ce devoir sacré accompli, je pourrai obtenir vengeance pour la mort de mon père et…

— Et si la Croisade était un échec ? Et si vous ne parveniez pas à prendre Jérusalem ?

— Si je sens que notre cause est sans espoir, je reviendrai. Mais je crois en elle. Dieu est avec nous, je ne me déroberai pas à l'accomplissement de son Œuvre.

— Comment peux-tu parler d'amour et me quitter ainsi ? murmura-t-elle.

Plutôt que de répondre par des mots, Zander lui avait donné un baiser à couper le souffle. Avec une telle preuve, comment douter de son amour ? Elle aussi croyait leur cause juste. Elle ne pouvait pas en toute bonne foi le retenir loin de la croisade.

Revenue au moment présent, Elaine essuya les larmes sur ses joues. Elle chérissait ses souvenirs doux-amers de tout son cœur parce que c'était tout ce qui lui restait de lui. Rien de ce qu'elle avait pu dire alors ne l'aurait convaincue de rester et elle avait dû supporter la douleur de le voir s'éloigner.

Les années passées depuis ce jour funeste lui avaient paru interminables. Tant que son père avait été en vie, elle avait attendu patiemment malgré la peine que lui causait son absence. Désormais seule au monde, son âme souffrait atrocement de ne pas être avec l'homme qu'elle n'avait pas un instant cessé d'aimer.

— Où es-tu ? murmura-t-elle tout bas. Je t'en supplie, Zander, reviens-moi.

Après cette courte prière, elle se força à relever le menton et suivit Marion vers la cour où les attendait le garde. Elle se força à sourire à ceux qu'elle croisait. Personne ne devait se douter qu'elle était prête à fondre en larmes. Seules les faibles femmes se laissaient aller à pleurer. Elle n'était pas faible.

Elle avait obtenu une promesse de son oncle et elle avait devant elle plus de deux mois de liberté.

— Quand attaquerons-nous le château ? demanda Stronmar à son seigneur, le comte de Newark. Tout est prêt. Nous n'attendons plus que vos ordres.

De fait, la grande salle dans laquelle il venait de pénétrer offrait le spectacle des préparatifs pour une guerre.

— Howarth est un imbécile, explosa le comte qui ne décolérait pas. L'imbécile a dit que sa nièce serait mienne d'ici la Noël. Un homme ne devrait jamais se soumettre aux caprices d'une femme ! Il aurait dû la forcer à obéir ! Ils me paieront cet affront !

— Alors n'attendez pas, mon seigneur. Howarth se montre négligent : il n'envoie que peu de patrouilles et semble croire que les rumeurs concernant des maraudeurs ne sont pas plus alarmantes que cela. Il ne se doute pas un instant que ce sont nos hommes qui ont attaqué les voyageurs et brûlé les fermes isolées. Nous n'avons laissé aucun témoin.

— Tu as bien fait, Stronmar. Si la dame avait

donné son accord pour le mariage, j'aurais peut-être épargné son oncle, mais il n'en est plus question. Je la veux, elle, et je veux ses terres. Elle est l'héritière de Howarth. Si son oncle meurt, elle sera deux fois plus riche.

Stronmar sourit, révélant une rangée de dents pourries. Le comte observa son visage ingrat. L'homme n'avait guère été gâté par la nature et son haleine fétide était difficilement supportable. En revanche, Stronmar possédait une qualité incomparable : il était d'une loyauté sans faille à l'égard de son maître. Il mourrait pour lui sans hésiter, depuis l'époque où Newark l'avait sauvé, tout bébé.

Cette année-là, les récoltes avaient séché sur place parce qu'une épidémie de peste avait tué la plupart des villageois. Stronmar serait mort comme les autres s'il ne l'avait pas fait ramener au château où il était devenu un solide gaillard.

— La dame vous appartiendra bientôt, mon seigneur. Un mot de vous et nous attaquons le château aujourd'hui même. Ces imbéciles ne s'y attendront pas et nous pourrons les soumettre en quelques instants.

— C'est ce que nous ferons. Je ne vois aucune raison d'attendre alors que je peux l'avoir dès maintenant. Une fois que j'aurai couché avec elle, elle me suppliera de l'épouser pour échapper au déshonneur. Une femme doit comprendre qui est le maître, sans quoi un homme n'a aucun pouvoir sous son propre toit.

— La garce Howarth est trop fière pour son propre bien, approuva Stronmar.

Newark acquiesça et un mince sourire étira ses lèvres.

— Un tel orgueil doit être dompté. Sans nul doute, je vais apprécier donner à cette demoiselle une leçon qu'elle n'est pas près d'oublier. De toute façon, j'ai grand besoin d'un héritier puisque mes précédentes femmes ne m'ont donné que des filles.

— Nous avons cueilli suffisamment d'herbes et de baies, déclara Elaine en contemplant leurs paniers remplis. Nous devrions rentrer.

Le jour tombait vite. Tout à leur bonheur de profiter d'une chaude journée d'automne, ils s'étaient éloignés du château pour remplir de provisions les paniers que Bertrand avait attachés au cheval de charge. Il montait son propre étalon tandis que Marion et Elaine avaient partagé le palefroi d'Elaine.

— Oui, ma lady. Votre oncle pourrait s'inquiéter et envoyer des hommes à votre recherche si nous ne rentrons pas avant la tombée de la nuit.

— Je ne veux pas qu'il pense que j'ai pris la fuite. Marion, installe-toi derrière Bertrand, je ne voudrais pas risquer de fatiguer ma jument, prétendit-elle.

Elaine remercia Bertrand lorsqu'il l'aida à se hisser en selle avant d'installer Marion derrière elle. La coutume voulait que les servantes voyagent derrière leur maîtresse. Néanmoins, Marion avait souvent chevauché avec Bertrand pour soulager la jument d'Elaine. Aujourd'hui, la bête n'était pas particulièrement fatiguée, mais c'était une bonne occasion de laisser les deux amoureux se confier l'un à l'autre.

Leur petit groupe reprit le chemin du château. Cette longue promenade avait fait du bien à Elaine. Ils avaient ri et dansé dans les bois en rassemblant leurs provisions. À présent, une saine fatigue se faisait sentir et elle avait hâte de déguster le repas qui les attendait. Marion avait pris soin d'emporter du pain, du fromage et de l'ale qu'ils avaient partagés. Le tout agrémenté des mûres cueillies. Mais après une journée au grand air, la faim revenait.

Quand Bertrand s'excusa des protestations bruyantes de son ventre affamé, Elaine le rassura dans un rire :

— Nous mangerons tous de bon appétit ce soir ! J'ai entendu aux cuisines ce matin qu'il y aurait du cochon rôti, de la tourte aux pigeons et un assortiment de poissons.

Elle en avait l'eau à la bouche ! Soudain, elle fronça le nez, surprise par l'odeur insistante de brûlé.

— Quelqu'un a allumé un feu…

Ses mots moururent sur ses lèvres lorsqu'ils parvinrent en haut d'une crête et découvrirent le rouleau de fumée noire qui montait au-dessus du château et répandait son odeur nauséabonde.

— Mon Dieu, gémit Marion. Un incendie ! Qu'a-t-il pu se passer ?

— Nous avons été attaqués, dit Bertrand d'une voix tendue en faisant marquer le pas aux chevaux. Nous ne devons pas aller plus loin, ma lady. Il faut vous mettre à l'abri dans la grange que nous avons croisée tout à l'heure, vous et Marion. Je vous laisserai les chevaux afin de m'approcher sans bruit du château pour en apprendre plus.

— Non, n'y va pas seul ! s'écria Marion avant de rougir de son audace. Que… Qu'adviendra-t-il de nous si tu étais tué ?

— N'aie pas peur pour moi, ma tendre amie, je sais rester caché aussi bien que survivre dans les bois. À mon avis, une attaque dans un château aussi puissant est forcément l'œuvre de guerriers entraînés et non le fait de quelques maraudeurs.

Elaine, les yeux agrandis d'horreur, fixait le spectacle sans comprendre tout à fait ce qui se passait.

Comme si son esprit refusait d'intégrer ce que ses yeux voyaient.

— Je pense comme toi, finit-elle par balbutier. Nous ferons ce que tu dis, Bertrand, je t'en prie, sois prudent. Marion a raison. Sans toi, nous serons vulnérables et à la merci de ceux qui ont commis ces atrocités.

— Faites-moi confiance, ma lady, je ne vous laisserai pas derrière moi. Restez cachées jusqu'à ce que vous entendiez mon signal.

Il imita à la perfection le hululement d'une chouette avant de poursuivre :

— Dès que j'en aurais appris plus sur cette attaque, je reviendrai. Désormais, je vous protégerai toutes les deux et je mourrai pour vous s'il le faut.

— Je le sais, Bertrand, et je remercie Dieu de nous avoir mises sous ta protection aujourd'hui. Hélas, je crains pour la vie de mon oncle et ma tante ainsi que celle de tous nos gens.

— Restez à couvert, répéta Bertrand en leur laissant les rênes. Je vais essayer d'en apprendre davantage sur ce qui s'est passé pour revenir au plus vite auprès de vous.

Le garde partit en courant en direction du château tandis que l'obscurité du soir tombait sur le bois. Bientôt, seule la lueur rouge de l'incendie éclaira la nuit. D'après ce qu'elle voyait à cette distance, Elaine supposait que seuls les bâtiments extérieurs avaient été enflammés. Le cœur de la forteresse et la tour principale ne semblaient pas avoir été touchés. Apparemment, l'intention des attaquants n'était pas de détruire le château mais bien de s'en emparer.

Pourvu qu'ils n'aient pas massacré les habitants ! La pensée de son oncle et sa tante gisant morts dans la grande salle lui coupait le souffle. Elaine se mit à prier avec ferveur en laissant les larmes inonder son visage. Elle avait beau avoir des différends avec son oncle, elle lui était tout de même attachée, de même qu'à sa tante.

— Venez, ma lady, l'appela doucement Marion. Nous devons suivre les recommandations de Bertrand et nous mettre à l'abri. Qui que soient ceux qui ont attaqué le château, ils pourraient repasser par ici et nous serions à leur merci.

— Oui, approuva-t-elle en retenant un frisson.

En vérité, elle venait de songer que si elle n'avait pas suivi Marion dans sa cueillette, elle serait à présent morte ou prisonnière.

Chapitre 2

— Dites-moi où est votre nièce, femme ! Sans quoi vous rejoindrez dans l'instant votre mari dans la tombe.

Newark jeta un regard méprisant à la femme en pleurs que ses hommes avaient tiré hors de sa chambre pour la lui amener dans la grande salle.

Les restes de son copieux dîner gisaient encore sur la longue table car l'odeur et la vue du sang lui avaient toujours ouvert l'appétit.

— Dites-moi où elle est et j'épargnerai votre vie.

— Si je le savais, je vous le dirais ! sanglota la dame en tenant ses mains serrées l'une contre l'autre.

Son regard affolé revenait sans cesse sur les corps étendus au sol. Certains soldats de Lord Howarth avaient tenté de le défendre et ils y avaient laissé la vie.

— Pardonnez-moi, sir. Je dormais dans ma chambre quand elle a quitté le château. Je… Je ne sais rien de ses déplacements.

Le comte serra brusquement le poing et le lui envoya en plein visage. Son coup la fit tomber à genoux. Elle resta à terre, prostrée, le corps secoué de sanglots.

— Cessez ces pleurnicheries, femme ! Si vous la cachez, ce sera pire pour vous, croyez-moi.

— Je vous en supplie, mon seigneur, ne frappez pas ma dame ! Elle ne sait rien ! Elle était souffrante dans sa chambre ! s'interposa un page. J'ai vu Lady Elaine partir à cheval avec sa dame de compagnie et un garde ce matin. Ils ne sont pas encore rentrés au château.

Le comte étrécit les yeux en jetant un regard menaçant au jeune garçon qui se tenait fièrement devant lui, en dépit de sa faible constitution. Il aurait dû rabattre son orgueil mais quelque chose dans les manières du garçon arrêta son geste de violence.

— Tu dis la vérité ?

— Je le jure sur ma propre vie, mon seigneur.

Newark hocha la tête.

— Très bien, je te crois. Si elle n'a emporté aucune provision avec elle, elle n'aura d'autre choix que de revenir aux abords du château. Je vais envoyer plus d'hommes patrouiller les bois alentour pour la retrouver et la ramener ici.

Le page se pencha vers sa maîtresse pour l'aider à se relever.

— Ôte-la de ma vue, gronda Newark, exaspéré par ses pleurs.

Quand la femme se tint debout devant lui, il déclara :

— Vous quitterez le château demain à l'aube. Emportez vos effets et vos meubles avec vous — les bijoux restent. Si vous tentez de me désobéir, vous mourrez.

La dame baissa le menton, défaite, et ne protesta pas quand d'autres serviteurs l'emmenèrent.

Margaret s'éloigna aussi vite qu'elle le pouvait de ce monstre, en retenant les sanglots qui l'étouffaient. Elle allait partir immédiatement de ce lieu, sans attendre le matin ! Elle trouverait refuge auprès de son frère et de sa belle-sœur. Hélas, elle ne verrait pas son mari mis en terre. Elle porterait scrupuleusement son deuil, bien sûr, cependant, l'honnêteté la forçait à admettre qu'elle ne le pleurerait pas aussi longtemps qu'elle l'aurait voulu parce que Marcus n'avait jamais été un mari très aimant.

Tout en courant presque vers sa chambre, Margaret remerciait Dieu de l'avoir épargnée. Pour le moment, du moins… Voilà pourquoi elle devait partir dans l'heure et trouver asile chez son frère. Peut-être serait-il prêt à se venger de l'attaque du comte de Newark ? Elle en saurait plus une fois qu'elle aurait discuté avec lui.

Elle se laissa entraîner par ses servantes en se demandant ce qu'il avait bien pu advenir de sa nièce. Si seulement elle pouvait trouver un moyen de la prévenir… Hélas, elle n'avait aucune idée de l'endroit où elle pouvait être et ne voyait que faire pour lui venir en aide.

Avec un peu de chance, peut-être qu'Elaine s'était enfuie pour défier Marcus, qui voulait la contraindre à un mariage avec ce diable de Newark. Néanmoins, comme elle semblait être partie sans aucun bagage, c'était peu probable. Il était déjà miraculeux qu'elle ne se soit pas trouvée au château au moment de l'attaque. Hélas, d'une manière ou d'une autre, le comte trouverait un moyen de mettre la main sur elle.

Margaret pleurait toujours quand elle ordonna à ses servantes de ranger ses possessions. Elle cacha directement sur elle quelques-uns de ses bijoux. Après tout, le comte avait sûrement trop à faire pour se soucier de la faire fouiller et elle refusait de le laisser prendre tous ses objets de valeur. Elle emporterait tout ce qu'elle pourrait et partirait en hâte avant qu'il n'ait le temps de changer d'avis.

Elle songea un instant à prendre les bijoux d'Elaine, cependant le risque n'en valait pas la peine. Le comte faisait sans doute surveiller la chambre de sa nièce par un garde. Toute tentative de sa part serait aussitôt punie de mort, elle n'en doutait pas un instant.

Elle ne pouvait rien faire d'autre que prier pour qu'Elaine s'enfuie très loin d'ici car c'était sa seule chance face au comte. Et encore !

Même si elle parvenait jusqu'aux terres qu'elle avait héritées de sa mère, à Sweetbriars, il n'y avait plus personne pour la protéger à présent que son oncle était mort. Comment aurait-elle pu l'aider alors qu'elle était elle-même à la merci du destin ? Elle dépendait désormais de la charité de son frère. Margaret ferma les yeux et pria pour qu'il accepte de lui offrir un refuge.

— Écoute…

Elaine posa la main sur le bras de Marion en entendant un hululement de chouette.

— C'est Bertrand ! Il est enfin de retour !

— Je savais qu'il ne nous décevrait pas ! s'enthousiasma Marion.

Cette dernière se leva d'un bond et se précipita vers la porte de la grange abandonnée qui livra passage à Bertrand.

— Bertrand, c'est toi ! s'écria-t-elle, folle de joie.

— Oui, ma tendre amie.

Il la prit dans ses bras et la tint serrée un instant avant de se tourner vers Elaine.

— J'ai de mauvaises nouvelles, ma lady. Le comte de Newark s'est emparé du château par la ruse. Il s'est fait introduire en tant qu'ami de votre oncle avant de l'assassiner lâchement. J'ai également appris que votre tante avait été durement traitée avant de se voir ordonner de quitter le château.

— Mon oncle est mort ? répéta-t-elle d'une voix blanche.

Elle posa instinctivement la main sur sa bouche. La douleur dans sa poitrine était brutale, aiguisée. En dépit de leur mésentente sur le choix de son mari, elle avait toujours eu de l'estime pour lui et son épouse.

— Et ma tante ?

— Newark lui a ordonné de quitter les lieux.

— Ce maudit comte est aussi vil que cupide. Il veut mettre la main sur tout ! Pourquoi mon oncle n'a-t-il pas vu sa vraie nature plus tôt ? se lamenta-t-elle. Si je l'avais épousé, il n'aurait eu de cesse de pousser mon oncle dans la tombe pour mettre la main sur Howarth. Nous ne pouvons pas retourner au château. Il va nous falloir rejoindre les terres de ma mère. Hélas, je n'ai pas d'argent avec moi ! Nous n'avons rien d'autre que les vêtements que nous portons.

— Grâce à Dieu, nous avons un peu plus que cela, ma lady, la rassura Bertrand. Votre chambre était malheureusement bien gardée et je n'ai rien pu prendre qui vous appartienne. En revanche, il m'a été très facile de pénétrer dans la chambre de Marion. J'ai pu en ramener quelques affaires que vous pourrez partager, ainsi que quelques pièces d'argent. J'ai également récupéré mes propres possessions, qui sont hélas bien maigres.

Elaine lui serra impulsivement les mains pour lui marquer sa reconnaissance.

— Tu as parfaitement bien fait, Bertrand. Les vêtements de Marion m'iront. De toute façon, il semble plus sûr de porter une tenue moins riche que mes propres robes. Nous sommes tous les deux blonds, je pourrais sans doute passer pour ta sœur et Marion pour ta femme. Ce sera une bonne couverture si nous voulons déjouer la surveillance de Newark.

— C'est une bonne idée, ma lady. Je regrette de n'avoir pu vous rapporter vos bijoux.

— Non, ne t'en veux pas. Tu nous as sauvé la vie. Je porte toujours sur moi la croix d'argent et la chaîne de mon père, le rassura-t-elle dans un sourire. Rien d'autre ne compte que nos vies. Si nous parvenons à atteindre les terres de Sweetbriars, nous pourrons engager des hommes pour nous défendre. Je crains hélas que le comte ne tente de nous arrêter bien avant que nous ayons atteint un abri sûr.

— Dès qu'il aura compris que vous ne rentrerez pas, il fera fouiller toute la campagne à notre recherche. Néanmoins, ses hommes ne se méfieront sans doute pas d'un paysan accompagné de sa femme et de sa sœur. Nous pourrions leur échapper.

— Je prendrai soin de couvrir ma tête et mon visage sous une capuche si nous sommes arrêtés. Je pourrais même noircir ma peau avec du brou de noix. Mais d'abord… Vous savez tous les deux que vous risquez votre vie en m'accompagnant, dit-elle gravement. Si le comte nous capture, il vous fera payer l'aide que vous m'aurez apportée.

— Jamais je ne vous abandonnerai, ma lady ! s'écria Marion avec conviction. Nous vous aimons de tout notre cœur.

— Je le sais bien et je vous en suis reconnaissante, croyez-le. J'espère de tout cœur que nous atteindrons mes terres sains et saufs. Une fois là-bas, nous pourrons au moins tenter de nous défendre.

— Nous avons de l'avance sur Newark, ma lady : il ne saura pas tout de suite où nous chercher. Je sais que vous êtes toutes les deux épuisées, mais il vaut mieux nous éloigner d'ici au plus tôt. Si nous chevauchons dans la nuit, nous pourrons peut-être éviter d'être rattrapés.

— Ne pensez-vous pas que le comte enverra des hommes directement là-bas ?

— Si, mais avec un peu de chance, il n'enverra pas d'hommes là-bas avant demain matin. D'ici là, nous aurons une bonne avance sur eux. Cependant, pour plus de précaution, nous devrions tout de même nous écarter un peu de la route directe. Nous allons nous diriger vers l'est avant de couper pour rejoindre le sud.

— Bertrand, nos montures nous ont portés tout le jour, elles ne…

— J'en ai apporté d'autres, la rassura-t-il. Ma lady, nous devrions libérer votre jument. Si elle rentre seule aux écuries, les hommes du comte perdront du temps à vous chercher dans les parages.

— Ils penseront sans doute que j'ai été jetée à bas, en effet, sourit Elaine. Tu as très bien fait, Bertrand. Allons, en chemin ! Nous ne prendrons un peu de repos que lorsque nous aurons mis suffisamment de distance entre nous et nos poursuivants.

— Tu sembles épuisé, mon ami. Laisse-moi prendre soin des chevaux ce soir. Tu as été malade si longtemps, tu n'as pas encore recouvré toutes tes forces.

L'homme à la peau sombre regarda avec inquiétude le chevalier descendre de sa monture.

— Sans toi, je ne serais même plus en vie, répondit Zander avec un sourire. Si toi et ta famille ne m'aviez pas recueilli, ce jour-là.

Il grimaça de douleur en sentant la balafre qui lui barrait le visage tirer douloureusement sur la peau enflammée. À la lueur de la lune, il aurait sans doute semblé beau, songea-t-il avec une ironie amère, parce qu'au moins, la cicatrice rouge qui lui barrait le visage demeurait ainsi dans l'ombre. Malgré des mois de soins à l'aide d'herbes cicatrisantes et de décoctions appliquées par le loyal Janvier, la cicatrice qui partait de son œil gauche et rejoignait son menton demeurait encore douloureuse au toucher.

Janvier lui sourit en retour.

— Tu oublies que c'est toi qui m'as sauvé, ainsi que ma famille, lorsque les chevaliers chrétiens sont venus tout saccager en représailles après que les hommes de Saladin avaient cherché vengeance pour les meurtres des prisonniers musulmans.

— C'est que je préfère ne pas me rappeler notre honte, répondit Zander. Je me porte de mieux en mieux, Janvier, néanmoins, je dois reconnaître que cette nuit m'a durement éprouvé. Je me sentirai sans doute mieux après quelques heures de sommeil.

— Tu devrais surtout rentrer auprès des tiens, seigneur.

— J'ai encore des devoirs à accomplir avant de pouvoir me reposer. Je me suis déjà acquitté de ma première mission : le corps de Tom est enterré dans un lieu paisible et sa famille connaît à présent son sort. Cela m'a un peu apaisé de pouvoir leur dire qu'il est mort en brave et a été enterré avec honneur — à présent, je partirai à sa recherche…

— La dame dont tu m'as parlé ? La demanderas-tu en mariage ?

— En mariage ? Plaisantes-tu ? s'exclama-t-il avec un rire amer. Comment pourrais-je lui imposer un tel mariage ? Toutefois, si elle n'est pas déjà mariée, je me mettrai à son service et lui offrirai mon épée et ma loyauté — si elle les accepte.

Zander toucha inconsciemment la balafre sur sa joue. La douleur n'était plus qu'un lointain écho aux souffrances qu'il avait endurées au début, quand la chair s'était infectée et qu'il avait passé des semaines à combattre une fièvre mortelle qui l'avait rendu trop malade pour seulement se rappeler qui il était. Janvier l'avait ramené sous son toit et avait pris soin de lui tandis qu'il allait et venait entre l'inconscience et les hurlements de douleur. Aussi, quand il avait été assez remis pour retourner en Angleterre, une solide amitié s'était nouée entre eux et Janvier avait insisté pour l'accompagner.

— Crois-tu qu'une femme sensée voudrait encore de moi pour époux, maintenant ? demanda-t-il avec amertume. Même si elle n'est pas mariée, je refuse d'exiger un tel sacrifice de sa part.

— Si elle t'aime, ce ne sera pas un sacrifice. Tu devrais au moins lui laisser le choix, seigneur. Oui, si ta dame a attendu toutes ces années sans se marier, tu dois lui laisser le choix.

— Peut-être… De toute façon, ces réflexions sont ridicules. Elaine m'a sans doute oublié depuis bien longtemps. Elle était si belle, Janvier… Pourquoi m'aurait-elle attendu ?

Zander laissa un soupir de regret lui échapper avant de renfermer le chagrin au fond de son cœur.

— Allons prendre un peu de repos, mon ami, nous avons encore une longue route à parcourir.

— Tu ne te ménages pas assez, seigneur.

— Je t'assure que je vais mieux, simplement, je ne suis plus habitué à chevaucher si longtemps. Si je ne fais pas un effort, je ne retrouverai jamais ma force. Un homme incapable de se défendre n'a pas sa place dans un monde comme celui-ci, Janvier. Je suis parti en croisade en croyant sincèrement que notre cause était juste. J'espérais au passage gagner richesse et honneurs. Je les ai obtenus… Mais quel profit en tirer, à présent que j'ai perdu ma foi en l'humanité ?

— Allons, allons, nous sommes encore loin de l'homme sans foi ni loi, seigneur, s'amusa Janvier. Tu es le chevalier le plus honorable que je connaisse !

— Et toi, le meilleur ami qu'un homme puisse avoir. Je ne sais pas ce qui m'attend dans ce pays que j'ai quitté il y a tant d'années. Cependant, je peux te promettre que je construirai une vie pour toi et moi, mon ami, ici ou ailleurs, si je ne suis pas le bienvenu.

— Inchallah, conclut Janvier. Que la volonté d'Allah soit faite. Qu'il soit ton Dieu chrétien ou le mien, notre destin est entre ses mains.

— Je l'espère… Parfois, il m'arrive de me demander si Dieu n'est pas un mythe bien pratique que les hommes utilisent pour parvenir à leur fin.

— Tu es épuisé, seigneur. Repose-toi et mange pour chasser ces sombres pensées. Quand ta force te sera revenue, tu retrouveras la confiance et la foi qui te font défaut.

— Si je savais comment prier, je prierai que tu aies raison.

Zander baissa la tête et s'installa sur la couverture que Janvier venait de déployer sous un large chêne. Le temps était encore assez doux pour la saison, toutefois, après des années passées dans un climat bien plus chaud, il frissonnait. Pourvu que ce ne soit pas un signe annonciateur de fièvre.

Il avait encore tant à accomplir. Et pour commencer, il devait venger la mort de son père. Le noble qui l'avait tué était une sombre bête qui méritait la mort. Il avait fait battre son père à mort, parce que ce dernier l'avait durement tancé pour avoir non seulement battu violemment un serviteur en fuite, mais avoir en outre violé sa femme et sa fille. Un tel homme ne méritait pas de vivre et Zander était impatient de rendre justice à son père et à tous les autres que le comte de Newark avait brutalisés.

Cependant, son unique désir était de retrouver Elaine pour se mettre à son service. Autrefois, il avait espéré bien davantage, mais ses espoirs étaient aujourd'hui ruinés. Quelle femme pourrait aimer un homme tel que lui ?

Chapitre 3

Cachée derrière d'épais buissons, Elaine serrait la main de Marion dans la sienne. Dès qu'elles avaient entendu le son des cors et des sabots des chevaux, elles s'étaient précipitées à couvert. Bertrand avait emmené les chevaux à quelque distance dans la crainte qu'ils ne trahissent leur emplacement.

Les sons approchaient d'instant en instant. Bientôt, les hommes de Newark s'arrêtèrent dans la clairière, guettant le moindre bruit suspect. Elaine ferma les yeux de toutes ses forces en s'obligeant à ne pas respirer pour ne pas trahir leur présence. L'avance qu'ils pensaient avoir sur les hommes du comte n'avait guère duré.

— Trois chevaux sont passés par ici, mon seigneur, déclara un soldat. Regardez les traces de sabots. Ils ont dû partir dans cette direction.

Elaine rouvrit les paupières et découvrit un groupe de cinq hommes, dont le chef était particulièrement repoussant. Elle se figea brusquement, terrorisée en reconnaissant ce visage hideux.

— Nous devons être juste sur leurs talons, dit un autre. Si nous galopons vite, nous les aurons rattrapés dans l'heure. Nous devons la retrouver ! Le comte est impatient.

Sentant la main de Marion trembler violemment

dans la sienne, Elaine la serra plus fort en posant un doigt sur ses lèvres pour lui intimer le silence alors que les chevaux des soldats quittaient la clairière.

— Cet homme… Je le connais, murmura Elaine sans pouvoir cacher la terreur dans sa voix. Il s'appelle Stronmar. La rumeur affirme qu'il est le fils illégitime de Newark, né d'une paysanne. Il est encore plus brutal et cruel que son père.

— S'ils attrapent Bertrand, ils le tueront, gémit Marion.

— Tu dois avoir confiance en lui. Ne nous a-t-il pas bien protégées depuis deux jours ?

Elaine releva le menton pour feindre un courage qu'elle était loin de ressentir.

— Viens, nous devons suivre son conseil et traverser la rivière. Nous le retrouverons sur l'autre rive, au moulin dont il nous a parlé. Ensuite, il ne nous restera plus qu'une journée de voyage pour parvenir à destination.

— Imaginez que le comte ait envoyé des hommes dans votre logis ? En allant à fond de train, sans se cacher et en changeant de monture, ils peuvent avoir parcouru les cent miles en moins de trois jours !

— Nous verrons bien sur place, temporisa Elaine. Apparemment, ils ont perdu du temps à me chercher autour du château grâce au retour de ma jument. Ceux-là m'ont semblé être les premiers partis, ils n'ont donc pas tant d'avance sur nous. Pour l'heure, Bertrand va les entraîner sur une mauvaise piste et libérer l'une de nos trois montures pour les perdre. Espérons que les hommes du comte suivent la mauvaise piste assez longtemps pour que nous puissions atteindre Sweetbriars sains et saufs.

— Et quand bien même ? Le comte pourra nous attaquer, même si nous y parvenons les premiers.

— Je le sais, soupira Elaine sans pour autant abandonner sa détermination. Il nous faut prier pour demander l'aide du ciel, plutôt que de nous désespérer…

Elle s'interrompit en entendant des éclats de voix. Elle se raidit et tendit l'oreille. Étaient-ce d'autres hommes de Newark ?

— Je pense qu'ils ne sont guère nombreux, chuchota Marion en se redressant un peu derrière les buissons pour jeter un coup d'œil dans la clairière. Je les vois ! Il n'y a que deux cavaliers… Un chevalier et son serviteur, sans doute, un homme à la peau presque noire.

— Laisse-moi voir…, dit Elaine en se redressant à son tour. Le chevalier porte une cotte de mailles, l'autre porte des vêtements étranges — des habits de Sarrasin, il me semble.

— Nous devons les éviter, eux aussi. Ils sont peut-être à la solde du comte.

Elaine était sur le point d'acquiescer lorsqu'elle vit le serviteur jeter un regard affolé vers le chevalier et ce dernier tomber inconscient au bas de sa monture.

— Le chevalier est malade ou blessé ! souffla-t-elle à Marion.

Avant que sa dame de compagnie ait pu l'arrêter, elle bondit hors de sa cachette pour rejoindre les deux hommes. Le serviteur était déjà au bas de sa selle et attachait en hâte les chevaux à un arbre. Elaine s'agenouilla auprès du chevalier et se pencha au-dessus de lui.

— Sire chevalier, êtes-vous malade ?

Elle posa la main sur la sienne, gantée. Ses yeux étaient fermés mais il gémit sourdement au son de sa voix. Il les ouvrit enfin et Elaine sentit un étrange frisson remonter le long de sa colonne vertébrale. Ce regard lui était étrangement familier… Pourtant, elle ne pouvait pas connaître cet homme à la peau presque aussi sombre que celle de son serviteur.

— Le seigneur a été très malade, déclara le serviteur en se penchant à son tour sur le chevalier pour le redresser en position assise. Je suis capable de prendre soin de lui, ne vous inquiétez pas, ma lady.

— Je vous aiderai volontiers si je le peux, répondit Elaine. J'ai de bonnes connaissances dans les herbes médicinales. Je pourrais préparer une décoction pour lui rendre ses forces.

— Si vous les avez, donnez-moi ces herbes et partez sans inquiétude. Mon maître ne voudrait pas vous déranger.

— Non, Janvier, intervint le chevalier d'une voix faible, ne traitons pas une dame de façon si cavalière.

L'homme aida le chevalier à se remettre debout.

— Que faites-vous là, ma lady ? Êtes-vous seule dans ces bois ?

Elaine fronça les sourcils, inquiète de voir l'homme la prendre pour une noble dame et non pour une simple paysanne comme elle l'avait espéré grâce à son déguisement.

— Non, mon frère et sa femme sont tout près, répondit Elaine en retenant un soupir de soulagement lorsqu'elle vit Bertrand arriver dans la clairière avec leurs chevaux.

Par miracle, le détour qu'il avait fait pour les rejoindre au point de rendez-vous l'avait apparemment amené ici. Le chevalier hocha la tête en continuant de l'observer d'un air curieux.

— C'est une époque dangereuse pour voyager, ma dame. Quel est votre nom et où allez-vous ainsi ?

Elaine hésita. Pouvait-elle se fier à ce chevalier et lui raconter ses mésaventures ? Il était affaibli et quelque chose dans son regard appelait instinctivement sa confiance. Néanmoins, dans sa situation périlleuse, elle n'oubliait pas qu'elle devait se montrer extrêmement prudente.

— Nous nous dirigeons vers les terres de ma lady, mentit-elle. Elle est en danger et nous avons juré de l'aider si nous le pouvons.

Même s'il ne croirait de toute évidence pas qu'elle fût de naissance commune, elle pouvait toutefois prétendre n'être que la dame de compagnie d'une grande dame.

— Me direz-vous son nom ? demanda le chevalier qui parvint à se tenir debout sans l'aide de son serviteur. Peut-être pouvons-nous faire le voyage ensemble, ce sera plus sûr pour nous tous.

— Elle s'appelle…

La voix d'Elaine mourut quand Marion secoua vigoureusement la tête pour lui faire signe de ne rien révéler. Sans doute était-il en effet trop tôt pour se fier à un chevalier inconnu. Après tout, il se pouvait parfaitement qu'il soit complice du comte et les mène droit dans la gueule du loup.

— … Elle se nomme Philippa de Earlsmere, reprit-elle d'un ton mal assuré. Nous allons vers le sud-est, à la frontière entre le pays de Galles et l'Angleterre.

— Dans ce cas, tenons-nous compagnie jusqu'à ce que nos chemins se séparent, proposa le chevalier. Je crains que vous ne rencontriez quelques dangers sur la route, ma dame. Bien qu'une partie de mes forces m'aient abandonné, mon serviteur et moi-même vous protégerons du mieux que nous le pourrons.

Elaine hésitait. Pouvait-elle se fier à ses belles paroles ? La voyant hésiter, Marion lui jeta un autre regard d'avertissement.

— Je vous remercie de votre charitable proposition, sire chevalier, mais nous voyageons seuls. Je vais vous donner les plantes qui vous aideront à vous remettre. Il faudra les laisser macérer dans l'eau chaude pendant six heures, puis boire un verre de la décoction deux fois par jour. Leurs propriétés curatives vous aideront grandement.

L'homme semblait mécontent de sa réponse, néanmoins, il se contenta de répondre simplement :

— Je vous remercie, ma dame.

Il leva la main pour faire taire son serviteur qui s'apprêtait à parler. Elaine chercha dans sa sacoche les herbes adéquates et les confia à l'homme à la peau sombre. Bertrand l'aida ensuite à se remettre en selle et prit Marion derrière lui. Sur un dernier signe d'adieu, ils s'éloignèrent des deux hommes.

— Vous avez pris un grand risque, ma lady, s'alarma Marion. Tout cela aurait aussi bien pu être une ruse orchestrée par Newark.

— Le chevalier était vraiment mal en point. À mon avis, nous aurions été en sécurité avec eux, néanmoins, je te rejoins sur ce point, mieux vaut être trop prudents que pas assez.

Quoi que lui ait soufflé son instinct, la moindre erreur de jugement coûterait la vie à Bertrand et Marion, quant à elle, un destin pire encore que la mort l'attendait si elle épousait un homme aussi cruel que Newark. Toutefois, une vague tristesse lui serrait le cœur, comme si elle abandonnait derrière elle un être cher. Les yeux du chevalier avaient étrangement parlé à son âme, sans qu'elle sache exactement pourquoi.

— Les hommes du comte ont suivi la fausse piste sur laquelle je les ai mis. Toutefois, il ne leur faudra pas longtemps avant de découvrir leur erreur et revenir à nos trousses. Nous devons profiter de ce court répit pour mettre autant de distance que possible entre eux et nous.

*
* *

Zander restait assis, perdu dans ses pensées, incertain des sentiments qui agitaient son âme.

— Ton esprit est soucieux, seigneur, fit remarquer Janvier. Tu es étrange depuis que cette étrangère est venue à ton aide.

— C'est elle, Janvier, souffla Zander. Elle n'a pas voulu me donner son nom, cependant, elle n'a que peu changé malgré les années. C'est Elaine Howarth, je le sais.

— Tu veux dire… la dame à qui tu as promis de revenir ?

— Oui. Elle ne m'a pas reconnu. Ou bien elle n'a pas voulu admettre en son for intérieur que c'était bien moi. Dans un cas comme dans l'autre…

Il secoua la tête, désemparé et malheureux.

— Pourtant, elle était vêtue comme une pauvre femme et non comme une dame. Pourquoi ce déguisement ? Et où allait-elle ? interrogea Janvier, toujours pragmatique. Peut-être était-ce simplement une paysanne qui ressemble à ta dame ?

— C'était elle, je le sais. Le destin est décidément bien cruel de la remettre ainsi sur ma route alors que je ne suis même pas capable de la protéger ! Je dois attendre d'avoir pleinement recouvré mes forces avant de me mettre à son service. Et puis, il me reste encore à venger la mort de mon père…

— Seigneur, tu dois songer à ta santé avant de songer à ta vengeance, s'écria Janvier.

— Je me sens déjà mieux, crois-moi. Ce n'était sans doute que la fatigue qui m'a fait chuter. Par précaution, j'aimerais tout de même que nous préparions le breuvage dont elle a parlé. Nous verrons si ma santé s'améliore.

— Tu lui fais confiance ? demanda Janvier en fronçant les sourcils. Pourtant, elle t'a menti sur son identité.

— En effet. Je crois qu'elle a des ennuis. Nous devrions les suivre, mon ami, afin de voir ce qu'il en est.

— Ne voulais-tu pas rejoindre le domaine de ton oncle pour lui demander des hommes et organiser ta vengeance ?

— Si, je le dois. Cela dit, si elle va où je le crois, je ne serai pas loin des terres de mon oncle. Or, je pense qu'Elaine se rend à Sweetbriars.

— Tu risquerais ta vie pour elle… C'est qu'elle doit être spéciale à ton cœur.

— Je donnerais mille fois ma vie pour elle, mon ami. Aussi, je suis déterminé à les suivre pour la protéger coûte que coûte. Ils ne doivent pas avoir pris beaucoup d'avance sur nous et leurs chevaux communs ne les porteront pas plus vite que nos destriers. Quand nous les aurons rattrapés, nous resterons à bonne distance. Je veux en savoir plus sur leur destination avant de révéler notre présence.

— Nous devrions prendre un peu de repos près de cette rivière, proposa Bertrand en sautant de sa monture. Nous sommes à l'abri des regards, ici, et les chevaux sont à bout de forces.

Il aida Marion puis Elaine à descendre de cheval. La jeune femme regarda alentour pour vérifier que l'endroit était sûr. Ils n'avaient aperçu le cours d'eau qu'une fois arrivés en haut de la colline.

— Nous n'avons guère le choix, approuva-t-elle. Les chevaux sont épuisés, tout comme nous. Nous devons manger et boire et leur laisser le temps de se reposer. Nous sommes perdus sans eux.

— Très bien, restez ici, sous l'arbre, ma lady. Je vais emmener les chevaux se désaltérer sur la rive. Marion va préparer le repas.

— Marion a elle aussi besoin d'un peu de repos. Après quoi, nous préparerons de quoi manger ensemble.

— Oh non, ma lady ! Ce ne serait pas correct, se récria sa dame de compagnie.

— Vraiment ? Et si on nous voyait ? Ne serait-ce pas étrange de vous voir vous affairer pendant que je ne fais rien du tout ? répondit-elle avec un sourire. Je suis supposée être ta belle-sœur, Marion, pas ta maîtresse. Allons, viens t'asseoir un peu, ensuite nous préparerons le repas.

— Fais ce que te dit ta dame, plaisanta Bertrand avant de s'éloigner en entraînant les chevaux.

Elaine était déjà plongée dans ses pensées lorsque Marion vint s'asseoir sur la couverture près d'elle. Malgré des heures de chevauchée et l'épuisement qui endolorissait ses membres, elle n'était pas parvenue à sortir le chevalier de son esprit. Ce teint sombre, et ce serviteur à la peau plus sombre encore… Venaient-ils de Terre sainte ? Le chevalier avait-il été blessé au combat ? Le serviteur était un Maure ou un Sarrasin. Cependant, que faisait-il dans ce cas au service d'un chevalier chrétien ? Ce dernier avait sans doute suivi le roi Richard en croisade, oui, c'était l'unique raison qui pouvait expliquer sa peau brunie par le soleil.

Rien n'expliquait en revanche pourquoi son regard lui avait paru familier… Elle avait la sensation désagréable que la réponse était là, toute proche, mais demeurait inaccessible, cachée derrière un voile de sa conscience. Si elle avait rencontré cet homme, elle s'en souviendrait !

*
* *

Depuis la crête, Zander observa l'homme et les deux femmes. Ces dernières s'étaient mises à déballer des provisions des sacs de selle et l'homme leur vint en aide. La révérence qu'il marquait pour sa soi-disant sœur était évidente. Même à cette distance, il n'était pas difficile de percer à jour son déguisement. Rien dans son allure ne convenait à une paysanne. Sa noblesse était évidente.

Son teint lui avait paru certes étrangement brun parce qu'Elaine avait toujours eu cette carnation pâle et lumineuse typique du climat anglais. Il était donc probable qu'elle avait bruni son visage avec du brou de noix pour mieux cacher son identité. Certains chevaliers utilisaient cette ruse pour infiltrer le camp ennemi en Terre sainte.

Quoi qu'il en soit, il n'avait plus aucun doute : elle et ses compagnons se cachaient de quelqu'un qui leur voulait du mal. Bientôt, ils remontèrent en selle et quittèrent le bord de la rivière. Alors Zander et Janvier s'y rendirent à leur tour. Ils avaient galopé vite pour rattraper Elaine, et les chevaux méritaient un peu de repos et d'eau fraîche. Ils n'avaient eu aucun mal à retrouver la piste des trois fuyards parce qu'ils s'étaient arrêtés dans le village voisin pour puiser de l'eau au puits et acheter du pain, du fromage et des pommes.

Pourquoi Elaine voyagerait-elle avec une si maigre escorte ? Elle devait bien savoir qu'elle était à la merci d'hommes peu scrupuleux. Même avec son teint ainsi brouillé, elle était ravissante. Pourquoi son père l'autorisait-il à voyager ainsi, alors que beaucoup d'hommes seraient plus que ravis de mettre la main sur elle pour récupérer ses terres ?

Zander ne cessait pas de réfléchir aux différentes hypothèses qui expliquaient sa présence et son déguisement. Le plus probable était que son père était mort et qu'elle était tombée aux mains d'un tuteur sans scrupule. Bien sûr ! Elle fuyait pour échapper à un mariage dont elle ne voulait pas et cherchait à se réfugier sur les terres qu'elle avait héritées de sa mère !

Le destin n'avait peut-être pas eu tort de la mettre sur son chemin malgré sa faiblesse physique. Elle avait grand besoin de sa protection ! Toutefois, elle avait naturellement refusé l'aide d'un étranger, craignant sans doute qu'il ne s'agisse d'un piège.

Il ne restait donc à Zander que deux solutions : soit il lui révélait qui il était — perspective qui ne l'enchantait guère —, soit il continuait de la suivre à distance pour intervenir en cas de besoin.

Lui-même n'était pas encore assez fort pour se battre. Janvier serait certes prêt à donner sa vie pour lui, mais compter sur un seul homme semblait bien hasardeux. De toute façon, il lui faudrait engager des hommes d'armes entraînés pour combattre son ennemi. Ils n'étaient plus très loin des terres de son oncle, Sir Roderick Harvey. Là-bas, ils trouveraient des alliés. Seulement, il risquait ce faisant de perdre la trace d'Elaine.

Après avoir exposé le résultat de ses réflexions à son ami, il conclut :

— Janvier, suis Lady Elaine et ses compagnons. Le soir tombe et ils ne feront plus beaucoup de route, je pense. Ce soir, j'irai rendre visite à mon oncle. Demain matin, dès l'aube, je te rejoindrai avec les hommes que j'aurais pu réunir.

— Tu veux que je te laisse voyager seul, seigneur ? s'inquiéta Janvier. Si tu tombes à nouveau de cheval…

— Cela n'arrivera pas. Je me sens beaucoup mieux. Confie-moi les herbes qu'elle t'a données, je les ferai bouillir ce soir.

L'expression de Janvier demeurait cependant soucieuse.

— Tu places ta confiance dans une femme qui ne s'est pas fiée à toi. Elle ne t'a donné ni son nom ni sa destination. Comment sauras-tu où me rejoindre ?

— Je sais où elle se rend, je te l'ai dit. Je la connais depuis des années, je sais qu'elle a reçu de sa mère des terres. Nous avons chevauché en direction du sud-ouest toute la journée. Elle cherche à atteindre les terres de Sweetbriars, je n'ai aucun doute là-dessus. Néanmoins, je crains que des malfrats ne la pourchassent, voilà pourquoi j'ai besoin de toi pour ne pas la perdre de vue.

— Donc tu veux que je les suive et les protège ?

— Oui, mon ami, au nom de l'amitié qui nous lie, je te confie la protection de la dame que j'ai tendrement aimée autrefois.

— Qu'il en soit fait selon ton désir, seigneur. Je me battrai vaillamment si nécessaire, mais pardonne-moi si j'échoue à la protéger : je suis seul et si tes soupçons se révèlent exacts, ses ennemis seront sans doute nombreux.

Zander soupira, inquiet en effet de perdre un ami cher.

— Je pense que celui qui la pourchasse doit vouloir l'épouser. Il ne cherchera pas à la blesser, seulement à la capturer. S'il fallait en arriver là, il serait plus utile que tu restes caché et observe où ils l'emmènent. Ainsi, tu pourrais venir me prévenir.

Janvier acquiesça avant de boire une longue rasade d'eau à sa gourde.

— Je lui viendrai en aide du mieux que je peux, seigneur.

Zander hocha la tête pour le remercier. Les deux

hommes se donnèrent une chaleureuse accolade avant de partir dans des directions différentes.

Les mâchoires serrées pour supporter la douleur qui semblait sur le point de faire exploser son crâne, Zander lança son cheval à vive allure, déterminé à rejoindre la maison de son oncle avant la tombée de la nuit.

Elaine jeta un regard nerveux par-dessus son épaule. Elle avait la sensation désagréable d'être suivie depuis qu'ils étaient partis à l'aube. Ils étaient si près du but à présent ! Plus qu'une journée de chevauchée et elle atteindrait Sweetbriars. Pourvu que les hommes de Newark n'y soient pas déjà !

Un fermier leur avait accordé l'abri de sa grange pour la nuit après que Bertrand lui avait donné presque tout leur argent. Elle resserra les doigts sur la croix qui pendait sous sa tunique. Elle y tenait énormément ; hélas, il leur faudrait très bientôt de nouveaux fonds et elle devrait sans doute sacrifier ce dernier souvenir de son père.

Allons ! Ses amis avaient déjà tant fait pour elle. Elle ne pourrait jamais leur demander de supporter la faim alors qu'elle avait les moyens d'alléger leurs tourments.

Elle jeta un regard anxieux dans son dos. Rêvait-elle ? Elle crut apercevoir la silhouette furtive d'un cavalier à travers les arbres. Un frisson courut le long de sa nuque.

Allons, du calme. Ce n'était sûrement rien. Et puis, aussi étrange que cela puisse paraître, son instinct ne semblait pas pour autant l'alerter d'une menace.

*
* *

Quelque temps plus tard, ils quittèrent l'abri des bois et elle revit l'ombre du cavalier. Cette fois, cela ne faisait plus aucun doute : elle l'avait reconnu. C'était le serviteur du chevalier.

Ce dernier chevauchait-il à son côté ? Pourquoi la suivaient-ils ? Devait-elle rejoindre l'homme et exiger une explication, ou bien prévenir Bertrand au risque de provoquer un combat entre eux ?

Avant qu'elle ait pu se décider, le bruit d'une cavalcade lui parvint. La multitude arrivait en face d'eux. À la faveur du relief, elle aperçut six cavaliers vêtus de jaune et noir, les couleurs du comte de Newark, qui galopaient dans leur direction. En une seconde, Bertrand la rejoignit.

— Vite, ma lady, allez vous mettre à l'abri dans la forêt ! Marion et moi allons partir dans une autre direction pour les distraire. À cette distance, ils ne peuvent pas encore nous voir clairement. Si nous leur échappons, nous reviendrons vous chercher, sinon… il vous faudra vous débrouiller seule pour rejoindre Sweetbriars.

— C'est trop dangereux ! Je ne veux pas que vous risquiez vos vies pour moi ! s'alarma Elaine.

— Pas le temps pour les regrets, ma lady — partez ! Maintenant !

À contrecœur, Elaine fit demi-tour et galopa en direction de la forêt dont ils venaient de passer la lisière. Sa gorge était atrocement serrée et elle ravala les larmes qui lui montaient aux yeux. Sa chère Marion et ce pauvre Bertrand en avaient déjà tant fait pour elle ! Ne devrait-elle pas se rendre pour ne pas risquer la vie de ses fidèles serviteurs ? Néanmoins, elle connaissait suffisamment le courage de Bertrand pour savoir qu'il ne la laisserait jamais être capturée par Newark sans tenter de la défendre. Il aurait plus de chance de survivre en échappant aux hommes du comte.

Une fois sous le couvert du bois, elle descendit de cheval et alla s'asseoir sur un tronc d'arbre mort. Elle prit son visage entre ses mains, au bord des larmes. Qu'allait-il advenir ? S'ils ne revenaient pas, comment ferait-elle pour parvenir chez elle ? Une femme seule, dans les bois ?

— Votre ami est un homme brave, ma lady.

Elaine redressa brusquement la tête et dévisagea l'homme avec des yeux élargis de stupeur. Très vite, cependant, elle reprit ses esprits.

— Vous nous avez suivis… Vous êtes seul. Pourquoi ? Où est votre seigneur ?

— Mon maître est parti rejoindre la maison de son oncle afin de recruter des hommes pour nous escorter. Il m'a envoyé dans votre sillage car il craignait que vous ne soyez en grand danger.

— Il avait raison, admit Elaine dans un soupir malheureux.

Elle n'avait pas d'autre choix que de se fier désormais aveuglément au chevalier et à son serviteur étranger, aussi avoua-t-elle :

— Je suis pourchassée par le comte de Newark qui veut me forcer à l'épouser. Je suis l'héritière de certaines terres qu'il convoite parce qu'elles sont voisines des siennes. Mon père a toujours refusé de lui vendre ces terres, et à présent il a décidé de s'en emparer par la force.

L'homme la contempla un instant en silence avant de hocher la tête.

— Venez, ma lady. Remettez-vous en selle et je vous conduirai jusqu'à mon maître. Il ne doit pas être bien loin derrière nous car il devait nous rejoindre au plus tôt ce matin. Sous son escorte, vous serez en sécurité. Lui comme moi, nous donnerons notre vie pour vous défendre.

Elaine hésitait. Certes, son instinct la poussait depuis le début à se fier au chevalier et à son serviteur, mais elle ne pouvait s'empêcher de repenser à l'avertissement de Marion.

Cependant, des voix non loin la convainquirent de ne plus perdre un instant. Elle sauta en selle et suivit l'homme à travers les bois. Pendant de longs moments d'angoisse, les voix semblèrent les suivre, jusqu'à ce qu'il la conduise sur un sentier étroit qui longeait un ravin profond.

Terrorisée à l'idée de chuter, Elaine le laissa conduire son cheval à la longe et ferma les yeux pour n'être pas tentée de regarder en bas.

— Nous sommes en sécurité, ma lady. J'ai remarqué ce chemin en venant, mais il est bien caché, les soldats ne l'apercevront pas. Nous pouvons prendre un peu de repos.

— Merci, murmura Elaine en le laissant l'aider.

Les jambes tremblantes, elle s'affala sur le manteau qu'il avait déployé pour elle au pied d'un arbre.

Aussitôt, les larmes revinrent mouiller ses paupières. Le sort de Marion et Bertrand l'angoissait terriblement.

— Vos amis auront peut-être réussi à s'échapper, la rassura-t-il gentiment. Il est évident que votre ennemi a séparé ses hommes pour vous retrouver. Cela leur sauvera peut-être la vie.

— Peut-être, oui, murmura-t-elle.

Elle prit le pain et le fromage qu'il lui tendait et en découpa de petits morceaux pour se forcer à avaler quelque chose.

— Vous aussi, vous risquiez la mort s'ils vous avaient découvert, fit-elle remarquer.

— Il n'était que trois cavaliers. Je suis largement à

la hauteur. Simplement, j'ai pensé qu'il était plus sûr de vous conduire à l'abri. Si cela avait été nécessaire, j'aurais combattu.

— Pourquoi ? demanda Elaine. Vous ne me connaissez pas, pourquoi risquer votre vie pour moi ?

Elle n'y comprenait plus rien.

— C'est le souhait de mon seigneur de vous garder en sécurité quel qu'en soit le prix. Il est le chevalier le plus honorable de toute la chrétienté, et il ne laisserait jamais une femme à la merci de son poursuivant.

— Avez-vous déjà entendu parler du comte de Newark ?

— Oui, ma lady. Mais je ne vous en dirai pas davantage. Vous apprendrez le reste de la bouche de mon maître.

Elaine acquiesça.

— Je suis prête à reprendre la route, si vous le voulez. Autant arriver avant la nuit… Puisque nous allons chevaucher ensemble, voulez-vous m'appeler Lady Elaine ? Et me dire quel est votre nom ?

— Janvier, ma lady. Venez, nous ne devrions pas tarder à retrouver mon seigneur.

Chapitre 4

— Je suis heureux de pouvoir te rendre ce service, déclara Roderick en lui serrant chaleureusement les mains. Je ne peux que t'admirer pour les souffrances que tu as endurées, si loin dans cette terre étrangère, pour la gloire de Notre Seigneur. Mes hommes te serviront loyalement tant que tu auras besoin d'eux.

— Dès que j'aurai repris la forteresse de père, je pourrai te les renvoyer, mon oncle.

Un ombre passa sur le visage de Roderick.

— Je crains qu'il n'y ait plus grand-chose à reprendre, Zander. Les terres n'étaient pas grandes, tu le sais, ton père en a perdu beaucoup à cause de ses dettes. Quant à son château il n'est guère plus qu'une ruine.

— Dans ce cas, je le ferai restaurer et construirai une demeure plus grande, déclara tranquillement Zander. J'ai obtenu fortune et honneurs en Terre sainte. Je tiens à rétablir la réputation du nom de Bricasse et à remettre en état les terres pour qu'elles produisent à nouveau de quoi nourrir ceux qui nous sont restés loyaux.

— Alors, pars avec ma bénédiction et que la paix du Seigneur t'accompagne, mon cher neveu.

— Mon âme ne sera pas en paix tant que mon père n'aura pas été vengé.

Il adoucit ses paroles d'un sourire et serra la main de son oncle.

— Je vous remercie pour votre aide, reprit-il. Je dois repartir rapidement au secours d'une noble dame que je crois en grave danger.

Il remonta en selle et lança le signal du départ aux hommes que son oncle lui avait confiés. La troupe de onze soldats s'éloigna au trot de la solide forteresse, les sabots des chevaux claquant sur le pont-levis de bois. Son oncle était un seigneur puissant qui employait plus d'une centaine de soldats, tous des combattants aguerris.

Il ne lui restait plus qu'à espérer que lui aussi redevienne le combattant qu'il avait été. Il avait déjà pris deux tasses de la décoction conseillée par Elaine et se sentait d'ores et déjà un peu moins épuisé. Les vertiges qui l'assaillaient depuis des semaines semblaient avoir disparu. La jeune femme avait décidément un véritable talent de guérisseuse !

Zander sourit en se penchant sur l'encolure de son cheval pour accélérer l'allure. Pour la première fois depuis bien longtemps, il ne craignait pas de tomber de sa selle.

Il avait hâte de retrouver Janvier et Elaine.

Le cœur d'Elaine se serra d'appréhension lorsqu'elle vit la troupe de cavaliers qui galopait sur la route en contrebas, droit sur eux. Ils étaient bien plus nombreux cette fois ! Sans nouvelle d'elle, Newark avait visiblement continué d'envoyer de plus en plus d'hommes à ses trousses.

Ici, il n'y avait pas de sous-bois où se cacher. Revenir sur leurs pas serait tout aussi inutile.

— S'ils veulent m'emmener, vous ne devez pas lutter, dit-elle d'un ton pressant à Janvier. Je ne veux pas que vous sacrifiiez inutilement votre vie. Les hommes du comte ne me feront aucun mal. Il me veut vivante pour mettre la main sur mes terres sans prendre le risque d'être réprimandé par la Couronne.

Janvier sourit d'une façon désarmante.

— Ne craignez rien, ma lady. Ce ne sont pas les hommes de Newark. Je reconnais mon maître, et ce doivent être les soldats qu'il a rassemblés.

Le souffle court, Elaine ne répondit rien. Pour une raison mystérieuse, son cœur s'était mis à battre plus vite. Décidément, elle ne réfléchissait plus rationnellement dès qu'il était question de ce chevalier inconnu. Elle avait couru vers lui quand il était tombé, sans même penser au danger, puis elle avait failli tout lui révéler de son identité parce qu'elle lui avait fait immédiatement confiance. Et voilà qu'elle se sentait étrangement émue à l'idée de le revoir.

Bientôt, la troupe d'une dizaine d'hommes les rejoignit. Elle reconnut aussitôt parmi eux le chevalier qu'elle avait secouru. Il leva la main pour la saluer.

— Heureuse rencontre, ma dame. Où sont vos compagnons ?

Il sauta de son cheval et vint l'aider à en faire de même. Comme il tendait les bras vers elle, elle se laissa aller contre lui. La sensation était incroyablement… naturelle. Il la tint serrée plus longtemps que nécessaire et pourtant, il lui fallut plusieurs secondes pour réagir et s'écarter. Elle prit une inspiration tremblante pour reprendre contenance.

— Nous devons parler, déclara le chevalier en retirant son manteau pour l'étaler au pied d'un chêne afin qu'elle s'y assoie confortablement.

Elaine refusa, préférant rester debout.

— Ma dame, vous devriez savoir à présent que je ne veux que votre bien. Je vous aiderai par tous les moyens. Cependant, vous devez me dire quel danger pèse sur vous et qui vous poursuit de la sorte.

— J'ai tout dit à votre serviteur lorsqu'il m'a trouvée ce matin, répondit-elle. Un homme qui veut me forcer à l'épouser est à mes trousses. Il a brutalement envahi la forteresse de mon oncle et l'a tué avant de chasser ma tante. Mes deux serviteurs, Marion et Bertrand, ont semé ses hommes plus tôt ce matin. Bertrand m'a conseillé de me cacher dans les bois, où Janvier m'a trouvée. Les hommes du comte ont dû se séparer car seuls quelques-uns sont restés sur nos talons un moment, avant que Janvier ne parvienne à les semer. Croyez bien que je vous suis reconnaissante de votre aide, sire chevalier, et que je vous récompenserai dès que je le pourrai.

Elle prit une profonde inspiration pour avouer l'essentiel :

— Je suis Lady Elaine Howarth et mon seul espoir est d'atteindre les terres qui me viennent de ma mère, à Sweetbriars.

— J'avais déjà deviné l'essentiel de votre mésaventure, ma dame. Quant à une récompense, n'en parlons plus, je suis chevalier : mon devoir est de protéger quiconque serait dans le besoin, une dame de votre condition plus que toute autre.

— En ce cas, je ne peux que vous remercier du fond du cœur et vous proposer en échange mon aide si elle vous était utile.

— Pourriez-vous me donner le nom de l'homme qui vous pourchasse de la sorte ?

— C'est un homme sans foi ni loi, cruel et insatiable, murmura-t-elle en frissonnant. Le comte de Newark. Je préférerais encore mourir que d'épouser un tel monstre.

— Dans ce cas, il aurait vos terres pour lui seul, siffla le chevalier entre ses dents.

La dureté de son ton incita Elaine à lever le regard sur lui. Ses yeux étincelaient d'un gris métallique glacé et sa bouche n'était plus qu'un trait dur. Elle sentit son pouls s'emballer et un frisson courir dans ses veines. Pourquoi une telle réaction de fureur si Newark lui était inconnu ?

— Que savez-vous de lui ? murmura-t-elle.

Son instinct ne pouvait pas la tromper… Elle était sûre de connaître cet homme. Elle l'avait déjà rencontré. Elle ne savait plus ni où ni quand, mais elle connaissait ce chevalier.

— Qui êtes-vous, sire chevalier ? insista-t-elle d'une voix heurtée.

— Newark a piégé et assassiné mon père, répondit-il d'une voix dure.

L'espace d'un instant, il se détourna d'elle, le corps rigide. Puis, d'un mouvement brusque, il retira la cotte de mailles qui couvrait sa tête et cachait la majeure partie de son visage. Il se tourna à nouveau face à elle, la transperçant de son regard intense.

— Ne me reconnais-tu pas, Elaine ? Je t'ai reconnue tout de suite, moi, même avec ta chevelure cachée sous un châle et ton teint assombri.

Elaine ne pouvait rien faire d'autre que fixer ce visage. Se pouvait-il… ? Ses cheveux noirs striés de mèches grises, ses yeux d'acier si durs… Sa conscience refusait encore d'accepter ce que son instinct lui soufflait depuis le début. C'était lui… C'était bien lui ! Le visage marqué par des années à guerroyer en Terre sainte.

— Zander… ? Est-ce possible ?

Après une brève hésitation, elle avança vers lui. Il était tellement différent : plus vieux, plus sévère, bien plus en tout cas que les années écoulées ne le justifiaient. Son regard suivit la longue cicatrice livide qui marquait sa joue. Tout autour, la chair s'était plissée et la moitié de son visage était rouge et enflammée. La plaie était vraiment impressionnante et son cœur se serra de douleur pour lui. Le beau jeune homme qui lui avait déclaré son amour autrefois avait disparu. Ne restait à sa place qu'un étranger au visage sombre et torturé. Pourtant, son cœur l'avait immédiatement reconnu. Cela seul expliquait son comportement à l'égard de ce chevalier inconnu.

— Oui, Elaine. C'est bien moi. Abîmé par le combat comme tu peux le voir. Mais je suis toujours moi, seigneur des terres et du nom que mon père m'a légués, Sir Zander de Bricasse, Lord de Penbury.

Brusquement, un flot d'émotion brutal envahit Elaine. C'était comme si son cœur allait exploser sous la pression de tant de sentiments : la joie, le choc, la tristesse…

— Oh, mon amour, murmura Elaine. Je suis tellement désolée…

Son instinct lui intimait de s'élancer vers lui et de l'embrasser, cependant, quelque chose la retint. Certes, il était l'homme qu'elle aimait depuis tant d'années. Cependant, il était un autre. Il était… distant, comme s'il avait mis une barrière entre eux qu'elle ne savait comment franchir.

— Garde tes larmes pour ceux qui en ont besoin, Elaine. Je ne veux pas de ta pitié, lança-t-il durement. Je ne t'aurais pas révélé mon identité si je n'avais pas eu besoin que tu me fasses confiance pour te protéger au mieux.

— Zander…, implora-t-elle. Ce n'est pas la pitié, mais l'amour qui me fait parler ainsi.

— Tu te trompes. Tu aimais l'homme que j'étais

— pas celui que je suis devenu. Ne me fais pas de promesses hâtives. Je ne t'en demande aucune. Je te libère du vœu que tu as fait il y a si longtemps.

— Je ne veux pas être libérée de ce vœu, dit-elle tout bas.

En vérité, elle ne savait pas elle-même ce qu'elle voulait. Ce n'était pas tant la cicatrice que la froideur qu'il y avait en lui qui la questionnait. Certes, la blessure était terrible et défigurait la moitié de son visage autrefois si beau. Seulement, Elaine connaissait des onguents et des soins qui aideraient la peau à cicatriser. Il souffrirait moins et la cicatrice ne serait plus aussi livide. Bien sûr, il ne retrouverait jamais le visage qu'elle avait tant aimé, mais quand bien même, son apparence ne la gênait pas. Ses manières rudes, sa brusquerie… bien davantage… Elle ne savait plus comment se comporter avec lui ? Devait-elle reprendre leur ancien ton familier ou rester plus formelle ? Il ne pouvait tout de même pas négliger si facilement les promesses qu'ils s'étaient faites !

— Si vous souhaitez toujours de moi pour épouse, j'en serai honorée, sir, déclara-t-elle avec une légère froideur.

Elle vit une veine battre à sa tempe et il étrécit le regard.

— Il est trop tôt pour parler de cela, ma dame. Pour l'heure, je dois vous conduire en sécurité jusqu'à vos terres. Sachez que votre ennemi est aussi le mien. C'est Newark qui a assassiné mon père. Je l'ai appris d'un ami après mon départ pour la croisade. Un jour mon père a publiquement condamné Newark pour son comportement indigne. Ce dernier ne l'a jamais oublié, il n'a jamais pardonné. Voilà pourquoi il l'a fait battre à mort par des vauriens. Je compte le défier et le tuer pour venger ma famille et vous débarrasser de sa poursuite.

— Zander ! C'est impossible, s'affola-t-elle, oubliant tout de la digne réserve qu'elle comptait observer. Newark est riche, puissant et sans scrupule ! Il te faudra beaucoup d'hommes avant de pouvoir le défier en combat singulier.

— Je le sais. Les hommes qui m'accompagnent ont juré fidélité à mon oncle et ils me seront loyaux, mais je vais rassembler une armée et forcer Newark à ployer le genou, d'une façon ou d'une autre.

Elaine avait le cœur serré de voir la souffrance évidente de Zander. Une souffrance aussi bien physique que morale. Hélas, elle ne pouvait pas le prendre dans ses bras car elle sentait qu'il la rejetterait.

— En ce cas, je ne peux que vous souhaiter bonne chance, sir.

Il hocha la tête et replaça sa cotte de mailles qui masquait son visage et sa cicatrice hideuse. En le revoyant ainsi, elle comprenait mieux pourquoi il lui avait été si difficile de le reconnaître alors que son corps l'avait instinctivement reconnu. Il semblait infiniment plus âgé, abîmé par la guerre et la souffrance.

Elaine brûlait de le toucher, de lui dire que son amour pour lui était assez fort pour survivre à ce qui lui était arrivé. Mais quel droit avait-elle de proclamer son amour à un homme qui n'en voulait manifestement pas ? Le jeune homme qui était parti aux croisades l'avait sincèrement aimée, mais comment savoir ce qui restait de cet amour dans le cœur de l'homme qui était revenu ? Peut-être en avait-il aimé une autre ? Peut-être n'était-elle plus pour lui qu'un lointain souvenir ? Elle ne pouvait exiger amour et loyauté d'un homme qui ne voulait pas les lui donner.

— Nous devrions partir si nous voulons atteindre

vos terres avant Newark. Je pourrais vous protéger de la plupart des dangers, à la condition que nous ne soyons pas trop dépassés en nombre. Il est plus prudent de voyager de nuit. Pouvez-vous chevaucher seule ou voulez-vous que je vous prenne en croupe derrière moi ?

— Je peux monter seule, mais…

Sa voix mourut dans sa gorge. Elle ne voulait pas lui rappeler sa faiblesse de la veille, de peur de l'énerver ou de l'humilier.

— Vos herbes m'ont grandement aidée, Lady Elaine, dit-il d'un ton radouci. Peut-être accepterez-vous de me préparer encore de ce breuvage, ce soir ?

— Oui, mon seigneur. Je serai heureuse de pouvoir vous aider pour vous exprimer ma gratitude. Je pourrais également alléger la douleur de votre joue, si vous le souhaitez.

— Comment savez-vous que cela fait mal ?

— Je peux voir que le poison s'est répandu sous la peau. Il faut rouvrir la plaie et la nettoyer. Une fois le pus retiré, je pourrais appliquer des onguents pour aider la peau à guérir rapidement.

— Si vous aviez vu la blessure que Janvier a dû refermer, vous ne trouveriez pas celle-ci si horrible, dit-il en souriant légèrement. La douleur que je dois supporter maintenant n'a rien de comparable avec celle d'alors.

— Pourtant, cette douleur-là aussi pourrait disparaître.

Elaine soutint son regard, le menton haut. S'il voulait la traiter comme une enfant, avec condescendance, elle ne comptait pas se laisser faire.

— Pendant toutes ces années où vous êtes parti, messire, j'ai appris les talents nécessaires à une châtelaine pour garder ses gens heureux et en bonne santé. J'ai beaucoup appris sur les herbes et les soins.

— Votre mère était une guérisseuse de talent, admit-il avec gentillesse. Qu'est-il advenu de votre père, ma dame ?

— Il est mort il y a quelques mois. Une longue maladie que personne n'a pu guérir. Mes soins ont apaisé ses souffrances, hélas, je ne suis pas parvenue à le sauver. Seul Dieu l'aurait pu.

— Dieu ? Existe-t-il seulement ? lança Zander avec une telle amertume qu'elle sursauta. Autrefois, j'ai pris l'habit des croisés en son nom, à présent, je me demande s'il a jamais existé. Seul un dieu cruel aurait permis les souffrances que j'ai vues. Tous ces morts… Pas seulement des soldats, non, des innocents, des enfants…

Elaine ne savait que répondre. Sa foi était profonde et elle souffrait d'entendre de telles paroles dans la bouche d'un jeune homme autrefois si pieux.

— Ce n'est pas Dieu qui cause nos souffrances, mais le Diable qui est partout dans ce monde et en nous. Dieu nous pardonne, quoi que nous fassions.

Zander eut un rictus cynique qui la glaça.

— Quelle foi aveugle ! Je vous envie, en vérité. J'aimerais pouvoir encore éprouver cette foi que je ressentais au fond de mon cœur avant de partir. Malheureusement, elle est morte en même temps qu'un garçon innocent et tant d'autres innocents… Tellement de sang a rougi cette terre qu'on dit sainte…

— Je comprends que vous avez vu et subi des douleurs inhumaines. Je suis certaine que Dieu saura retrouver le chemin de votre cœur, Zander. Un jour, il vous rendra la paix de l'âme.

Le regard qu'il darda sur elle était si intense qu'elle ne put le soutenir plus de quelques secondes.

— Quand je serai mort, peut-être ? dit-il d'une voix basse. Comprenez-vous, à présent, pourquoi je ne peux faire un bon époux ? Néanmoins, je vous jure de vous protéger quoi qu'il puisse en coûter, ma dame.

Elaine ravala difficilement l'angoisse qui lui serrait la gorge. Que dire à cet homme aigri et plein d'amertume ? Le plus tragique était que c'étaient les idéaux et les croyances qu'elle avait tant admirés en lui qui en avaient fait un homme désillusionné.

Elle fit de son mieux pour masquer les émotions qui l'agitaient et le laissa l'aider à remonter en selle. Les paroles de Zander l'avaient heurtée, mais elle ne le laisserait pas voir son trouble.

Comment démêler la tempête d'émotions qui s'agitait en elle ? Que ressentait-il pour lui ? Il était devenu un étranger pour elle et seul le temps pourrait lui apprendre s'il restait encore quelque chose de l'homme qu'elle avait aimé.

Ils chevauchèrent vite et rudement. Elaine était déjà épuisée bien avant qu'ils ne s'arrêtent. Quand ils parvinrent enfin dans la cour d'un château que Zander semblait connaître, elle tomba presque dans ses bras tant son corps lui paraissait lourd et raidi. Elle gardait à peine les yeux ouverts lorsque Zander la porta à l'intérieur de la maison.

— Zander, mon ami, vint les accueillir un chevalier blond de haute taille. Bienvenue dans ma demeure. Quand j'ai appris que tu vivais toujours, mon cœur s'est empli de joie. Venez mes amis, vous êtes ici chez vous.

— Merci, Philip, pour ton accueil et pour ton amitié. Ma dame a besoin avant toute chose d'un bon lit. Elle est en danger et j'aurais besoin de ton aide pour la protéger, mon ami. Nous devons rejoindre les terres qui lui appartiennent, à Sweetbriars mais il est hélas possible que les hommes de Newark, qui la pourchasse, y parviennent avant nous. Je n'ai pas assez d'hommes pour le faire reculer, toi si, en revanche.

— En effet. S'il ne se rend pas, je le ferai arrêter et jeter en prison. Je suis le shérif dans cette province et j'ai interdit aux barons de se quereller entre eux. Quiconque défie mon décret sera aussitôt déclaré hors-la-loi et banni de la province.

— Je peux donc compter sur toi pour m'aider à la défendre. Où pourra-t-elle demeurer cette nuit ?

Malgré son épuisement, Elaine tenta de se redresser dans les bras de Zander pour saluer leur hôte.

— Anne la fera dormir dans sa chambre. Mais d'abord, permettez-moi de me présenter, ma lady : Lord Philip Henry de Stornway. Ma sœur Anne sera ravie de vous prêter son lit pour la nuit. Voyez-vous, cette petite folle refuse de se marier car elle ne trouve aucun homme à son goût, et, fou que je suis, je me plie à ses caprices.

Comme il disait ces mots, une femme grande et mince pénétra à son tour dans la grande salle. Ses longs cheveux sombres flottaient librement sur ses épaules. Un fin cercle d'argent ceignait son front et maintenait un voile fin.

— Soyez les bienvenus, les salua-t-elle. Venez, ma lady, je prendrai soin de vous ce soir.

Elaine tenta d'esquisser un sourire mais la fatigue la rendait atrocement faible. Ses paupières se fermaient malgré elle. Anne Stornway lui sourit aimablement.

— Elle se nomme Lady Elaine. Elle est épuisée, expliqua Zander. Je l'ai trop poussée parce que je craignais que les hommes de Newark ne soient à nos trousses.

Il suivit leur hôtesse tout en l'emportant dans ses bras.

— Newark est un homme mauvais, disait celle-ci d'un air soucieux. Il a demandé ma main quand je n'avais que treize ans. Par chance, mon oncle et mon frère ont fermement rejeté sa demande. J'ai vingt-cinq ans aujourd'hui et j'ai largement dépassé l'âge du mariage, pourtant, si le comte me redemandait ma main mille fois, je dirais mille fois non.

Zander hocha sombrement la tête. Le visage appuyé contre son large torse, Elaine pouvait sentir son cœur battre sourdement dans sa poitrine. Ce son lui semblait bien plus important que les mots vagues qui parvenaient à peine jusqu'à sa conscience.

Lady Anne les mena jusqu'à une pièce confortable. Entre deux battements de cils lourds, Elaine remarqua que le lit était tendu de rideaux de soie de Damas. Les couvertures sur lesquelles Zander la posa étaient en fin velours, un tissu de cette qualité devait venir directement de France, où il était tissé à Reims. De ses doigts engourdis, elle éprouva la finesse du lin et le moelleux des oreillers remplis de plumes d'oie.

Au-dessus d'elle, elle vit Zander la contempler de longues secondes. Déjà à moitié plongée dans le sommeil, elle soupira son prénom. Comme de très loin, la voix d'Anne lui parvint :

— Êtes-vous fiancés ?

— Nous l'avons été, répondit Zander. Nous ne le sommes plus. Plus vraiment… Comment pourrais-je demander à une noble dame de subir jour après jour un tel spectacle ?

Elaine parvint à entrouvrir les paupières pour voir qu'il avait retiré sa cotte de maille, et montrait son visage abîmé à la jeune femme.

— Si elle vous aime, elle ne songera qu'à soulager votre peine, messire. J'ai des onguents qui pourraient aider la cicatrisation. Votre serviteur pourra s'en occuper car la plaie semble en voie de guérison.

— Vous êtes trop aimable, ma lady, inutile de vous soucier de cela. Je vis avec cette douleur depuis des mois, je peux la supporter. Je n'ai guère l'occasion pour le moment de prendre le temps et le repos nécessaires à ma guérison.

Anne ne répondit rien. Les yeux clos, Elaine sourit en songeant que la jeune femme savait apparemment mieux qu'elle qu'il n'était pas judicieux d'insister face à un homme aussi entêté.

Elaine bougea doucement la tête sur l'oreiller. Aussitôt, Zander s'écarta du lit.

— Je devrais vous laisser avec elle, ma lady. Merci de prendre soin d'elle.

Sur ces mots, il quitta la chambre. Alors Elaine sombra dans le sommeil, abattue par la fatigue.

Elle se réveilla brusquement, les joues striées de larmes, le nom de Zander sur ses lèvres. Stupéfaite, elle comprit qu'elle n'avait dû s'assoupir que quelques minutes car Anne n'avait pas bougé. Elle fixait encore la porte par laquelle le chevalier était sorti. L'expression étrange de son visage attira l'attention d'Elaine. Dès qu'elle l'entendit s'agiter, Anne vint à elle.

— J'ai rêvé qu'il me revenait..., balbutia Elaine, toujours troublée par son rêve étrange. Il revenait, mais il n'était plus le même.

Anne s'assit à son chevet et posa doucement ses doigts sur sa joue.

— Calmez-vous, ma lady. Lord Zander n'est pas loin. Il est inquiet pour votre sécurité, je peux vous l'assurer. Néanmoins, aucun homme ne mérite les larmes d'une femme, croyez-moi.

Elaine s'efforça de ravaler ses larmes. Elle se redressa légèrement contre les oreillers. Un peu calmée et moins embrumée par l'épuisement, elle posa un regard curieux sur son hôtesse, car elle avait clairement entendu une note d'amertume dans sa voix.

— Comment se fait-il que je ne vous aie jamais rencontrée auparavant, Lady Anne ?

— En tant que sœur de Lord Stornway, je n'ai guère le temps pour les visites à la Cour ou même à nos voisins, ma chère. En l'absence du roi Richard, il a été nommé shérif et doit s'assurer de maintenir la paix entre les barons. Une tâche fort ardue... La plupart sont atrocement entêtés et fiers. Mon frère est sans cesse dérangé par leurs comportements irrespectueux. Il serait temps que le roi revienne et ramène un peu d'ordre dans son royaume, à mon avis.

— Je ne peux qu'être d'accord sur ce point, confirma Elaine. Newark a gagné la confiance de mon oncle puis l'a lâchement assassiné. Il s'est emparé de toutes les richesses de mon oncle et il aurait agi de même avec moi si je n'avais pas miraculeusement été absente du château lors de l'attaque.

Anne lui serra la main pour compatir à sa peine. Ainsi encouragée, Elaine lui conta le détail de ses aventures depuis sa fuite du château.

— Ainsi donc, Lord Zander est venu à votre secours. Cependant, vous vous sentez blessée par le changement qui s'est opéré en lui, c'est cela ?

Elaine acquiesça, hésitante, car l'étrange expression de tension était de retour sur le visage de sa confidente.

— Je pense qu'il a traversé des souffrances que nous ne pouvons pas imaginer, ma lady. Mon frère m'a parlé d'autres chevaliers rentrés de Terre sainte. Il ne m'a pas tout dit de ce qu'ils lui avaient raconté, mais du peu qu'il m'a dit, j'ai deviné le reste. Lord Zander a besoin de temps pour se remettre, pas seulement de ses blessures physiques, mais aussi de ses blessures morales. Un jour, il sera lui-même à nouveau.

— J'espère de tout mon cœur que vous avez raison, ma lady. Je prie Dieu qu'il retrouve la paix de l'âme.

— Seul Dieu peut apaiser son fardeau, approuva Anne en se signant.

La jeune femme se montrait charmante et aimable avec elle, pourtant, Elaine ressentait une sorte de malaise, comme si elle ne savait jamais exactement ce que pensait son interlocutrice. Oui, Lady Anne semblait volontairement éviter son regard, comme si elle tentait de lui cacher ses pensées profondes.

— Ma foi ne m'a jamais quittée, vous savez. J'ai toujours cru que Dieu me le ramènerait, seulement, à présent…

— À présent, votre amour doit être encore plus fort. Vous devez vous battre, non seulement pour cet amour, mais aussi pour la sauvegarde de son âme. Redonnez-lui foi en Dieu et en la vie et vous retrouverez l'homme que vous avez aimé. Ses blessures physiques resteront sans doute, elles s'affadiront de toute façon et surtout, elles n'auront plus aucun impact sur les plaies de son âme.

— Vous êtes tellement sage, murmura Elaine dans un sourire. Je vais suivre votre conseil et attendre avec patience que le temps fasse son œuvre.

— C'est ce que chacun d'entre nous doit faire, ma lady. Allons, à présent, je dois rejoindre mon frère et veiller à l'installation de nos invités. Reposez-vous. Une servante viendra bientôt vous porter de quoi manger.

— J'ai seulement besoin de dormir. Ce sera la première nuit depuis trois jours où je ne craindrais pas d'être surprise et attaquée dans mon sommeil. Je sais que je peux dormir en confiance sous votre toit. Newark n'osera pas attaquer le shérif du roi.

— Du moins, il ne le fera pas ici, dans cette forteresse bien gardée. Cependant, je ne suis pas certaine qu'il n'attaquerait pas mon frère s'il se trouvait hors de chez lui, moins bien défendu. Cet homme est plus diabolique et mauvais que vous ne pouvez l'imaginer. Je crains qu'il ne soit prêt à tout, hélas.

— Je connais ses méfaits. La sœur de ma dame de compagnie était au service de la première épouse de Newark. Cette pauvre femme est morte des mains de ce monstre parce qu'elle ne lui avait pas donné de fils, mais seulement une fille. Après ce crime, la sœur de ma dame de compagnie a pris la fuite. Je l'ai recueillie et je l'ai mise au service de ma tante pour qu'elle ne soit pas trop éloignée de sa sœur.

— Ce comte est un infâme personnage, renchérit Anne avec colère. Dormez, maintenant. Je vous réveillerai au matin pour que vous ayez le temps de vous restaurer avant de reprendre la route. Votre voyage devrait être plus sûr à présent que mon frère vous fournira une escorte. Si Newark ose défier les hommes du shérif, il s'attirera les foudres du roi.

Elaine poussa un soupir d'épuisement et de soulagement mêlés.

— Merci, ma lady, murmura-t-elle les yeux déjà clos.

Alors que le sommeil l'envahissait, elle pria pour que Zander lui revienne.

Chapitre 5

Zander se tenait dans l'ombre de la chambre. L'étroite fenêtre ne laissait passer qu'un mince rayon de lune dans la pièce, mais il s'était rapidement habitué à la pénombre et un étroit rai de lumière éclairait le visage pâle d'Elaine.

Il s'était levé avant l'aube pour veiller aux préparatifs de leur voyage, tout comme Lady Anne qui était déjà occupée à donner ses ordres aux serviteurs. Elle l'avait prévenu qu'Elaine dormait encore et lui avait conseillé de la laisser se reposer le plus tard possible.

Zander repensa à la franchise de Lady Anne à son égard :

— Elle a subi un terrible choc et le chagrin est tout aussi responsable de son épuisement que la chevauchée. Vous devriez vous montrer doux et patient avec elle, messire.

— Je ne suis qu'un rustre chevalier, pas un courtisan, avait-il rétorqué. Inutile de me rappeler que je ne la mérite pas.

Le regard de la jeune femme avait flambé, puis elle avait déclaré avec une intensité qui l'avait pris de court :

— Qui se préoccupe des manières de la Cour quand il est question d'amour ? Écoutez-moi, sire chevalier.

Bien des nobles m'ont courtisée. Seul l'un d'entre eux est parvenu à toucher mon cœur. Si j'avais trouvé un autre homme aussi sincère et honorable, je l'aurais épousé. Hélas, je n'en ai trouvé aucun. On ne joue pas avec l'amour.

Zander s'était senti déstabilisé par la confession inattendue de la jeune femme.

— Je suis navré pour cette perte, ma lady. Vous feriez à n'en pas douter une parfaite épouse, même si j'imagine que votre frère aurait bien du mal à se passer de vous.

— Oh non ! s'amusa-t-elle. Philip serait ravi de me savoir mariée. J'ai eu longtemps l'espoir qu'il tombe amoureux et que sa femme vienne me tenir compagnie. Malheureusement, il faut croire qu'il est aussi difficile que sa sœur !

Zander avait ri.

— Je crains que Philip n'ait bien trop de confort dans sa propre maison pour ressentir le besoin de se marier. Pourquoi prendrait-il femme alors que vous dirigez sa maisonnée d'une main de maître ?

— Je peux être utile à l'occasion, avait admis Anne. D'ailleurs, je vous réitère une fois de plus ma proposition de vous fournir des onguents pour votre blessure. Cela apaiserait la douleur.

Son ton était si insistant qu'il s'était senti mal à l'aise. Zander avait eu la sensation étrange qu'elle voulait lui forcer la main.

— Je vous remercie, je préfère laisser ces soins à mon serviteur.

— Très bien, avait-elle répondu froidement. Laissez dame Elaine dormir un peu plus longtemps, voulez-vous ?

Et sur ces paroles sèches et autoritaires, elle s'était détournée rapidement. Non sans qu'il ait eu le temps d'entrevoir brièvement l'expression du ressentiment sur ses traits. Les réactions de Lady Anne étaient décidément bien mystérieuses.

Il s'était éloigné à son tour et n'avait pas pu résister à la tentation de rejoindre la chambre où dormait Elaine pour la contempler.

À présent que ses cheveux libérés s'étalaient en corolle sur l'oreiller, elle ressemblait bien plus à la jeune fille qu'il avait connue. Sa peau portait encore les traces du brou de noix qu'elle avait utilisé pour se déguiser. Même ainsi, elle était si belle qu'il sentit son cœur se serrer. Il brûlait d'envie de la prendre dans ses bras et d'embrasser ses lèvres roses, de caresser sa peau de satin — enfin !

Hélas, cela n'arriverait pas… Ses rêveries ne feraient que le torturer un peu plus.

Ce serait un destin trop injuste pour elle. Il n'était plus l'homme qu'elle aimait. La guerre l'avait endurci, détruit d'une certaine manière. Il se sentait rongé par l'amertume. Sa dureté ne pourrait que la blesser.

De toute façon, il risquait de faire d'elle une veuve à peine mariée parce que l'ennemi contre lequel il s'apprêtait à combattre était aussi fourbe que puissant. Peut-être ne survivrait-il pas à une confrontation avec un tel adversaire. Peu importait l'issue, Zander avait la ferme intention de défier Newark en combat singulier, et pour ce faire, il devait reprendre des forces.

La veille, Janvier avait préparé une nouvelle décoction à partir des herbes données par Elaine et il sentait une nette amélioration de son état. Il n'était plus aussi vite fatigué et il parvenait à soulever sa lourde épée au-dessus de sa tête comme pour un combat. Cependant, il n'était pas prêt. Pas encore.

Elaine bougea dans le lit, proche du réveil. Zander était partagé entre partir ou rester. Il avait envie de la voir se réveiller. Ses longs cils s'agitèrent à peine. Leur couleur sombre formait un contraste saisissant avec ses cheveux blonds. Bientôt, elle les ouvrit et son regard s'arrêta sur lui.

Le sourire qu'elle lui adressa lui brisa le cœur. C'était le sourire de joie et d'émerveillement qu'elle avait toujours pour lui autrefois. C'était ce sourire qui l'avait aidé à supporter les nuits sans espoir, pour le tirer hors de la bouche de l'enfer. C'est ce sourire qui avait maintenu sa vie à un fil quand la douleur était si insoutenable qu'il en arrivait à vouloir une mort rapide pour être enfin délivré. Il avait survécu parce qu'Elaine vivait aussi. Désormais, il vivrait pour la servir et la protéger.

— Zander… J'ai rêvé de toi… Tu es bien là, souffla-t-elle, émerveillée.

Aussitôt, il se rembrunit.

— Je suis là, Elaine. Mais je suis bien différent de celui que tu as connu.

Elle poussa un lourd soupir et il sentit sa poitrine se serrer en voyant la joie quitter son regard, remplacé par l'incertitude.

— Désolé de vous avoir éveillée, ma dame, reprit-il avec rudesse. Nous devons partir. J'ai envoyé des éclaireurs pour voir si les hommes de Newark ont atteint Sweetbriars et attendent là-bas de vous tendre un piège.

— Et si c'est le cas ? Je ne sais pas où me réfugier si les terres de ma mère ne sont plus sûres.

Elaine se redressa, parfaitement éveillée à présent. Zander écarta les bras en un geste navré.

— Je crains de n'avoir que peu à vous offrir, ma dame. Ce qu'il reste de la demeure de mon père est en ruines. Lady Anne vous accueillera entre ces murs jusqu'à ce que je vous trouve un lieu de résidence plus adapté.

— Ces terres sont tout ce que j'ai, dit-elle.

— J'ai ramené avec moi une solide fortune, comme je vous l'avais promis. Si la demeure de mon père n'est plus habitable, je trouverai une maison digne de vous. Une forteresse solide et protégée par un pont-levis.

— Je ne veux pas être pour vous un fardeau, protesta-t-elle.

— Vous ne serez jamais un fardeau, coupa-t-il avec brusquerie. Je vous laisse vous préparer. Descendez rapidement dans la cour, nous partons.

Sans rien ajouter, il quitta la pièce, l'esprit profondément troublé. Si Newark avait mis la main sur les dernières possessions d'Elaine, ce serait pour le comte un très bon moyen de pression pour la forcer à l'épouser. Il connaissait sans doute l'orgueil de la jeune femme et savait qu'elle n'accepterait jamais de vivre de la charité de quiconque.

Si Newark la privait de ses biens, elle se retrouverait donc contrainte de se mettre au service d'une noble dame, en tant que dame de compagnie. Dans ce cas-là, Zander pourrait lui offrir l'alternative du mariage. Il la traiterait avec honneur et la protégerait tant qu'il vivrait. S'il mourait, sa fortune lui reviendrait et il nommerait Philip comme son tuteur pour la protéger.

La seule idée de pouvoir un jour l'épouser lui fit battre le cœur plus vite. Il se concentra sur l'activité intense qui agitait la grande salle alors que les hommes se préparaient à partir. Les chevaliers avaient déjà endossé leurs cottes de mailles sous leurs armures.

Zander aperçut Janvier en pleine discussion avec Lady Anne. Elle parlait avec animation, visiblement très intéressée par les propos de son écuyer. Quand Janvier l'aperçut, il salua poliment la dame et vint jusqu'à lui. À nouveau, Zander aperçut une colère fugitive sur le visage de Lady Anne, expression qu'elle masqua aussitôt. Pourquoi était-elle énervée ? Et surtout, pourquoi tentait-elle de le cacher ?

Portait-elle un intérêt particulier à Janvier ? La famille de son écuyer était noble, mais désargentée. Les déserteurs de la croisade, des chevaliers sans honneur, leur avaient volé leurs terres et leurs biens. Janvier avait donné le peu qui lui restait à sa mère et sa sœur. Il avait catégoriquement refusé l'offre de Zander de lui donner de l'or pour lui avoir sauvé la vie. Il avait préféré devenir son écuyer et se mettre à son service. Janvier était un homme fier et intelligent. Par la naissance autant que par l'intelligence, il était son égal. Cependant, la couleur de sa peau et sa pauvreté faisaient de lui un inférieur sur cette terre étrangère. Jamais Philip n'accepterait de donner sa sœur à Janvier…

C'était une folie ne serait-ce que d'y songer ! Que lui prenait-il ? Il devait avoir de la fièvre… Si Lady Anne avait deviné ce qui lui passait par la tête, elle se sentirait sans doute outragée. Zander eut un sourire triste. La vie était profondément injuste. Dans le monde qu'il connaissait, préjugés et orgueil gouvernaient les alliances et les mariages. Il n'était jamais question d'amour dans ces unions, seulement de biens et de terres.

— Es-tu prêt à partir, seigneur ? demanda Janvier.

— Nous n'attendons plus que dame Elaine.

Au même instant, poussé par son instinct, il se tourna vers l'escalier de pierre. La jeune femme se tenait au bas des marches, prête à partir.

— Vous sentez-vous capable de reprendre la route, ma dame ? demanda-t-il comme elle venait vers eux.

— Oui, sir. Je suis parfaitement reposée. Et puis,

nous n'avons plus beaucoup de chemin à parcourir désormais.

— En effet, nous parviendrons sur vos terres en quelques heures, confirma-t-il en lui offrant son bras.

Ils s'apprêtaient à rejoindre la cour lorsque Lady Anne les rejoignit.

— Si vous le souhaitez, Lady Elaine pourrait rester ici, auprès de moi, le temps que vous vous assuriez que ses terres sont sûres. Je serai heureuse d'avoir une compagnie féminine. Vous savez que vous pouvez vous fier à mon frère pour veiller sur elle.

Anne leur souriait aimablement et Zander ne vit plus aucune trace de la rancœur qu'il avait aperçue plus tôt. Il ouvrait la bouche pour répondre lorsque Elaine le devança.

— Je vous remercie de cette proposition généreuse, cependant, je dois partir avec Lord Zander, ma lady. Mes gens ne sauront pas qu'ils peuvent se fier à lui si je ne suis pas présente. Si, comme je l'espère, ils ont barricadé les portes, ils ne les ouvriront que devant moi.

— Mon offre tient toujours, quand vous le souhaiterez, répondit Anne, cette fois avec un regard froid qui le surprit.

Elaine dut aussi le remarquer car il sentit sa main se raidir sur son bras.

— Nous vous remercions de votre généreuse invitation, ma lady, intervint Zander. Si ma dame avait besoin d'un refuge, je la ramènerais sous votre toit le temps de lui trouver une nouvelle demeure.

— Ainsi, vous l'épouserez, se méprit Anne. C'est bien. Elle aura besoin d'un protecteur puissant. Lady Elaine est tout de même l'héritière légitime de Howarth. Mon frère enverra une demande au roi dès son retour en Angleterre afin que Newark répare sa faute ou soit puni pour trahison.

— Sa Majesté doit-elle rentrer prochainement ? Je ne savais pas qu'il avait été libéré ! s'exclama Zander, fort surpris.

— Peu le savent, en effet, la rançon exigée a bien été versée. Je vous prie de garder cette information pour vous, parce que certains ici même pourraient tenter d'empêcher Richard de reprendre le trône qui lui revient de droit.

Ils chuchotaient à présent.

— Aucun mot ne passera mes lèvres, jura-t-il. Encore merci pour votre hospitalité, ma lady.

— Vous êtes toujours les bienvenus. Si vous parvenez à vous installer sans difficulté à Sweetbriars, je viendrai vous rendre visite et vous ferez de même, n'est-ce pas, Lady Elaine ?

— Je serai heureuse d'avoir une amie dans cette région, répondit Elaine. Quand je serai certaine que Newark ne pourra plus rien contre moi, je pourrai quitter ma maison sans crainte d'être enlevée.

— Seul votre mari pourra vous protéger de lui, déclara Lady Anne avant de s'éloigner sur un dernier salut.

La main qu'Elaine avait posée sur son bras tremblait légèrement et Zander supposa qu'elle devait être tout aussi gênée que lui par les insinuations de Lady Anne. Ils se dirigèrent vers la cour où Philip les attendait, près de l'escorte d'hommes qu'il leur avait fournie. Ses soldats arboraient sa bannière et l'un d'eux emportait avec lui un document officiel établissant que Sweetbriars devait être remis à Lady Elaine, au cas où Newark ait tenté de s'en emparer. Lord Philip vint à leur rencontre et les salua avec un large sourire.

— Ce fut un honneur et un grand plaisir, Lady Elaine, répondit-il aux remerciements de la jeune femme. Si vous avez besoin de mes services, il vous suffit d'envoyer un messager. Je ferai rapidement savoir dans le voisinage que votre demeure est sous ma protection. Les barons les plus avides risqueront néanmoins de vous attaquer, vous fermerez alors le pont-levis et me ferez porter un message sans tarder afin que je vienne vous libérer en quelques heures.

— Vous êtes trop aimable, Lord Philip, souffla-t-elle, les joues rosies.

Sans doute parce que le regard de Philip ne masquait rien de son admiration. Zander se renfrogna un instant avant de se ressaisir. Il serra la main de son ami.

— Je te suis redevable, Philip. Pour l'heure, je dois consacrer mon énergie à obtenir vengeance, mais si je survis et que tu as besoin de moi…

— Je n'aurais qu'à demander, conclut Philip.

Les deux hommes se donnèrent l'accolade.

Puis un palefrenier amena devant Elaine un élégant palefroi blanc. Zander vit avec plaisir les beaux yeux de la jeune femme s'écarquiller de plaisir. Elle observa la selle de velours rouge et les rênes de cuir joliment ornées de broderies d'argent. Médusée, elle se tourna vers Philip pour le remercier, croyant que le cadeau venait de lui. Ce dernier rectifia aussitôt son erreur :

— Je ne peux accepter vos remerciements, ma lady. C'est Zander qui a fait venir cette jument et cette selle splendide ici il y a quelques jours. J'imagine qu'il voulait vous en faire le présent, c'est donc à lui que vont vos remerciements.

— Un présent…

Elaine se tourna vers lui, rendue muette d'émotion. Zander fit de son mieux pour ne pas laisser paraître le trouble qui l'envahit. L'espace d'un instant, le reste du monde sembla disparaître autour d'eux. Il n'y avait plus qu'elle et lui, leurs regards mêlés, leurs souffles courts.

— Je ne sais comment vous remercier, messire, dit-elle dans un souffle. Par quel nom cette superbe créature est-elle appelée ?

— *Moonstone Lady*. Je vois qu'elle vous plaît, ma dame et j'en suis heureux. Dès que je l'ai vue, j'ai su que je la voulais pour vous l'offrir. Je l'ai achetée à un calife avide qui avait deviné à quel point je la voulais. C'est un pur-sang arabe, et elle a traversé la mer pour vous rejoindre.

— Elle a dû coûter une fortune, murmura Elaine en tentant de retrouver son souffle.

Le regard intense de Zander la troublait profondément.

— Elle est inestimable, selon moi…

Parlait-il d'elle ou de la jument ? Elaine sentit ses joues s'enflammer. Elle avait cru Zander indifférent, distant, parfois brusque. Elle avait pensé que tout l'amour qu'il avait un jour ressenti pour elle avait été détruit par le chagrin et l'amertume. Pourtant, le regard qu'il posait sur elle en cet instant lui faisait battre le cœur plus vite. Quel homme offrirait à une femme un cadeau d'une telle valeur s'il était indifférent ?

— C'est le plus précieux cadeau qu'on m'ait jamais offert, avoua-t-elle dans un souffle.

Elle plongea son regard dans le sien, sombre et profond, et sentit la flamme du désir s'embraser au creux de ses reins. Sa gorge s'assécha d'un seul coup et elle se passa instinctivement la langue sur les lèvres pour les humecter. L'espace d'un instant, elle crut voir dans ses yeux gris une lueur surgie du passé — une lueur qui lui rappela le jeune garçon plein d'amour et d'idéaux qui était parti aux croisades.

Un vertige s'empara d'elle, et elle se laissa aller

contre son bras qui la soutenait toujours. Il lui sembla que le trait dur de sa bouche s'adoucissait légèrement.

Soudain, Elaine mourait d'envie de sentir la caresse de cette bouche sur la sienne, ses bras forts se refermer sur sa taille. Qu'est-ce que cela ferait de s'abandonner aux mains d'un homme tel que lui ?

Avant qu'il ne parte pour la croisade, ils n'avaient échangé que quelques étreintes fugaces, dont le souvenir l'avait néanmoins enfiévrée bien souvent depuis. Aujourd'hui, elle brûlait d'en découvrir davantage. La cour qu'il lui faisait alors était innocente et respectueuse. Stupéfaite, Elaine comprit qu'elle était prête à découvrir les secrets de la vie conjugale… avec lui.

Comme s'il voulait se secouer du sortilège qui semblait les avoir coupés du monde, Zander s'écarta brusquement d'elle.

— Nous devons y aller, déclara-t-il en posant ses paumes autour de sa taille pour la hisser en selle.

Un éclair de plaisir la traversa à ce contact. Elle parvint heureusement à contrôler la sensation déstabilisante et s'accrocha fermement aux rênes malgré ses jambes tremblantes. Zander se tourna vers son ami.

— À bientôt, Philip. Je te donnerai prochainement des nouvelles. Si ma dame a besoin de toi, je la renverrai ici, sous ta protection, accompagnée des hommes de ton escorte.

Elaine adressa un signe de tête à Lord Stornway mais dut détourner le regard, embarrassée par l'insistance avec laquelle l'ami de Zander la fixait.

Sur un dernier au revoir, ils quittèrent la forteresse impressionnante. Elle était trop fatiguée en arrivant, mais à présent, elle découvrait combien la forteresse de Stornway était impressionnante. Elle ne pouvait être menacée que par une grande armée. Après tout, ce château était un symbole du pouvoir royal, en la personne du shérif qui appliquait la justice du roi dans toute la province.

Elaine s'habituait doucement à chevaucher sur sa nouvelle monture et son regard revenait sans cesse se poser sur Zander. De fait, la jument, quoiqu'un peu excitée à la perspective d'être montée par une nouvelle cavalière, semblait bien dressée et lui laissait toute liberté de rêvasser en chevauchant.

— Vous convient-elle, ma dame ? questionna Zander. Elle était destinée à une princesse orientale. Seulement, j'ai tout de suite pensé qu'elle serait parfaite pour vous, Elaine.

De nouveau, cette note chaude et intime dans sa voix la fit frissonner.

— Rien n'aurait pu me faire plus plaisir, Zander.

Le simple fait de l'entendre l'appeler par son prénom et pouvoir en faire de même provoquait en elle un étrange émoi.

— Quel dommage ! s'amusa-t-il. J'ai d'autres cadeaux, pourtant. Je les ai entreposés dans des coffres que j'ai laissés à Stornway jusqu'à ce que ma situation soit stabilisée.

Elaine sourit sans répondre, heureuse et néanmoins troublée. Que dire en vérité ? Elle ne pouvait accepter de tels présents, sauf s'il comptait l'épouser. Toutefois, elle ne voulait pas le questionner à ce sujet, au risque de ternir la douce entente qui s'était instaurée entre eux.

— J'espère que nous trouverons mes gens en bonne santé, dit-elle pour s'éloigner de ce sujet dangereux. Je crains qu'ils ne se soient pas rendus sans combattre si le comte les a attaqués et ils auront peut-être souffert de lourdes pertes.

— Ne vous alarmez pas, ma dame. Sweetbriars n'est sans doute pas aussi solide que Stornway, néanmoins, elle peut tout à fait subir un siège court sans dommage.

Sur ces paroles, il lui adressa un sourire et talonna sa monture pour prendre de la vitesse. Elaine enfonça prudemment ses talons dans les flancs de sa jument et la sentit aussitôt réagir. Un frisson de plaisir la parcourut tandis qu'elle partait au galop dans la plaine au côté de Zander.

Avec un peu d'imagination, elle pouvait croire qu'elle était à nouveau la jeune fille d'autrefois et que celui qu'elle aimait n'était jamais parti au loin.

Lorsqu'ils approchèrent du château de Sweetbriars, le drapeau aux couleurs de sa famille maternelle flottait toujours en haut de la tour de guet. Les pierres jaunes luisaient doucement dans le soleil de la fin de journée et l'endroit semblait merveilleusement paisible. Les portes et le pont-levis étaient ouverts pour leur livrer passage. Néanmoins, Zander leva la main pour imposer une halte.

— C'est peut-être un piège, prévint-il. Newark pensait sans doute vous voir arriver seule, ma dame. Peut-être a-t-il laissé les portes ouvertes pour vous prendre dans sa toile.

Elaine ne pouvait que partager sa prudence

— Que faire, alors ?

— Restez ici, sous bonne garde. Je vais envoyer des hommes alentour pour vérifier s'il y a des signes du passage de soldats.

Tandis qu'ils parlaient, une silhouette de femme arriva vers eux en courant.

— Marion ! s'écria Elaine en reconnaissant sa dame de compagnie.

Elle sauta à bas de sa monture et la jeune femme se jeta dans ses bras.

— Oh ! je suis si heureuse de te voir ! J'avais si peur qu'il te soit arrivé malheur. Où est Bertrand ?

Marion s'écarta, révélant ses yeux mouillés de larmes.

— Les hommes du comte l'ont pris, ma lady. Il m'a forcée à me cacher et à fuir juste avant qu'ils ne l'attrapent. Cachée dans les buissons, je les ai vus l'emmener comme prisonnier, les mains liées dans le dos, jeté en travers d'un cheval. Puis je les ai suivis jusqu'ici. Je n'ai pas osé entrer dans le château et je ne sais donc pas ce qu'il est advenu de lui. En épiant les rares personnes qui sont sorties, j'ai cru comprendre que certains prisonniers avaient été emmenés directement dans les cachots de Newark.

— Oh non ! Je suis tellement désolée, Marion ! Pardonne-moi. Je n'aurais jamais dû vous laisser vous sacrifier pour moi.

— Ne parlez pas ainsi, ma lady ! Bertrand donnerait sa vie pour vous, tout comme moi !

— Combien de soldats y a-t-il ? intervint Zander. Le comte est-il là en personne ?

Troublée par le ton autoritaire du chevalier, Elaine voulut voler au secours de sa fidèle servante.

— Comment Marion pourrait-elle le savoir ? se récria-t-elle.

Cette dernière n'avait visiblement pas besoin de son aide car elle répondit avec assurance :

— J'ai été très attentive, sir, et je me suis liée d'amitié avec des habitants du village qui s'inquiètent tous pour notre lady. D'après ceux qui entrent et sortent du château pour apporter des vivres, il n'y aurait pas plus d'une vingtaine d'hommes en armes.

— Merci, la remercia le chevalier. Sir Robert ! appela-t-il. Pouvez-vous vous avancer jusqu'aux portes avec le drapeau du shérif ? Demandez que les hommes de Newark se rendent au nom du roi. S'ils jettent les armes, ces dames pourront entrer.

— Oui, mon seigneur. Je vous rejoindrai ici pour vous informer de leur réponse.

Zander secoua la tête.

— Je ne resterai pas ici. Vous, amenez-moi cet homme sur sa charrette, là-bas. Il semble être de ma taille. Je vais lui acheter son manteau et ses bottes afin de pénétrer dans la forteresse à laquelle il apporte apparemment fruits et légumes. Mieux vaut avoir quelqu'un à l'intérieur au cas où ils tenteraient une nouvelle ruse.

— Et s'ils refusent de se rendre et ferment les portes, mon seigneur ? interrogea Sir Robert.

— C'est précisément alors qu'il faudra quelqu'un à l'intérieur des portes.

— Laisse-moi y aller à ta place, seigneur, intervint Janvier. Tu n'es pas encore assez fort pour te battre, ajouta-t-il à voix basse.

Elaine, toute proche, entendit sa mise en garde et sa peur redoubla.

— Je vous en prie, ne me quittez pas, pria-t-elle. Si vous étiez fait prisonnier, ou tué…

— Alors mes hommes vous ramèneraient à Stornway.

Un léger sourire ourla ses lèvres lorsqu'il ajouta plus bas :

— Je ne suis pas facile à tuer, Elaine. Attendez ici si vous vous inquiétez de mon sort. Ne vous montrez pas car je serai bien plus en danger si le comte parvient à mettre la main sur vous.

— Très bien, admit-elle d'une voix tremblante. Nous irons dans le village où on nous cachera. Même avec les hommes de Newark au château, mes gens ne me trahiront pas.

Zander hocha la tête avant d'ordonner à ses hommes :

— Suivez-la et protégez-la.

Entre-temps, le conducteur de la charrette s'était vu proposer le juteux marché d'échanger ses hardes contre une pièce d'or véritable. Cependant, quand il vit et reconnut Elaine, il voulut les donner sans rien accepter en échange.

— Laissez-moi vous accompagner à l'intérieur, messire. Seuls, nous ne pouvions lutter contre les soldats de Newark. Ils ont été accueillis en affirmant que Newark vous avait épousée, ma lady ! Puis ils ont désarmé nos soldats, nous laissant impuissants.

— Il a agi par la ruse aussi pour s'emparer de Howarth, renchérit Marion. Cet homme est le diable incarné !

Zander réfléchit un instant avant de donner son accord.

— Viens avec moi, dit-il au villageois. Mais tu accepteras la pièce d'or.

L'homme finit par acquiescer à contrecœur et remonta sur sa charrette. Il indiqua à Janvier de se cacher sous les sacs de légumes qui s'empilaient haut. Zander monta sur le banc à côté de lui après avoir revêtu quelques-unes de ses hardes et son manteau de villageois.

— Sir Robert, attendez que je sois entré dans la cour pour vous présenter aux portes avec l'ordre du shérif.

Sur un dernier signe de la main, il s'éloigna, laissant Elaine le cœur serré de peur.

Elle n'avait pas encore détourné le regard de la charrette qu'une femme du village s'approcha de leur groupe et salua respectueusement Elaine en la reconnaissant.

— Ma lady ! Quelle joie de vous voir ! Venez-vous mettre à l'abri avant que les hommes du comte ne reviennent patrouiller par ici. Nous avons une cachette que nous utilisons pour soustraire quelques réserves de grain aux percepteurs du prince Jean. Si nous n'en cachions pas une partie, ils nous prendraient absolument tout, ces marauds ne respectent pas la loi qui dit que la taxe ne s'élève selon la loi qu'à un tiers des récoltes.

— Je suis de retour à présent, lui dit gentiment Elaine. Ces taxes indues ne perdureront pas.

Elle tendit les rênes de sa magnifique jument à l'un des hommes de l'escorte, préférant marcher avec Marion et la villageoise.

— Attendez ici que Lord Zander revienne, il faut que vous puissiez aller à son secours s'il en avait besoin. Je serai en sécurité auprès de mes gens.

Sir Robert lui lança un regard inquiet.

— Nous avons reçu l'ordre de vous protéger, ma lady.

— Je le sais. Toutefois, vous savez comme moi qu'il aura plus besoin de vous que moi. Je serai en sécurité au village.

— Personne ne la trouvera, renchérit la femme en prenant le bras d'Elaine. Hâtons-nous avant le retour de leur chef. Il est parti chasser plus tôt et ne devrait plus tarder.

Elaine la suivit en hâte tandis que les hommes se regardaient sans savoir quoi faire.

Sir Robert n'était décidément pas ravi de la tournure que prenaient les événements. Lord Zander n'aimait pas être désobéi ! Des cris en des bruits d'acier en provenance du château ravivèrent son inquiétude. Autour de lui, les hommes s'agitaient :

— Nous devrions y aller…

— Lord Zander nous a ordonné de protéger la lady…

— Elle est à l'abri au village. Nous devons protéger Lord Zander.

Tandis qu'ils discutaient âprement, l'un d'entre eux avertit les autres : huit cavaliers portant les couleurs jaune et noir de Newark arrivaient de la forêt, entourés de chiens.

Sir Robert, qui s'apprêtait à partir rejoindre le château avec sa demande de reddition, déclara alors :

— Nous resterons et empêcherons ces hommes d'atteindre le château. Si nous les laissons passer, cela rendra Lord Zander vulnérable.

Tout le monde émit un murmure d'approbation. Chacun se concentra pour affronter les hommes du comte. En observant attentivement la troupe qui rentrait de la chasse, Sir Robert vit qu'il n'y avait en fait que six chevaliers armés, les autres étaient des serviteurs qui les accompagnaient pour porter la carcasse d'un cerf et d'un sanglier. Il n'était pas difficile de repérer le chef parmi eux, car très vite les cavaliers s'arrêtèrent pour discuter avec lui de la marche à suivre face à ce groupe d'hommes qui se dressait en travers de leur route.

Enfin, un homme fut envoyé en avant.

— Au nom du comte de Newark, qui êtes-vous et pour quelle raison bloquez-vous la route ?

— Nous sommes ici au nom du shérif du roi, Lord Philip Stornway. Nous portons son étendard et un document exigeant la reddition de ces terres illégalement prises à Lady Elaine Howarth.

La voix forte de Sir Robert avait porté jusqu'au groupe. Certains chevaliers répondirent par des grondements outragés et voulurent tirer leur épée pour se jeter dans la bataille mais leur chef les en empêcha. Son regard se porta vers le château en haut duquel un nouvel étendard avait été dressé : celui du roi. Sweetbriars venait d'être placé sous la protection du shérif. Tout homme qui entamerait une action contre le château serait aussitôt considéré comme hors-la-loi et jugé pour trahison dès l'instant où le roi rentrerait de captivité.

Visiblement, certains de ses hommes étaient toujours

enclins à se battre, mais il leur ordonna de rester calmes. Il fit faire volte-face à sa monture et partit au galop, suivi de ses cinq chevaliers en armes. Le reste des serviteurs resta au milieu de la route sans savoir quoi faire. Sir Robert leur fit signe de le rejoindre.

— Nous avons été forcés de nous mettre au service du comte quand il a pris le château, mais nous demeurons loyaux à notre maîtresse.

Sir Robert réfléchit un instant avant d'ordonner :

— Emportez le gibier au château. Si le comte revient pour un siège, nous aurons besoin de toutes les provisions possibles.

Il mena lui-même les hommes vers les portes grandes ouvertes.

Zander vint à la rencontre de ses hommes. Il était content car les soldats de Newark n'avaient opposé aucune résistance dès lors que les habitants du château les avaient encerclés, galvanisés par l'étendard du shérif. Dix soldats de Newark avaient demandé la permission de partir en hissant le drapeau blanc et il la leur avait accordée. Les quinze autres, en revanche, étaient tombés à genoux et avaient demandé son pardon et la permission d'être pris à son service plutôt que de retourner auprès du comte. Apparemment, nombreux étaient ceux qui haïssaient Newark au sein même de ses troupes. Cette issue avait été une vraie surprise, et bien agréable.

Cependant, sa joie retomba bien vite lorsqu'il remarqua qu'Elaine n'était pas avec Sir Robert.

— Où est ma dame ?

— Les villageois l'ont emmenée dans une cachette avec sa dame de compagnie.

— Et vous les avez laissés faire ? rugit-il, hors de lui. S'il lui est arrivé le moindre mal ou si elle est tombée aux mains de Newark, je jure au nom de Dieu que vous regretterez de n'avoir pas suivi mes ordres !

Sir Robert baissa la tête sans essayer de se défendre, car, de fait, il avait reçu un ordre auquel il n'avait pas obéi.

Inconscient du rôle qu'avait joué son second dans la victoire rapide sur Newark en écartant leur chef revenu de la chasse, Zander galopa à bride abattue vers le village. Il passa devant les habitants à une telle vitesse qu'ils restèrent médusés. Il freina brutalement une fois parvenu sur la place de l'église et sauta à bas de sa monture, l'épée à la main. Comme un fou, il assaillit les passants en leur hurlant de lui dire où était Elaine. Cela ne fit bien sûr que convaincre ces derniers qu'il était dangereux et tous refusèrent de lui indiquer leur maîtresse, croyant ainsi la protéger. Sir Robert et quelques cavaliers arrivèrent quelques minutes après au beau milieu d'une scène qui se serait sans doute mal terminée si Elaine n'avait pas fait irruption au milieu du chaos.

— Baissez vos armes ! ordonna-t-elle dans un cri. Vous faites face à Lord Zander de Bricasse. Il m'a escortée et protégée pour m'amener jusqu'ici. Désormais, je n'ai cependant plus besoin de protection, ajouta-t-elle avec un sourire conciliant à son adresse. Mon seigneur, venez faire la connaissance de mes gens. Vous n'avez plus besoin de votre épée ici.

Zander la contempla un moment et cela apaisa quelque peu la fureur qui bouillait dans ses veines. Puis il s'inclina et rangea sa lame.

— Mes hommes auraient dû rester auprès de vous pour vous protéger.

— Je n'avais pas besoin de leur protection, contrairement à vous, sir. J'ai vu depuis le village la partie de chasse revenir. Vos hommes leur ont barré la route, ce qui les a empêchés de vous prendre à revers. Sans eux, les soldats restés à l'intérieur ne se seraient sans doute pas rendus aussi facilement. Je suis reconnaissante à vos hommes d'avoir agi pour éviter un bain de sang. Je n'ai aucune envie que d'honnêtes gens soient blessés !

— J'ai eu peur que vous ayez été attirée dans un piège, expliqua Zander de mauvaise grâce. Par ailleurs, j'ai l'habitude d'être obéi. Si les hommes n'obéissent plus à leur commandant, le désordre s'installe. Voilà pourquoi toute désobéissance doit être sévèrement punie.

Elaine frissonna sous son regard dur.

— C'est moi qui vous ai désobéi, rappela-t-elle en rassemblant son courage. Pas vos hommes. Me punirez-vous, mon seigneur ?

Il l'examina un long moment avant d'émettre un rire légèrement forcé.

— En effet, il vous faut apprendre à obéir, ma dame. Vous devriez prendre exemple sur Lady Anne…

Cette fois, elle vit un sourire franc se dessiner sur ses lèvres. Soulagée de voir qu'il n'était plus dans une rage froide, elle répondit en toute franchise :

— Je crois bien que Lady Anne aurait agi exactement comme je l'ai fait aujourd'hui, mais corrigez-moi si j'ai tort…

— Vous avez tort, répliqua-t-il tranquillement en tendant les rênes à l'un des villageois qui emmena sa monture se désaltérer à la fontaine.

Leurs regards se croisèrent et ils échangèrent un sourire. De nouveau, après la tension, ils retrouvaient cette étrange complicité qui la troublait tant. Zander lui tendit galamment sa main avant de poursuivre :

— Lady Anne est bien trop prudente pour oser défier un homme. En vérité, même si elle n'était pas d'accord, elle baisserait sans doute la tête, accepterait tout ce qu'on lui dit… avant de n'en faire effectivement qu'à sa tête. N'avez-vous pas remarqué que ses émotions se révèlent de temps à autre sur son visage ? Croyez-moi, Elaine, Lady Anne n'en pense peut-être pas moins, mais elle n'a pas votre esprit rebelle !

Elaine se laissa aller à rire parce qu'il se moquait gentiment de sa fierté, comme il l'avait si souvent fait par le passé. Dans ces rares moments, elle pouvait retrouver en lui le jeune écuyer qu'il avait été. Oui, ce jeune homme rieur était toujours là, enfoui au fond de son âme.

— Je vois que vous la connaissez fort bien, plaisanta-t-elle sur le même ton.

— En vérité, pas tant que cela, expliqua-t-il. J'ai dû la voir une ou deux fois, enfant, mais c'est Philip que je fréquentais. Puis nous nous sommes revus peu avant que je parte rejoindre le roi. Le destin est décidément bien étrange : à l'époque, elle était extrêmement courtisée et tout le monde s'attendait à ce qu'elle fasse un beau mariage à la Cour.

Zander avait-il éprouvé de l'admiration pour la jeune femme, à l'époque ? Peut-être avait-il éprouvé quelque chose pour elle, tout en se disant qu'elle était bien au-dessus de sa condition. Elle s'efforça d'ignorer le pincement de jalousie qui lui serrait le cœur. Au fond, elle savait bien que Zander l'avait aimée d'un amour profond et sincère avant de partir à la croisade. Ce n'était pas contre un autre amour qu'elle devait se battre mais contre la désillusion qui avait empoisonné le cœur de Zander.

Elle connaissait le jeune homme qu'il était autrefois : pieux, honorable et honnête. Avant de partir à la croisade, il priait sans cesse Dieu de le rendre suffisamment valeureux pour mériter de se battre pour la Croix. Qu'était-il advenu de cet homme-là ? Quels démons terribles le hantaient ? Elle pouvait certes voir les cicatrices sur son visage, mais d'autres plaies, invisibles et profondes, refusaient de cicatriser dans son cœur.

— Anne de Stornway est une dame de grand mérite, admit-elle.

— En effet, toutefois…

Elaine attendit qu'il termine sa phrase, au lieu de quoi il secoua la tête et reprit :

— Venez, ma dame. Je vais remercier vos gens pour le soin qu'ils ont pris de vous. Demain, j'organiserai une fête dans la grande salle. Tous ceux qui vous sont loyaux seront conviés. Allons, nous ne devons pas nous attarder car j'ai beaucoup à faire au château avant de pouvoir vous y laisser.

— M'y laisser ? répéta Elaine, interdite. Je pensais… J'espérais…

— Je ne partirai pas avant d'avoir l'assurance que vous êtes bien protégée ici, promit Zander, se méprenant sur la cause de sa déception. Vous savez que ma querelle avec Newark n'est pas terminée. Je vengerai mon père et vous-même en combattant ce traître. Ainsi, il aura bien trop de soucis à l'esprit pour seulement songer à venir vous assiéger, ma dame.

Elaine ne répondit pas. La douleur dans sa poitrine la prit au dépourvu tant elle était intense. Il s'était tant préoccupé de sa sécurité depuis leurs retrouvailles qu'elle s'était imaginé qu'il tenait toujours à elle. Elle avait espéré qu'il resterait auprès d'elle et l'épouserait. Hélas, elle avait eu tort. Elle n'était pour lui ni plus ni moins qu'une noble dame à protéger parce que c'était là le devoir de tout chevalier face à n'importe quelle dame. Il n'éprouvait ni désir ni affection pour elle.

Chapitre 6

Elaine releva fièrement le menton pour cacher ses émotions douloureuses. Elle laissa l'un des chevaliers l'aider à monter en selle et placer Marion en croupe derrière elle. Elle remercia chaleureusement les villageois qui l'avaient accueillie et protégée avec une telle abnégation.

Elle convia également le bourgmestre à venir lui rendre compte des besoins du village. Sa vie serait ici désormais et elle comptait bien offrir à ses gens une vie confortable et paisible. Si Zander ne voulait plus l'épouser, elle ne se marierait pas. Cela la rendrait plus vulnérable aux attaques d'hommes sans foi ni loi, cependant, elle était sous la protection de Lord Stornway et elle engagerait des gardes pour se protéger.

Aussi pressé soit-il de s'éloigner d'elle, Zander ne la quitterait pas tant qu'il ne se serait pas assuré qu'elle était en sécurité.

Elaine fit de son mieux pour ne pas laisser son regard revenir sans cesse sur lui. Son sourire, le même qu'autrefois, la troublait toujours profondément, aussi craignait-elle qu'il ne lise l'amour et le désir dans ses yeux. Sa fierté lui interdisait de le supplier. Et puis, par moments, elle ne savait tout simplement plus qui était ce chevalier — il pouvait être doux et souriant un instant, puis dur et froid comme la pierre l'instant suivant.

Elaine en ressentait alors une colère brutale et violente. Elle aurait voulu le frapper de ses poings pour évacuer la souffrance qu'il lui faisait endurer. Comment osait-il revenir ainsi dans sa vie et lui briser encore une fois le cœur ? Combien de fois avait-elle pleuré pour lui pendant d'interminables nuits solitaires ? Bien trop ! Il ne méritait pas l'amour qu'elle lui gardait encore.

Hélas, cet amour n'était pas mort, il refusait de mourir.

Dès qu'ils parvinrent dans la cour intérieure, elle descendit seule de cheval et monta les marches du perron. L'intendant Elgin accourut pour l'accueillir. Il tomba à ses genoux, les mains jointes, pour la supplier de lui pardonner d'avoir laissé les hommes du comte pénétrer dans sa demeure.

— Nous ne savions plus que croire, ma lady. Il affirmait être votre époux et notre nouveau seigneur, que vous ordonniez que nous nous mettions à son service…

— Il vous a menti, mon cher Elgin, dit-elle en le rassurant d'un sourire. Relevez-vous. Je refuse de voir mes gens souffrir à cause de cet homme. Si mon oncle me l'avait permis, je serai revenue vivre ici depuis déjà des mois. Rassurez-vous, je suis là à présent. Nos murs sont solides et peuvent être défendus avec quelques chevaliers valeureux.

— Vous êtes l'image de votre sainte mère, ma lady, déclara Elgin, ému, en se relevant. Hélas, les nouvelles que je vous apporte ne sont pas aussi bonnes que je l'aurais souhaité. Le château et ses terres prospéraient, malheureusement, ses envahisseurs ont pris beaucoup de nos provisions. Par bonheur, nous avons nos secrets, ainsi, les bijoux, l'argent et les objets de valeur sont toujours cachés dans les endroits que votre mère utilisait en temps de trouble.

Ses paroles rappelèrent à Elaine de douloureux souvenirs. Alors qu'elle était âgée de sept ans, sa mère, en visite sur ses terres, les avait fait appeler, elle et son père, car elle était alitée par une mauvaise fièvre à la suite de sa délivrance survenue plus tôt que prévu. Hélas, ils étaient arrivés trop tard et n'avaient rien pu faire d'autre que poser un baiser sur son front pâle avant qu'elle ne soit allongée dans un linceul, son enfant qui n'avait jamais respiré auprès d'elle.

La mort soudaine de sa femme avait détruit son père. Il n'avait plus jamais été le même après cette tragédie. Sa santé avait décliné d'année en année jusqu'à ce qu'il meure à son tour. Il n'était plus alors que l'ombre de lui-même. La vie était décidément bien cruelle parfois…

Elaine se força à redresser la tête. Elle devait garder foi en l'existence.

— Nous prospérerons à nouveau, promit-elle. Newark a également pillé les terres et le château de Howarth. Ce dernier est mon héritage légitime, à présent qu'il a assassiné mon oncle, et la possession doit passer à mon mari par décret royal. Je vais donc envoyer ma demande au roi pour réclamer que ces biens me soient rendus. Néanmoins, le plus urgent reste de refaire nos provisions pour nous assurer que mes gens ne manqueront de rien l'hiver venu.

— Nous ne mourrons pas de faim, ma lady, à condition que les percepteurs du prince Jean nous laissent assez. Toutefois, si je puis me permettre… Nous aurons besoin d'un seigneur fort pour nous protéger. Si Lord Zander était le maître, les hommes du prince n'oseraient pas collecter plus que ce que la loi ordonne.

Elaine sentit sa gorge se serrer. Pour donner le change, elle afficha un sourire factice. Elle tourna involontairement la tête vers Zander en l'entendant donner des ordres aux hommes. Aussitôt, chacun lui obéit, apparemment impatient de plaire à celui qu'il considérait de toute évidence comme le sauveur de leur maîtresse.

S'il l'épousait avant de partir, sa réputation de chevalier croisé et riche la préserverait. Il était naturellement respecté par les soldats qui reconnaissaient en lui un combattant valeureux qui avait affronté la mort bien des fois et avait survécu. Les cicatrices dont il croyait de toute évidence qu'elles lui inspiraient de la répulsion contribuaient en réalité à accroître le respect que chacun lui portait. En vérité, les gens qui le rencontraient et apprenaient d'où il venait le regardaient comme s'il était un dieu vivant parmi les simples mortels…

Son souffle se bloqua dans sa gorge. Si elle le voulait, si elle le décidait, elle pouvait devenir la femme d'un tel homme. Zander était trop honorable pour refuser d'honorer sa promesse de mariage si elle l'exigeait de lui. Elaine savait fort bien ce qui était le mieux pour ses gens : pour leur sécurité, ne devait-elle pas sacrifier ses propres sentiments et sa fierté ?

Allons, elle ne réglerait pas cette question tout de suite. Ils avaient trop à faire l'un et l'autre pour l'heure. Un peu plus loin, Marion discutait avec d'autres femmes qui attendaient visiblement de pouvoir la conduire à ses appartements.

Elle avait en effet grand besoin de se changer et de se rafraîchir. Elle portait sur elle une robe que Lady Anne lui avait prêtée le matin même, mais elle savait que les robes de sa mère étaient toujours ici, protégées dans des coffres emplis de camphre et de bois de cèdre. Elaine avait la même silhouette élancée que sa mère et, avec quelques reprises, ses tenues lui iraient.

— Lord Zander vous demande de le rejoindre dans la grande salle pour le souper, annonça l'une des jeunes servantes en faisant la révérence. Le repas est servi, ma lady, si vous voulez bien descendre le rejoindre.

— J'arrive, acquiesça Elaine.

Marion lui tendit un miroir d'argent et elle contempla un instant son reflet. Ses cheveux formaient une couronne d'or autour de son visage qui avait retrouvé toute sa blancheur grâce aux soins de ses dames de compagnie. Sa robe était une merveille de soie bleue brodée de fils d'argent et recouverte d'une fine gaze de la même teinte. Sur ses cheveux, ses suivantes avaient déposé une bande de velours bleu entouré de liens d'argent et repiqué de perles. Des boucles d'oreilles assorties et un rang de perles à son cou complétaient son habit. Tout avait appartenu à sa mère et Elaine se sentait étrangement émue d'être aussi proche d'elle.

— Merci, vous avez fait merveille, les remercia-t-elle chaleureusement.

Celles-ci lui rendirent son sourire et gloussèrent en chœur pour la complimenter sur son apparence et l'assurer qu'elles n'avaient aucun mérite puisque sa beauté surpassait naturellement tous les apparats. Elaine secoua la tête en riant pour refuser leurs louanges.

Un peu rassérénée par leur gentillesse, elle descendit les escaliers pour rejoindre la grande salle. Bien que la demeure ne fût pas à proprement parler un château mais plutôt une solide construction, la grande salle était de bonne taille et les murs élevés. Des banderoles colorées pendaient aux murs, au milieu des boucliers, des épées, des haches et des lances. Les lourdes tables de chêne étaient surmontées de vaisselle et de plats en argent, il y avait même quelques pièces d'ornement en or. Apparemment, les gens de Sweetbriars avaient sorti toutes les pièces de luxe pour fêter le retour de leur maîtresse.

Une jonchée fraîche parsemait le sol et embaumait l'air. Tous les habitants avaient travaillé dur pour débarrasser la demeure de la puanteur et des déchets laissés par les hommes du comte. Ces derniers avaient en effet jeté la nourriture dont ils ne voulaient pas à même le sol et laissaient les chiens se la disputer.

Depuis, Zander avait donné l'ordre que les chiens soient gardés dans un bâtiment transformé en chenil. Seul un gros animal gris qui semblait l'avoir pris en affection avait reçu la permission de rentrer dans la bâtisse. La bête regardait quiconque s'approchait de son nouveau maître avec méfiance.

En dépit de la température agréable, un feu joyeux flambait dans la haute cheminée, alimenté par un énorme tronc. À l'odeur caractéristique de la fumée qui s'en dégageait, Elaine devina qu'il s'agissait d'un pin. Par-dessus ce parfum boisé, elle reconnut celui de la viande grillée qui rôtissait.

Sur la table étaient déjà servis des capons rôtis, épicés à la cannelle. Elle ne put s'empêcher d'ouvrir de grands yeux en découvrant ces mets raffinés. Zander n'avait pas exagéré en affirmant qu'il comptait donner un véritable festin.

Zander se tenait au bout de la grande salle, sur l'estrade, là où les maîtres de maison s'installaient pour dominer les longues tables à tréteaux qui partaient à angle droit de part et d'autre de la table seigneuriale. Quand les commensaux la virent arriver, une salve de cris et le bruit assourdissant des pieds frappés au sol l'accueillirent.

Zander se tourna vers elle. Sous son regard intense, les bruits de la foule se turent. Elle ne détourna pas le regard du sien tandis qu'elle avançait vers lui. Cependant, elle éprouva une pointe de déception en voyant qu'il n'exprimait aucune admiration devant son apparence soignée.

— Mon seigneur, le salua-t-elle courtoisement. J'espère ne pas vous avoir fait attendre trop longtemps.

— Non, ma dame. Nous sommes tous affamés, je pense, et le festin devrait commencer dès que vous aurez pris place.

Son regard lui sembla si brûlant qu'elle se sentit fondre. Pour un peu, on aurait pu croire que c'était elle qu'il avait l'intention de dévorer.

— Alors, commençons, dit-elle d'une voix faible.

Elle prit place au centre de la table. Son fauteuil de bois sculpté avait été confortablement rembourré de coussins à l'assise, aux accoudoirs et sur le dossier. Les chaises de part et d'autre de la sienne ne bénéficiaient pas d'accoudoirs, et les autres convives étaient installés sur de simples bancs de bois.

Elaine leva gracieusement la main pour donner le signal du début de repas. Les habitants, qui s'étaient tous levés à son entrée, se rassirent en l'acclamant bruyamment. Rapidement, les pages, vêtus de bleu et argent, apportèrent une succession de plats. Les plus beaux étaient posés à leur table.

Un sanglier braisé suivit les capons rôtis, puis des pigeons farcis accompagnés d'une sauce divine furent déposés à table. Le tout était agrémenté de petits pains cuits au four et de tourtes aux andouillettes, oignons caramélisés et noix. Le clou du repas était un mouton rôti aux navets et aux poireaux, servi avec les poissons de l'étang tout proche. Pour les mets sucrés, des tartes aux coings et aux prunes furent apportées avec des sirops de miel ou de vin sucré.

Certains mets venaient tout juste d'arriver en Angleterre, comme les dattes, les figues ou les amandes, rapportées par les chevaliers croisés qui avaient vu là un marché juteux à faire prospérer.

Elaine picora un peu de chaque plat qu'elle affectionnait et se resservit même de pommes rôties à la cannelle. Elle acheva son repas sur une crème glacée au miel. Elle avait déjà mangé bien plus que son appétit le lui permettait lorsque Zander insista pour qu'elle goûte une datte. L'intensité de son regard gris l'empêchait de lui refuser quoi que ce soit et un trouble délicieux l'envahit lorsque ses yeux s'attardèrent sur sa bouche.

Au centre des tables, un ménestrel jouait de sa lyre et entonnait des chansons à chaque fois qu'il recevait une pièce de l'un des convives. De temps à autre, l'oreille d'Elaine percevait quelques mots grivois, ponctués par des rires bruyants. La plupart des paroles étaient chantées en français, une langue qu'elle comprenait mal. Elle savait cependant que ses chants n'étaient pas faits pour les chastes oreilles des dames.

Elle s'amusa davantage en regardant un jongleur acrobate faire son numéro. Puis Zander fit appeler le ménestrel et lui demanda une ballade. Le chanteur s'exécuta en souriant. Il chantait toujours en français, néanmoins, la mélancolie du chant d'amour la touchait instinctivement.

Un peu plus tard, l'un des hommes de Zander se mit à danser avec une femme à la peau dorée qui venait sans nul doute des contrées lointaines de Terre sainte. Ils entamèrent tous les deux une danse incroyablement sensuelle, leurs corps ondulant à la façon des serpents. Elaine sentit ses joues s'embraser, mais elle parvint à garder son sourire en place. Où diable un rude soldat avait-il appris ces mouvements ensorcelants et comment parvenait-il à les exécuter avec une telle grâce ?

Comme s'il avait entendu sa question, Zander se pencha vers elle pour lui souffler à l'oreille :

— Ranulf a appris ces pas auprès d'esclaves que nous avons libérées en revenant de Jérusalem. Elles ont dansé pour nous remercier et les hommes ont pris plaisir à suivre leurs pas. Certaines parmi elles ont choisi de suivre les croisés jusqu'en Angleterre. Ainsi, Ranulf et cette femme ont pu améliorer leurs mouvements ensemble. Est-ce que le spectacle vous plaît, Elaine ?

— Oui… Oui, balbutia-t-elle, la gorge sèche.

Lorsqu'elle leva les yeux sur lui, son ventre se contracta délicieusement. La danse, intensément érotique, avait allumé une sourde flamme au creux de ses reins. Des sensations étranges parcouraient son corps. Ses lèvres la picotaient comme si elles brûlaient d'être embrassées. Honteuse de ses pensées immodestes, elle détourna brusquement le regard.

— C'était… intéressant, ajouta-t-elle d'une voix hachée.

— Intéressant ? répéta-t-il sans cacher son amusement. Oui, on pourrait dire cela, en effet…

Cette fois, elle n'eut pas le courage d'affronter son regard. Une tension inconnue lui donnait envie de se glisser entre les bras de cet homme qu'elle avait aimé. Elle arrivait à peine à respirer tant le désir lui serrait la gorge. Seulement, elle était terrifiée à l'idée qu'il comprenne ce qui se passait en elle et la méprise pour son immodestie.

— Je devrais me retirer dans ma chambre, murmura-t-elle quand le silence qui s'éternisait entre eux devint intolérable. Mes dames et moi-même devrions laisser l'assemblée célébrer sans retenue la fête.

— Dans une demi-heure, il ne leur sera plus servi aucune boisson alcoolisée, répondit-il d'un ton redevenu distant. Je ne tolère pas les débordements liés à un excès de vin. Les hommes doivent être en mesure de se battre à tout moment — ceux qui ont bien festoyé doivent prendre la relève de ceux qui sont restés à leur poste.

Elaine hocha la tête et se leva pour s'éloigner. Les dames la suivirent tandis que les rires et les chants continuaient dans la grande salle.

Parvenues dans ses appartements, ses suivantes l'aidèrent à se dévêtir.

— Qu'avez-vous pensé de la danse ? osa-t-elle leur demander tout haut.

— C'était absolument indécent ! s'écria Marion d'un air désapprobateur.

Les plus jeunes gloussèrent et échangèrent des chuchotements excités.

— Eh bien, Gelda ? Ne me diras-tu pas tout haut ce que tu en as pensé ?

La jeune fille rougit et baissa la tête.

— C'était… sensuel, ma lady. J'ai déjà vu des gitans faire ce genre de danse autour du feu.

— Et quand donc as-tu vu des gitans ? s'étonna Marion.

— Quand ils sont venus au village. Ils avaient voyagé depuis l'Orient, ils venaient d'un pays appelé Égypte je crois. Ils portaient des anneaux d'or aux oreilles et à leurs doigts, et eux aussi dansaient la danse de l'amour.

— J'ai entendu parler de cela…, dit Elaine. Mais n'est-il pas choquant pour un homme et une femme de s'adonner à une telle danse ?

Gelda marmonna quelque chose d'inaudible.

— Qu'as-tu dit ?

La jeune femme répéta sans oser relever la tête :

— C'est une danse pour les amants, ma lady, qu'ils soient fiancés, mariés… Ou non.

— Va laver ta bouche de ces propos, jeune fille ! s'exclama Marion, horrifiée.

— Elle ne fait que répéter ce qu'elle a entendu, dit Elaine, apaisante. Merci de ta franchise, Gelda.

Ses dames se retirèrent bientôt pour la laisser seule. Tout en se préparant pour rejoindre son lit, Elaine ne pouvait s'empêcher de se demander pourquoi Zander avait laissé le soldat et la femme danser ainsi. Elle sentait confusément que c'était pour son seul profit. Voulait-il voir comment elle réagissait à un spectacle aussi sensuel ? Et dans ce cas, pourquoi ? Cherchait-il à provoquer en elle une humeur plus propice à l'amour… Pour la préparer…

Affolée par ses propres pensées, Elaine se rua entre les draps glacés pour apaiser son corps en feu. Elle perdait l'esprit ! Zander était un chevalier ! Un homme d'honneur qui ne penserait jamais de telles choses !

Elle n'était même pas sa femme, sans doute ne le serait-elle jamais. Comment alors pourrait-il songer à la mettre dans son lit ?

Zander contemplait la nuit sombre depuis les remparts. Ses pensées fiévreuses l'avaient conduit jusqu'ici, dans l'espoir que l'air glacé calmerait le désir violent qui avait grandi en lui tout au long du repas.

Elaine avait-elle seulement conscience des ravages que sa beauté provoquait en lui ? Son parfum, la soie de ses cheveux d'or, la nacre de sa peau étaient plus enivrants que le meilleur des vins de France. Pourtant, elle semblait étrangement inconsciente de son pouvoir de séduction.

Lorsqu'il était parti pour la Terre sainte, elle n'était encore qu'une enfant innocente et lui un jeune homme sans connaissance de la gent féminine. Depuis lors, il s'était fait une expérience des femmes sans pour autant que son cœur cesse d'appartenir à celle qu'il avait laissée. Il n'était certes pas fier de s'être ainsi abandonné au plaisir de la chair, seulement les rigueurs de la guerre rendaient douloureusement nécessaires les rares moments de plaisir. Le vin, la danse, la musique, mais aussi le corps chaud d'une femme, tout cela aidait à tenir les cauchemars à distance. Lui-même avait tenté de limiter autant que possible le recours à la chair, mais la crainte de mourir n'était pas si facile à écarter. Néanmoins, il avait souvent décliné les invitations des femmes, particulièrement celles des anciennes esclaves qui avaient été sauvées de maîtres souvent cruels. Souvent… Mais pas tout le temps.

L'une d'entre elles, notamment, était d'une grande beauté. Esmeralda lui avait appris à danser et le battement incessant des tambours avait enfiévré son corps. Le cœur douloureux d'avoir perdu tant d'amis, Zander avait eu besoin de réconfort. Esmeralda lui avait donné beaucoup de plaisir, autant qu'elle en avait pris.

Puis, chacun était rentré dans son pays, et elle était naturellement devenue un vague souvenir dans sa mémoire. Jamais son cœur n'avait été touché. Cette femme lui avait simplement offert la douceur d'un corps tendre au cœur de la douleur et de la terreur. De cela, il lui était reconnaissant. Pour autant, le souvenir d'Elaine ne l'avait jamais quitté. Il aimait la jeune fille d'un amour pur, cependant, et ne liait pas les sentiments qu'il lui portait à une attirance charnelle. Jusqu'à maintenant, du moins.

Avec Elaine, tout était différent. D'elle, il voulait bien plus que du plaisir. Le désir qu'il ressentait auprès d'elle était sans commune mesure avec ce qu'il avait ressenti auparavant. Au cours du repas et du spectacle qui avait suivi, il s'était enivré du parfum suave de la jeune femme. Il avait serré les poings pour ne pas être tenté de poser la main sur sa peau douce. Quand elle s'était levée pour rejoindre sa chambre, il avait serré les mâchoires à en avoir mal pour se retenir de l'escorter jusqu'à son appartement. S'il l'avait fait, il aurait été incapable de s'écarter d'elle.

Son corps rugissait qu'elle était sienne. Dire que par leurs promesses échangées, elle était réellement sienne ! Il mourait d'envie d'accomplir ce vœu ancien, mais l'honneur et la fierté l'en empêchaient. Même si c'était elle qui venait à lui, la bouche pleine de mots doux et de promesses d'amour, il ne pouvait laisser sa résolution faiblir. Il avait bien trop peur qu'elle prenne conscience, un jour, qu'elle était irrémédiablement piégée dans un mariage avec un homme qui n'était plus celui qu'elle avait aimé. Pour son bien à elle, il devait résister au désir insoutenable qu'elle éveillait en lui. Il ne la méritait pas, moins encore qu'avant de partir pour cette guerre inhumaine.

Peut-être que le jeune homme d'alors existait encore, quelque part au fond de lui, seulement, ce garçon plein d'idéaux et de valeurs chevaleresques avait dû, pour survivre, se transformer en un être capable de tuer sans un remords.

Son âme était désormais entachée du sang d'innocents, bien qu'il ait toujours fait en sorte de les épargner. Il avait été témoin de leur sang versé sur cette terre qu'on prétendait sacrée. Il avait dû prendre la vie d'hommes qu'il avait auparavant appelés amis. Même s'il n'avait guère eu le choix, ces actes continuaient de le hanter.

Il avait entendu les cris d'agonie d'hommes qui suppliaient leur dieu d'abréger leur souffrance. Dieu ou Allah, quelle importance ? Ils mouraient les uns à côté des autres dans les mêmes douleurs. Et leur dieu ne leur répondait pas. Leurs lamentations continuaient jusqu'à ce qu'une âme charitable leur enfonce une lame dans la gorge pour faire cesser leur souffrance.

Quel Dieu pouvait être à ce point impitoyable ? Et quel genre d'hommes fallait-il être pour porter sa croix en étendard et se proclamer victorieux en son nom après un tel carnage ? Quel homme était-il, lui, Zander de Bricasse ?

La réponse ne lui plaisait pas, quelle qu'elle soit, car, dans tous les cas, il n'était pas à la hauteur de la femme qui hantait son âme autant que son corps.

La chambre d'Elaine était juste à côté de la sienne. Il aurait pu sans peine lui rendre visite dès ce soir. De toute façon, tout le monde ici semblait penser qu'il allait épouser leur maîtresse.

Lui ne savait pas quoi faire, tiraillé entre ce que lui dictait son cœur, et les mises en garde de sa conscience. Lorsqu'ils s'étaient retrouvés, Elaine avait clairement exprimé sa volonté qu'il respecte le vœu qu'il lui avait fait. Mais ne serait-ce pas lui faire du tort que de profiter de son accord ?

Ce soir, il avait pu admirer sa beauté rayonnante, il avait senti la sensualité qui émanait d'elle et l'avait désirée de toutes ses forces. Tandis que ses hommes chantaient, dansaient et buvaient, lui n'avait pensé à rien d'autre qu'au bonheur intense qu'il ressentirait en rejoignant Elaine pour passer la nuit avec elle. Il voulait lui faire l'amour longuement, amoureusement, tendrement… Seulement, pour cela, il devait l'épouser.

Hors de question de la déshonorer avant de la quitter, fût-ce pour préserver son bonheur.

Zander savait qu'elle consentirait à l'épouser. Il savait également que c'était ce qu'il voulait au plus profond de son âme. Cependant, une telle union ne serait pas juste. Elle était trop pure, trop parfaite. Malgré le désir charnel qui lui embrasait les reins, il la voyait paradoxalement comme une déesse, ou une reine, intouchable. Comment un homme aussi sali que lui pourrait toucher une telle perfection sans la souiller ?

Le cœur lourd, Zander leva les yeux vers la lune. Il garda à l'intérieur le hurlement de frustration douloureuse qui montait dans sa gorge. Il ne pouvait aller à elle en tout honneur alors même qu'il savait ce qu'il lui imposerait. Il avait perdu la foi alors que la sienne était plus vibrante que jamais.

Peut-être croyait-elle encore l'aimer, pour le moment. Mais ensuite ? Quand les mois, les années passeraient et qu'elle mesurerait la noirceur de son âme ?

Au petit matin, Elaine fut réveillée par le fracas des armes, et ce bruit familier amena un sourire sur ses lèvres. Toute sa vie, elle avait entendu les hommes d'armes s'entraîner dès l'aube au combat. En ces temps troublés, aucun seigneur n'était à l'abri d'une attaque et chaque homme était tenu de maintenir son talent à l'épée. Depuis que le roi était parti, l'Angleterre avait sombré dans le trouble, les barons se faisaient constamment la guerre et volaient les possessions, les cheptels et jusqu'à la femme de leur voisin, sans scrupule.

Elle alla à sa fenêtre pour voir ce qui se passait dans la cour. Les hommes de Zander s'entraînaient durement, comme s'ils affrontaient un ennemi véritable. De temps à autre, l'un d'entre eux était même blessé en dépit des précautions de chacun. Au bout de quelques minutes, Elaine reconnut la silhouette de Zander. Ses yeux s'accrochèrent à sa silhouette et ne la quittèrent plus.

Il semblait plus faible, plus éprouvé que les autres combattants. Il transpirait davantage et elle le vit vaciller plusieurs fois sous la force des coups. Soudain, il tomba à genoux sous l'assaut de son adversaire. Elaine poussa un gémissement horrifié. Aussitôt, l'autre releva son épée et s'écarta. Dans un combat réel, Zander aurait été abattu sous ses yeux.

Elaine n'avait pas encore retrouvé son souffle que Zander se relevait et chargeait son opposant pour le forcer à se battre plus brutalement encore. Il était évident qu'il allait bien au-delà des limites de ce que son corps pouvait supporter. Elle était terrifiée à l'idée qu'il tombe évanoui, et pourtant, elle ne parvenait pas à détourner le regard.

Fascinée, elle continua de l'observer tandis qu'il poursuivait encore longtemps l'entraînement avant de finalement ordonner un temps de récupération. Il s'appuya lourdement sur le pommeau de son épée. Son adversaire lui administra une tape dans le dos pour le féliciter et elle le vit enfin sourire en secouant la tête. Inquiète d'être surprise à l'espionner, Elaine s'écarta brusquement de la fenêtre.

Heureusement, car ses dames entrèrent dans la pièce au même instant. Elles apportaient une robe de soie d'un vert émeraude particulièrement élégant. Toutefois, Elaine n'était pas d'humeur à jouer les dames distinguées et immobiles. Elle avait besoin d'action !

— Non, Hilda, pas ce matin. J'ai besoin d'une robe pour travailler. Cela fait trop longtemps que cette demeure est restée sans maîtresse. Nous devons vérifier les provisions afin de nous préparer à l'hiver. Je veux également savoir ce que nous avons comme linge. Il faut enfin vérifier les vivres entreposés dans le cellier afin de déterminer si nous pouvons nous permettre de festoyer à nouveau ce soir comme nous l'avons fait hier.

— Lord Stornway a fait porter plusieurs charrettes de nourriture commandée par Lord Zander, ma lady. L'intendant a affirmé ce matin aux cuisines que nous avions de quoi nourrir tout le monde au moins pour une semaine complète.

Elaine serra les mâchoires, loin d'être enchantée par cette nouvelle.

— Vraiment ?

En vérité, elle était ennuyée de voir que Zander prenait en charge la gestion de toute la maisonnée, y compris les tâches qui incombaient habituellement à la châtelaine. Il agissait comme s'il était son seigneur et maître, alors qu'il ne l'avait pas demandée en mariage.

Que voulait-il à la fin ? Pour donner autant de son argent, de son temps, de ses forces, il devait bien vouloir quelque chose en échange !

Soudain, elle revit en pensée le regard qu'il avait posé sur elle la veille au soir. Oui, elle savait ce qu'il voulait… Il ressentait du désir pour elle, à défaut d'autre sentiment plus profond. Alors pourquoi garder tant de distance entre eux ? La considérait-il encore comme une jouvencelle tout juste sortie de l'enfance ?

Certes, depuis son départ, aucun homme ne l'avait embrassée. Deux garçons avaient bien essayé, mais ils n'avaient eu que leurs yeux pour pleurer après qu'elle les avait rejetés d'un sévère coup de pied bien placé.

Pour autant, elle n'était pas complètement innocente. Elle avait parfaitement compris la signification des ondulations mimées par les danseurs et les battements entêtants des percussions ne l'avaient pas laissée indifférente. Loin de là.

Il était grand temps de montrer à Zander qu'elle n'était plus une enfant, mais une femme et une châtelaine accomplie. Rassemblant ses forces, elle releva le menton et déclara avec autorité :

— Je vais commencer dès aujourd'hui à organiser la demeure comme je l'entends. Faites réunir les domestiques. Je vais assigner des tâches précises à chacune d'entre vous. Pour commencer, Hilda, je veux connaître dans le détail la liste de tous les objets de valeur. Gelda, toi et moi allons nous atteler à l'inventaire du linge…

Ignorant les mines résignées de ses dames, Elaine poursuivit en retenant un sourire. Ses gens avaient pris l'habitude de laisser les choses aller, ce qui était bien naturel sans maîtresse pour les ramener à plus de rigueur. Désormais, ils allaient devoir se faire à ses exigences car elle entendait bien gouverner sa maison à sa guise.

Chapitre 7

Dès qu'il mit un pied à l'intérieur, Zander remarqua le remue-ménage qui agitait la grande salle. La pièce embaumait la lavande et la cire d'abeille, et tout le monde semblait occupé à une tâche ménagère.

— Que se passe-t-il ? demanda-t-il à une servante qui passait en transportant de lourds seaux.

— Lady Elaine a demandé un inventaire complet du domaine, sir. Ceux qui n'ont pas été requis pour cette tâche ont été assignés au polissage de l'argenterie et au nettoyage de la maison.

— Je vois…

Zander ne put retenir le petit sourire qui montait à ses lèvres. Apparemment, Elaine avait décidé de faire preuve d'autorité et de rappeler à chacun qu'elle était la maîtresse des lieux. À moins qu'elle n'ait autant besoin que lui de s'occuper après une nuit sans sommeil. Le sang de la jeune femme s'était peut-être échauffé en voyant les corps des danseurs se presser l'un contre l'autre. Lui n'avait pas fermé l'œil en l'imaginant si proche et pourtant inaccessible…

Dès l'aube, il avait sauté hors de son lit et s'était démené à l'entraînement pour tenter d'oublier la torture physique du désir. À chaque instant, il avait dû combattre le besoin de rejoindre sa chambre et était fier de sa victoire sur lui-même. Pour résister, il s'était répété qu'elle était une dame noble et honorable qui aurait été choquée de le voir arriver dans sa chambre au beau milieu de la nuit pour l'embrasser fiévreusement.

De toute façon, il ne pouvait se permettre de se laisser séduire par sa beauté. Il n'avait pas de temps pour cela. Dès qu'il aurait repris des forces, il irait affronter leur ennemi commun pour défier Newark en combat singulier. C'était la seule manière honorable de régler le conflit qui les opposait, sans quoi, bien trop d'hommes mourraient inutilement dans des affrontements.

Zander rejoignit sa chambre et se déshabilla pour se débarrasser de la sueur et de la poussière de l'entraînement. Il utilisait tous les jours du savon avant d'étaler sur ses membres courbaturés de l'huile ramenée d'Orient. Elle sentait l'ambre et le musc et avait largement contribué à cicatriser les blessures que lui avaient infligées les Sarrasins ce fameux jour où il avait enterré Tom.

Il aurait dû mourir ce jour-là. Il se serait vidé de son sang sous le soleil écrasant, si Janvier et ses domestiques ne l'avaient pas trouvé à temps. Zander écarta ce souvenir désagréable.

Il prit le temps de masser longuement sa peau et de faire rouler les muscles de ses épaules d'avant en arrière. Avec l'expérience, il avait appris que seul l'exercice permettait d'apaiser la douleur liée aux cicatrices. S'il continuait à s'entraîner, il retrouverait bientôt les deux tiers de ses forces, à défaut de son ancienne adresse. La potion d'Elaine l'avait bien aidée, mais le processus de guérison était nécessairement long, surtout pour un homme pressé.

Devait-il la laisser soigner la cicatrice sur sa joue qui demeurait douloureuse ?

Entendant un bruit dans son dos, il fit volte-face pour découvrir Elaine, le regard rivé sur lui. Elle venait d'émettre un souffle heurté en le découvrant torse nu, un linge noué autour de la taille.

— Ton dos…, murmura-t-elle, ces cicatrices… Je… Pardonnez-moi, mon seigneur, dit-elle en se ressaisissant, je ne savais pas que vous étiez ici, je venais déposer ceci.

Elle déposa une pile de linge propre sur le lit et s'apprêtait à repartir lorsqu'il la saisit par le bras.

— Ces plaies sont refermées depuis longtemps, Elaine.

Ses doigts serrés autour de son bras fin provoquèrent en lui une décharge de plaisir brutal. Brusquement, il se rappela ce qu'il avait ressenti la veille, si près d'elle, et pourtant condamné à rester à distance.

Le besoin rugissait à nouveau dans ses veines et il sentit les barrières céder en lui. Elle était là, dans sa chambre, si douce, si belle, son parfum enivrant lui emplissait les narines. Alors il oublia ses bonnes intentions et s'approcha d'elle.

Il savait que c'était mal, qu'il n'avait pas le droit de la toucher, cependant, il ne parvenait plus à contrôler le besoin douloureux qu'il avait d'elle. Il la voulait, plus qu'il n'avait jamais désiré quoi que ce soit en ce bas monde.

Sans même avoir pleinement conscience de ce qu'il faisait, il la saisit par la taille et se pencha sur elle pour prendre ses lèvres. Il la sentit d'abord se raidir sous lui, puis, très vite, elle se détendit et son corps se pressa contre le sien dans un abandon délicieux. Zander sourit doucement avant de la relâcher.

— Je rêve de faire cela depuis le premier instant

où nous nous sommes revus, avoua-t-il. Cela fait bien longtemps que nous ne nous étions embrassés, Elaine.

— En effet, dit-elle en lui rendant son sourire.

Ses doigts se posèrent sur son visage, effleurant la cicatrice. Ce contact, aussi léger soit-il, provoqua chez lui un mouvement de recul.

— Ne me laisserez-vous pas soigner cette blessure ? Ou au moins, laissez Janvier appliquer les soins que je lui indiquerai.

— Je croyais que cela guérissait lentement.

— C'est vrai, mais certaines herbes peuvent accélérer le processus et assouplir la peau, pour éviter la douleur des tiraillements.

— Dans ce cas, envoyez-moi ce baume miraculeux et je l'appliquerai moi-même.

— Comme vous voudrez. Je vous le ferai envoyer ce soir, dit-elle tout bas en s'écartant.

Une fois de plus, il la rattrapa par le poignet.

— La vue de mes cicatrices ne vous inspire-t-elle pas de dégoût ?

— Du dégoût ? Comment pourrais-je ressentir autre chose que de la compassion pour la peine que vous avez endurée ? Non, je ne ressens aucun dégoût, mon seigneur, seulement le désir de vous aider.

— Pourtant, j'ai vu bien souvent les femmes détourner le regard en voyant mon visage.

— C'est qu'elles étaient folles.

— Ou alors, vous avez plus de compassion que la plupart.

— Anne Stornway vous aurait soigné, elle aussi, si vous l'aviez laissée faire.

— Hum hum, c'est une femme remarquable en effet.

Il sentit aussitôt la jeune femme se raidir et tenter de s'écarter. Avec un sourire, il la ramena à lui.

— Vous êtes incomparablement plus belle, Elaine,

murmura-t-il d'une voix séductrice. N'en doutez jamais. Mais trouvez-vous juste que je prenne ainsi avantage de la promesse que vous m'aviez faite ?

Elle s'immobilisa à ces mots et leva le regard vers lui.

— Je pensais que vous vouliez oublier cette promesse.

— Comment pourrais-je oublier le vœu que vous avez fait avant mon départ ? Comment aurais-je pu vous oublier, vous ?

— Dans ce cas, pourquoi… Je n'ai pas changé, Zander, ajouta-t-elle en rougissant adorablement.

— Croyez-vous ? Je vois pourtant de nombreux changements, plaisanta-t-il en levant un sourcil sarcastique. La jeune fille d'alors est devenue une femme. Je vous croyais aussi innocente qu'autrefois, j'ai eu tort.

— Bien sûr que j'ai grandi ! Pourtant, rien en moi n'a changé. Mes sentiments sont les mêmes qu'autrefois !

À présent, ses joues étaient écarlates, cependant, elle ne cherchait plus à fuir. Au lieu de cela, elle attendait qu'il parle, le regard droit et fier. Comme il gardait le silence, il sentit sa main trembler sous sa poigne.

— Voulez-vous que je vous libère de votre vœu ? demanda-t-elle. Aimez-vous une autre femme ?

— Non ! jura-t-il entre ses dents. Au nom du ciel, il n'y a personne d'autre ! Ne me regardez pas ainsi, Elaine ! Vous me rendez fou !

Il s'écarta brusquement d'elle et prit sa tête dans ses mains, dépassé par la tempête d'émotions contradictoires qui s'agitaient en lui.

— Je ne vous abandonnerai pas ! reprit-il d'un ton heurté. Seulement, si nous nous mariions, vous seriez sans doute veuve avant la fin du mois. Et si, par miracle, je survivais et que Newark mourait…

Il secoua la tête, la gorge serrée. Il n'en avait pas envie, mais il se força à poursuivre :

— Ma dame, vous ne savez pas ce que j'ai fait…

ce que je suis devenu depuis notre séparation. L'honnêteté m'impose de vous dire la vérité : je ne vous mérite pas. Je n'ai pas pu me retenir de vous embrasser parce que j'y ai tant pensé pendant toutes ces années, je le confesse… Seulement, je n'ai pas le droit de vous souiller.

— Pourquoi ne pas me dire ce qui vous hante de la sorte ? demanda-t-elle doucement.

— Je ne peux pas… Si je vous disais… vous me haïriez. Je ne supporterai pas de voir la haine dans vos yeux, ma dame. Je n'y survivrais pas.

— Qu'avez-vous pu faire d'aussi terrible ? Dites-le-moi, je vous en conjure…

Elle gardait le menton levé, cependant, il vit le doute envahir son regard.

— J'ai tué de trop nombreux hommes, j'en ai vu plus encore massacrés… Certains étaient des soldats, d'autres, en revanche, étaient des innocents.

Il vit ses yeux s'assombrir mais elle ne recula pas.

— Un enfant… J'ai vu un enfant tué alors qu'il s'accrochait aux jambes de son père en suppliant pour sa vie. J'aurais dû faire quelque chose, réagir plus vite… Trop d'innocents ont été ainsi sacrifiés sous mes yeux.

Cette fois, il vit la peur et la révulsion dans son regard. Il aurait voulu s'arrêter pour ne pas avoir à affronter le jugement dans son beau regard clair, néanmoins, une force inconnue le poussa à continuer sa confession :

— On nous avait affirmé que des renégats se cachaient dans un village, qu'il nous fallait les tuer tous sans exception. Cependant, personne ne nous avait prévenus qu'ils se cachaient au milieu des femmes et des enfants. Alors que nous nous apprêtions à nous mettre en route pour les débusquer, le roi m'a convoqué.

J'ai dû charger… un ami en qui j'avais confiance de mener cette mission à bien. Je lui ai donné des ordres pour qu'ils ramènent les prisonniers au camp afin qu'ils soient jugés. J'ai commis une fatale erreur… J'ai ignoré les souffrances endurées par mes hommes, j'ai ignoré la fragilité de leur raison. Ils avaient déjà vu trop d'amis mourir sous la main de nos ennemis. Aveuglés par une soif de sang vengeresse, ils ont galopé jusqu'au village. Ils ont ordonné aux renégats de se rendre, mais ceux-ci se sont cachés derrière les femmes, les enfants, les vieillards…

Zander ferma un instant les yeux, dévasté par les visions cauchemardesques qui se reformaient dans son esprit. Il pouvait encore entendre les hurlements de terreur et de douleur de ces pauvres gens.

— Quand mon entrevue auprès du roi s'est achevée, j'ai couru rejoindre mes hommes. Le spectacle qui m'attendait… Partout, des hommes, des femmes, des enfants agonisaient. Mes hommes avaient perdu la raison et continuaient à tuer et à brûler tout ce qui se trouvait autour d'eux, sans plus obéir à mes ordres. Je n'ai pas pu les arrêter…

Sa voix se brisa dans un sanglot de désespoir. Les larmes dévalaient ses joues. Il ne parlait plus pour Elaine, non, les mots sortaient de lui en un flot atrocement douloureux.

— J'ai dû les punir pour cette destruction insensée… J'ai dû donner l'ordre que mon ami soit pendu pour avoir désobéi. Le regard qu'il m'a jeté alors qu'on l'emmenait… Il y avait tant d'incrédulité et de souffrance dans ce regard… Hélas, je n'avais d'autre choix : les hommes devaient comprendre que je ne les laisserai pas agir comme des sauvages. C'était mon devoir.

— Oh ! Zander…

Il sentit des bras tendres enserrer ses épaules pour en contenir les tremblements.

— Tu ne savais pas ce qui allait se passer, souffla une voix douce à ses oreilles. C'était une terrible erreur, une tragédie, mais rien de tout cela n'est ta faute.

Zander ferma les yeux et se laissa un instant aller dans cette étreinte chaude et réconfortante. C'était tellement tentant de se laisser convaincre… Non ! Il n'aurait pas en plus la faiblesse d'excuser sa faute ! Brusquement, il reprit le contrôle de ses émotions. Alors, il s'écarta et lui tourna le dos.

— Tu sais tout de la bête qui vit en moi, désormais. Tu sais ce que j'ai fait, Elaine. Tu sais que mon âme est souillée à jamais. Voilà pourquoi je ne mérite pas ton amour.

— Zander, écoute-moi, dit-elle d'un ton étonnamment calme, en dépit des larmes qui maculaient ses joues. Je ne prétends pas ne ressentir aucun chagrin, ni aucune blessure après ce que tu viens de me confesser. Néanmoins, je ne te tiens pas pour responsable de ce qui est arrivé. Ces horreurs arrivent à la guerre, souvent, hélas. Tu as suivi les ordres, comme doit le faire un chevalier, rien de plus.

— Alors tu parviens encore à me regarder sans horreur ?

— Bien sûr, sourit-elle. Et je suis toujours prête à tenir ma promesse. Je suis prête à t'épouser, si tu le veux.

Elle se tenait debout devant lui, son regard fier rivé sur le sien. Ses paroles étaient-elles dictées par son honneur ou par son amour ? Comment le savoir ? Il n'avait pas la réponse.

Toutefois, il ne pouvait plus refuser à cause de sa conscience à présent qu'il lui avait avoué ses péchés. Si elle voulait toujours de lui en toute connaissance de cause, il ne trahirait pas sa promesse. Ce serait les déshonorer l'un et l'autre que d'agir autrement.

Une sensation étrange grandit en lui… L'espoir, oui, c'était bien de l'espoir qui réchauffait ainsi sa poitrine. Il ne méritait pas cette femme, toutefois, il pouvait faire son possible pour devenir un homme meilleur. Peut-être Dieu ne l'avait-il pas complètement abandonné, finalement. Peut-être y avait-il encore un mince espoir de rédemption pour lui.

— Cet enfant qui a été tué sous tes yeux et pour la mort duquel tu te blâmes… Je me souviens d'un autre enfant que tu as sauvé autrefois. Te souviens-tu de ce qui s'est passé ce jour-là ?

Il fronça les sourcils. De quoi parlait-elle ?

— Je ne suis pas certain, non, admit-il.

— Je n'avais que onze ans, et tu étais un tout jeune homme, quatorze ans à peine. Ne te rappelles-tu pas cet enfant qui jouait près de la rivière et est tombé dans l'eau ? Tu t'entraînais à l'arc lorsque nous l'avons entendu appeler à l'aide.

Les souvenirs remontaient en désordre dans son esprit, portés par la voix douce d'Elaine.

— Oui… La rivière avait débordé après des pluies trop importantes et les berges étaient glissantes. Je me souviens, maintenant…

— Tu as retiré tes bottes et ton gilet et tu as plongé aussitôt. Il t'a fallu toutes tes forces pour le sortir des eaux agitées et le traîner jusqu'à la rive. Tu n'arrivais plus à le tirer hors de l'eau tellement tu étais épuisé, heureusement, d'autres avaient entendu les cris et ils sont venus t'aider.

Zander se rappelait parfaitement la scène à présent. Au début, le petit garçon ne respirait plus, alors il l'avait tourné sur le côté et avait frappé dans son dos jusqu'à ce qu'il recrache l'eau qu'il avait ingurgitée.

— Tu l’as sauvé, Zander, reprit Elaine. Tu as sauvé la vie de ce garçon. Il serait mort si tu n’avais pas plongé pour le repêcher. Tu as risqué ta vie pour lui.

— Je n’ai pas réfléchi sur le moment… Ce n’était que de l’instinct…

— Tu étais le héros du village ce jour-là. Je ne crois pas qu’un homme qui a accompli un tel exploit pourrait regarder sans bouger un enfant se faire tuer s’il avait vraiment pu faire quelque chose pour l’empêcher.

— Tu es déterminée à ne voir que le bien en moi, dit-il avec un sourire triste.

— Quoi qu’il se soit passé ce jour-là — quoi que tu aies été forcé à accomplir au nom de la justice de Dieu — tu restes l’homme que j’ai aimé. Je ne pourrais jamais voir le mal en toi, Zander, parce que je sais à quel point tu es bon et honorable.

Il la contempla en silence un long moment. Sa beauté, sa bonté lui faisaient mal. Elle ne pouvait pas comprendre… Elle n’avait pas vu ce qu’il avait vu. Si Elaine avait été témoin du carnage, de la désolation, du sang répandu, elle n’écarterait pas aussi facilement sa culpabilité.

Hélas, il n’avait pas la force de lui ouvrir les yeux. Il désirait cette femme plus que sa propre vie et elle voulait de lui malgré sa confession. Comment résister ? Comment ne pas accepter le cadeau qu’elle lui offrait, même s’il savait qu’un jour, sans doute, son regard tendre et compatissant se transformerait en un regard d’horreur et de dégoût ?

— Alors nous nous marierons, capitula-t-il. Cependant, j’aimerais attendre d’en avoir terminé avec Newark. Je dois consacrer toute mon énergie à redevenir le guerrier que j’étais afin de vaincre notre ennemi. Si je suis distrait…

— Bien sûr… Cela nous laissera du temps à tous les deux pour nous préparer à ce mariage.

Sans ajouter un mot d'adieu, elle sortit de la pièce, laissant derrière elle son parfum suave. Zander resta un instant immobile. Puis il retira le linge autour de ses hanches pour enfiler une tunique propre. Même ainsi, l'odeur d'Elaine le poursuivait et il ne parvenait pas à calmer l'excitation qui était montée en lui depuis son arrivée dans la pièce. En dépit de toutes ces années passées, de tous les traumatismes subis, il brûlait toujours autant du désir de l'avoir nue dans son lit.

Elaine serait sa femme… Allait-elle regretter son engagement une fois qu'elle réaliserait ce dont il était coupable ?

Elaine tremblait encore lorsqu'elle referma la porte de sa chambre et s'appuya au chambranle. Par miracle, elle était parvenue à ne pas révéler l'étendue de son trouble. Le récit de Zander avait fait naître des images insoutenables dans son esprit. Elle pouvait presque entendre les cris des pauvres gens massacrés et sentir l'odeur atroce du sang.

Comment avait-il supporté une telle torture morale ? Comment pouvait-il continuer à vivre sans rechercher le réconfort et le pardon de Dieu ? Il ne pourrait retrouver la paix sans cela. Il avait besoin de sentir en lui la miséricorde du Seigneur, seulement, au lieu de la rechercher, il affirmait ne plus avoir la foi.

Malgré l'horreur qui l'avait envahie, elle avait trouvé la force dans son cœur de se raccrocher à l'image du jeune homme qu'elle avait connu. Celui qui ne se préoccupait pas de sa propre sécurité quand la vie d'un enfant était en jeu. Bien sûr, il avait fait et vu des choses qui l'avaient transformé, néanmoins, il devait forcément rester quelque chose de cet homme-là au fond de lui.

Zander n'aurait jamais intentionnellement laissé un enfant innocent se faire tuer. Elle sentait confusément que, quoi qu'il se soit passé ce jour-là, il n'était pas à blâmer. Il ressentait visiblement une culpabilité douloureuse parce qu'il avait dû punir de mort son ami. Pourtant, il fallait une force morale exemplaire pour savoir que parfois la justice devait être accomplie quoi qu'il en coûtât.

Son péché pouvait lui être pardonné. Dieu pourrait lui apporter la paix dont il avait tant besoin. Était-il seulement prêt à se pardonner à lui-même ?

Alors qu'elle méditait sur le fardeau qu'il portait jour après jour, Elaine sentit ses doutes s'apaiser. Elle avait envie de retourner auprès de lui pour lui dire qu'elle comprenait… Pour lui dire qu'elle l'aimait d'un amour sincère. Mais elle se retint.

Zander n'apprécierait sans doute pas qu'elle se montre aussi pressante. Elle ne devait pas le distraire. Il devait rester concentré sur l'essentiel : recouvrer ses forces. Après avoir combattu leur ennemi, il reviendrait vers elle et la prendrait pour femme.

Ce soir-là, une nouvelle fête fut organisée pour tout le village. D'autres rangées de tables à tréteaux furent installées dans la grande salle, afin que chacun puisse festoyer. Les serviteurs eux-mêmes se relayaient pour pouvoir profiter des célébrations. Comme la veille, il y eut des chansons, des numéros de jonglerie et de la danse — des rondes et des danses campagnardes qu'elle connaissait bien.

Elaine y participa avec bonne humeur, heureuse de voir ses gens joyeux. Elle remarqua que tous semblaient apprécier et respecter Zander. Comme elle cherchait son regard pour savoir si lui aussi s'amusait autant que les autres, il lui adressa un bref sourire avant de retourner à sa conversation avec Sir Robert.

Elle en ressentit un pincement au cœur ridicule. En vérité, elle avait espéré qu'après leur discussion franche, il lui témoignerait plus de tendresse et d'intérêt. Malheureusement, il conservait le visage froid et sévère qu'elle lui connaissait depuis leurs retrouvailles.

Qu'il était difficile de le comprendre… Il la désirait, il lui avait dit qu'il l'épouserait… Alors où étaient la tendresse et l'amour qui signifiaient tant à ses yeux ? Pourquoi la rejetait-il ? Avait-il besoin de conserver les barrières qu'il avait érigées autour de lui pour rester fort et solide ? Si elle tentait de combler la distance entre eux, risquait-elle de l'affaiblir ?

Elaine se détourna brusquement, refusant de se laisser blesser. Elle entra dans une nouvelle ronde pour chasser la mélancolie. Elle allait tenir bon, grâce à l'amour qui emplissait son cœur. Peu importait si elle ne recevait aucun signe d'encouragement en retour.

La veille, allongée seule dans son lit, Elaine avait versé quelques larmes amères.

Au matin, cependant, elle n'avait plus de larmes. Elle se leva avec une énergie toute neuve. Il y avait des tâches à organiser pour faire de cette demeure un véritable foyer. Le plus gros des travaux ayant été fait la veille, il s'agissait principalement de travaux d'aiguille. Elle revêtit donc une robe de lainage bleue et attacha une ceinture d'argent à sa taille.

L'inventaire du linge avait permis de trier les draps et les tentures abîmés. Rapidement, Elaine distribua les tâches et s'attela à la réparation d'une tenture. Elle sélectionna des morceaux de soie qui s'accordaient avec les couleurs du tissu d'origine et se mit au travail.

Une demi-heure plus tard, son intendant vint lui annoncer l'arrivée d'un invité.

— Lord Stornway est ici, ma lady.

Elle posa aussitôt son aiguille et se leva.

— Où est Lord Zander ?

— Il est parti à cheval avec quelques hommes il y a une heure environ, ma lady.

— Alors j'accueillerai Lord Stornway moi-même. Finissez vos travaux, et prenez un rafraîchissement également, annonça-t-elle à ses dames. Elgin, faites apporter du vin et des confiseries dans la grande salle pour notre invité.

— Bien, ma lady.

Elaine descendit promptement l'escalier en colimaçon. Elle fut surprise de découvrir Lord Philip seul, alors qu'elle s'était attendue à ce que Lady Anne l'accompagne. Il se tourna vers elle avec un large sourire.

— J'espère ne pas arriver à un moment inopportun, ma lady ?

Il s'empressa de la rejoindre et la salua courtoisement avant de prendre ses mains dans les siennes.

— Jamais, mon seigneur ! Vous êtes toujours le bienvenu entre ces murs. Zander vous a-t-il envoyé des nouvelles de ce qui s'est passé à notre arrivée ?

— Oui, oui, je suis heureux que mon étendard vous ait ainsi permis de reprendre vos droits sur ce château sans effusion de sang.

— Je vous en suis infiniment reconnaissante, messire. Si nous avions été contraints d'assiéger la forteresse, mes gens auraient souffert. Grâce à vous, je n'ai pas eu à supporter une telle détresse.

— Croyez bien que je ne vous souhaiterai jamais la moindre détresse, Lady Elaine.

Il n'avait pas lâché ses mains et il se pencha pour

effleurer sa joue de ses lèvres, la laissant interdite et affreusement gênée.

— Je vous admire extrêmement, ma lady, ajouta-t-il d'un ton plein de ferveur.

Elle parvint à ne pas s'écarter brusquement en dépit de son embarras. Le regard qu'il posait sur elle était presque… intime, et elle se demanda soudain si elle avait bien fait de descendre l'accueillir seule. Après tout, Lord Philip était un homme célibataire. Elle avait apprécié son hospitalité et sa gentillesse, elle lui était bien évidemment reconnaissante de l'aide qu'il lui avait apportée, néanmoins, il se montrait trop intime pour une simple amitié.

Elle s'écarta prudemment pour se diriger vers le foyer. Elle tira la corde qui enclenchait une cloche. Par bonheur, des serviteurs apparurent aussitôt avec des plateaux. Ils déposèrent les vins et les confiseries sur la table avant de se retirer.

— Comment se passe votre installation, Lady Elaine ? Puis-je vous apporter quoi que ce soit ? proposa-t-il sans cesser de lui sourire.

— Nous avons tout ce dont nous avons besoin, assura-t-elle. J'ai fait l'inventaire de nos provisions et il ne manque que quelques provisions supplémentaires pour l'hiver. Je devrais envoyer des serviteurs acheter du sucre à Shrewsbury. Je crains que ce ne soit une dépense coûteuse car les prix sont exorbitants, néanmoins, je le préfère au miel dans certains cas. Je n'ai pas encore vérifié la production des ruches. Je sais que, quand ma mère était encore de ce monde, elles produisaient tout le miel nécessaire au château et au village.

— Les ruches d'Anne prospèrent également. Si vous avez besoin de nouvelles abeilles, je suis sûr qu'elle pourra vous fournir une nouvelle reine en pleine santé. Après tout, c'est la reine qui fait que la ruche se porte bien, ne croyez-vous pas ?

— En effet, confirma-t-elle. Lady Anne tient votre domaine d'une façon exemplaire, mon seigneur.

— Elle ferait une merveilleuse épouse, hélas, elle n'a trouvé aucun des chevaliers que je lui ai présentés à son goût, soupira-t-il. Pourtant…

Il s'interrompit un instant et son regard la mit mal à l'aise :

— … Elle m'a dit encore ce matin qu'elle ferait sans doute un jour sa vie ailleurs et que je devais songer à prendre femme.

Elaine n'osa pas croiser son regard. Essayait-il ainsi de sonder ses intentions ? Zander n'avait-il pas clairement exprimé devant son ami les vœux qui les attachaient l'un à l'autre ? Apparemment, non…

Sa respiration devenait laborieuse car elle ne savait plus que dire. Elle cherchait désespérément comment ramener la conversation sur un terrain moins dangereux quand Zander fit irruption dans la grande salle.

— Philip ! As-tu envoyé un messager pour annoncer ta visite ? Je n'ai rien reçu, sans quoi j'aurais été là pour t'accueillir ! J'espère que tu me pardonneras cette maladresse, mon ami.

— Lady Elaine m'a réservé un accueil parfait, assura-t-il en arborant à nouveau ce sourire qu'elle jugeait déplacé. Je chevauchais par ici et j'ai saisi l'occasion pour venir voir si vous alliez bien.

— Tout va bien. Je comptais t'envoyer un message pour te rassurer, seulement, nous étions à court de viande, aussi je suis parti chasser ce matin. Nous avons eu la chance de trouver un sanglier et une biche non loin. Resteras-tu pour le souper ? J'avais l'intention de vous convier, toi et Lady Anne, au repas de mes fiançailles dans quelques jours.

Le visage de Lord Philip se referma brusquement. Visiblement, l'annonce de leurs fiançailles le prenait de court. Zander avait-il noté la déception de son ami ?

— Ainsi, vos fiançailles sont bien prévues ?

Apparemment, il avait bien été informé par Zander de la possibilité d'un mariage mais avait espéré qu'il ne se concrétiserait pas. Peut-être avait-il senti la distance et la réserve qui existaient entre Zander et elle lors de leur bref séjour à Stornway ?

— Ma sœur et moi serons ravis de nous joindre à vous pour ces festivités. Pour ce soir, en revanche, je n'ai pas prévu de m'absenter et je ne voudrais pas l'inquiéter en ne rentrant pas à temps pour le repas. J'étais seulement venu vérifier que vous ne manquiez de rien.

— De rien, assura Zander. As-tu eu des nouvelles de Newark ?

— Non, aucune information n'est revenue à mes oreilles. Cependant, les nouvelles du roi sont bonnes : j'ai entendu dire qu'il serait très bientôt libéré. La rançon a été payée.

— Richard aura besoin de tous ses chevaliers à son retour en Angleterre. Je crains que son frère ne tente d'empêcher ce retour s'il en a les moyens.

— Chut, mon ami, dit Philip à voix basse. Ses paroles s'approchent dangereusement de la trahison. Non que tu aies tort, seulement, nous devons nous montrer prudents. Le prince Jean dirige le pays en l'absence du roi, il détient le pouvoir jusqu'à ce que Richard rentre de captivité.

Zander acquiesça, le visage grave.

— Laisse-moi te reconduire aux écuries, dit-il en entraînant Lord Philip vers l'extérieur. Tu me préviendras si tu entends parler de Newark ou du retour de Sa Majesté…

Elaine resta immobile, glacée et stupéfaite. Zander lui avait à peine jeté un regard. Il avait invité Lord Stornway et sa sœur à leurs fiançailles alors qu'elle n'était même pas informée d'une telle célébration.

Son manque de courtoisie provoqua en elle une brutale flambée de colère. Comment osait-il la traiter aussi cavalièrement ? Leur mariage était-il donc un sujet tellement anecdotique qu'elle ne méritait même pas d'en être informée ?

Alors qu'elle lui avait assuré tenir sa promesse et l'aimer du même amour qu'autrefois, lui ne faisait aucun effort pour la courtiser, pas même pour la consulter au sujet de leurs fiançailles ! Elle se sentait humiliée et blessée par son indifférence.

Elle quitta la grande salle le menton haut, alors qu'à l'intérieur elle s'effondrait.

Chapitre 8

— Lord Zander se demande pourquoi vous n'êtes pas descendue pour le repas, ma lady, lui dit Marion. Vous sentez-vous mal ? Préférez-vous que je vous fasse servir à manger ici ?

— Je n'ai pas faim. Dis-lui que j'attendais qu'il me donne ses ordres.

— Très bien…, bredouilla Marion, visiblement stupéfaite par son accès d'humeur.

Le regard noir d'Elaine la dissuada heureusement d'insister.

Elaine resta au bord de la fenêtre à compter les étoiles jusqu'à ce qu'elle entende derrière elle le pas qu'elle attendait. Elle prit soin de ne pas se retourner.

— Pourquoi n'es-tu pas descendue souper, Elaine ?

Sa voix chaude fit courir un frisson dans son dos.

— Je ne savais pas si c'était là ce que vous attendiez de moi, répliqua-t-elle d'un ton froid en repassant au vouvoiement de convenance.

— Que veux-tu dire ? gronda-t-il avant de refermer les mains sur ses épaules pour l'obliger à se retourner. Tu es la maîtresse de ces lieux, tu n'as nul besoin de mes ordres pour faire ce que bon te semble ! Les hommes ont faim et attendent leur repas — ils attendront jusqu'à ce que tu daignes nous rejoindre, ou bien que tu préviennes que tu ne viendras pas.

Elaine leva fièrement le regard.

— Je pensais que c'était vous qui preniez toutes les décisions ici. Après tout, vous avez invité Lord Stornway à notre repas de fiançailles sans m'en informer.

— Bon sang, Elaine ! Est-ce de cela qu'il s'agit ? Tu as affirmé que tu étais prête à m'épouser, aussi j'ai pensé que nous pourrions donner une fête pour célébrer nos fiançailles avant mon départ, voilà tout.

À cette annonce, Elaine oublia tout de sa colère, seulement inquiète pour lui.

— Tu dois partir bientôt ?

— Dans quelques jours. J'essaie pour le moment de localiser Newark.

— Mais tu n'es pas encore suffisamment fort ! Si tu le défies trop tôt, il vaincra !

— Je ne peux pas me cacher ici pour toujours, Elaine. Je reprends des forces chaque jour. Par ailleurs, si j'attends trop longtemps, il sera peut-être trop tard. Si le roi rentre avant que je l'aie défié, il refusera sans doute de voir ses chevaliers se quereller.

— Est-ce pour cette raison que tu as annoncé nos fiançailles et la fête à Lord Philip sans me consulter auparavant ?

— Oui, enfin… En partie du moins… Pour tout t'avouer, j'ai également remarqué le regard que Philip posait sur toi. Apparemment, je ne m'étais pas montré suffisamment clair dans mes intentions, aussi j'ai préféré écarter tout malentendu en l'invitant à la fête.

Son regard s'assombrit brutalement en plongeant dans le sien.

— Ai-je eu tort ? As-tu changé d'avis ? Je sais parfaitement que Philip a été touché par ta beauté lors de notre séjour à Stornway. Visiblement, il espérait que je te libère de notre vœu…

Elaine acquiesça en rougissant.

— C'est vrai, il m'a regardée d'une façon… Cependant, j'ai également été très claire… Comment peux-tu croire que j'aurais ainsi changé d'avis ?

— Et pourquoi ne le ferais-tu pas ? Lui ne porte aucune cicatrice, ni physique, ni morale. Il est noble, puissant et sans doute bien plus honorable que moi. Je ne pourrais te blâmer de le choisir, Elaine.

— Me crois-tu donc si superficielle ?

Les larmes qu'elle retenait firent trembler sa voix.

— Si tu ne l'es pas, pourquoi bouder ? rétorqua-t-il d'un ton dur.

— Je ne boude pas !

— Vraiment ? demanda-t-il, cette fois avec un petit rire. Tu exiges des preuves que je tiens à toi, c'est cela ?

Il se rapprocha et la saisit par la taille. Le souffle coupé, Elaine le vit se pencher vers elle pour l'embrasser. Son baiser était doux, presque délicat.

Du moins au début, car ensuite la passion prit le dessus. Il caressa ses lèvres de sa langue et elle ouvrit instinctivement les siennes, le laissant pénétrer sa bouche. La sensation de leurs langues entremêlées était merveilleuse et provoquait des étincelles étranges au creux de son ventre. Une chaleur inconnue se répandait dans ses veines et elle se pressa contre lui. Il mit fin abruptement à leur baiser, le souffle court.

— C'est assez, Elaine, sans quoi nos hommes ne mangeront pas ce soir. Si nous continuons, mon honneur ne suffira pas longtemps à respecter ta modestie. Viens, prends ma main, nous allons descendre ensemble.

Troublée par les revirements de Zander — qui se comportait un instant un amant dévoué, l'instant d'après comme un tuteur sévère — Elaine refusa de prendre le bras qu'il lui offrait. Elle le précéda néanmoins dans le couloir pour rejoindre la grande salle.

Consciente des chuchotements qui accompagnaient son arrivée, elle eut soudain honte de son comportement. Les hommes avaient travaillé dur et ils devaient être affamés. Elle allait devoir trouver un autre moyen de ramener Zander à plus de courtoisie à l'avenir.

Elle prit place à la haute table et fit signe aux serviteurs de commencer le service. Ces derniers ne tardèrent pas à déposer sur la table de la soupe longuement mijotée et des plats de poisson. Elaine laissa Elgin la servir et se hâta de prendre son couteau. Les hommes ne pourraient commencer à manger que lorsqu'elle aurait attaqué.

Elle était sur le point de prendre une première cuillerée de soupe lorsque le comportement du serviteur qui s'occupait de Zander attira son attention. L'homme, qu'elle ne connaissait pas, semblait pâle et nerveux.

— Elgin, je n'ai jamais vu cet homme auparavant. Dis-lui de goûter lui-même la soupe qu'il a servie à Lord Zander.

— Ma lady ? s'étonna Elgin.

— Dis-lui de goûter cette soupe immédiatement ! le coupa-t-elle sèchement.

Zander releva la tête en entendant son ton sec.

— Fais ce que ta dame t'ordonne, lança-t-il au serviteur avant de le saisir par le bras comme il tentait de s'écarter. Bois cette soupe !

L'homme était devenu livide et tremblait de tous ses membres.

— Non ! Vous ne pouvez pas me forcer, supplia-t-il en roulant des yeux affolés.

Il tenta de s'enfuir mais un chevalier l'arrêta.

— Je vous en supplie, il m'a obligé à le faire.

— Bois… Bois… Bois…, scandait furieusement

l'assemblée, attendant de voir le traître puni par la soupe qu'il avait de toute évidence empoisonnée.

Zander se leva et exigea le silence d'un geste autoritaire.

— Emmenez-le aux cachots, ordonna-t-il. Je l'interrogerai plus tard. Emportez cette soupe et jetez tout, personne n'en boira au cas où le reste aurait été contaminé.

Aussitôt, un flot de serviteurs emportèrent les soupières et un autre plat fut rapidement servi que le cuisinier prit soin de goûter lui-même pour laver son honneur. Comme le ragoût de lapin et d'oignons semblait parfaitement inoffensif, il fut distribué à l'assemblée.

Zander reprit place à côté d'elle.

— Qu'est-ce qui t'a fait suspecter cet homme ?

— Je ne sais pas exactement… C'est son regard hanté quand il s'est approché pour te servir… Et puis, je ne l'avais jamais vu au service de table, il était visiblement nerveux. Je pense que le poison t'était destiné à toi seul, Zander.

— Dans ce cas, je te dois la vie, ma dame. Si tu ne t'étais pas montrée aussi vigilante, son entreprise aurait pu être couronnée de succès.

— Mais pourquoi voudrait-on te tuer, Zander ? Je craignais que tu te mettes en danger en combattant Newark, pas que tu risques ta vie ici même, entre ces murs…

Elaine était partagée entre le choc et la colère à l'idée que quelqu'un de sa maison ait pu commettre un tel crime.

— Cet homme sera interrogé, lui promit Zander. Il semble que je me sois fait un nouvel ennemi avec lequel je ne pensais pas devoir compter.

Elaine frissonna, honteuse de son comportement de tout à l'heure qu'elle jugeait à présent puéril.

— Pardonne-moi de t'avoir forcé à venir me chercher, souffla-t-elle.

— En vérité, je pense que notre petite scène a pu jouer en ma faveur. Le délai a rendu notre tout nouvel assassin nerveux et il en est devenu imprudent. Si tout s'était passé comme d'habitude, tu aurais peut-être manqué les indices étranges qui ont éveillé ton attention.

— Je n'en suis pas moins désolée.

Zander toucha gentiment son bras.

— Tu m'as trouvé arrogant, et peut-être l'étais-je, Elaine. Après tout, je suis habitué à commander. Autrefois, je savais comment sourire et courtiser la damoiselle que j'aimais. Mais maintenant…

Il secoua tristement la tête avant de poursuivre :

— Maintenant, je tâcherai de me rappeler que tu es une noble dame et non un soldat attendant mes ordres.

Elaine vit la lueur amusée dans son regard et rit. Toute tension s'était miraculeusement évaporée entre eux.

— Vous vous moquez, sir ! Je vais devoir réfléchir à une punition pour cet affront ! plaisanta-t-elle à son tour.

— Et moi, à la tienne, murmura Zander en se penchant vers elle pour n'être entendu de personne. Que dirais-tu d'une fessée ?

— Tu n'oserais pas, se récria-t-elle, des étincelles dans les yeux.

Ce qui eut pour seul effet de le faire sourire davantage.

— Ou alors si…, comprit-elle, étrangement troublée par la scène que ses mots avaient convoquée dans son esprit.

— Oh ! tu peux en être sûre, ma belle…

Ce qui sonnait clairement comme une promesse

fit courir de délicieux frissons le long de sa colonne vertébrale.

— Tu t'aventures en terrain dangereux, Zander, je ne suis pas une petite jouvencelle faible et fragile.

— Je ne t'ai jamais prise pour une jouvencelle faible et fragile.

Il lui adressa un sourire en coin avant de se lever pour taper dans ses mains et attirer l'attention de tous.

— De la musique et de la danse en l'honneur de ma dame, annonça-t-il à la cantonade, provoquant les acclamations bruyantes de la foule. Ne pensez plus à ce qui s'est passé, lança-t-il à la foule. Personne n'a été blessé. Profitons de cette soirée, car dans quelques jours, je partirai à la poursuite de notre véritable ennemi ! Mais avant cela, je veux célébrer avec tous ici mes fiançailles avec la dame de ces lieux ! Dans deux jours !

Cette fois, les acclamations éclatèrent si bruyamment que les murs de la grande salle semblèrent trembler. Certains se lancèrent dans une gigue endiablée. Le vin et l'ale coulèrent à flots, pourtant Zander but à peine plus qu'elle.

Quand, l'alcool aidant, les hommes se retrouvèrent un peu trop ivres, elle prit congé. Zander la raccompagna au bas des marches qui menaient à ses appartements. Les yeux pleins de promesses, il déposa un baiser sur sa main avant de retourner auprès de ses hommes. Elaine sentit un frisson délicieux remonter le long de son poignet.

Zander quitta la grande salle presque immédiatement après le départ d'Elaine. Il était parvenu à garder une atmosphère festive devant les dames, toutefois, l'heure était grave. Avec une demi-douzaine d'hommes, il descendit dans les cachots.

— Pourquoi as-tu essayé d'empoisonner ton seigneur ? interrogeait déjà Elgin.

L'homme avait été attaché les mains dans le dos et reposait sur ses genoux, la tête penchée en avant lorsque Zander entra dans la pièce. Le seau d'eau froide qui lui fut lancé au visage le fit s'ébrouer brusquement.

— Parle ! s'emporta l'intendant, ou bien tu souffriras !

— Non, déclara calmement Zander. Je n'ai pas ordonné de le torturer.

— Cet homme doit parler, mon seigneur, il a tenté de vous assassiner.

— Nous savons ce qu'il a fait, en revanche, nous ne savons pas pourquoi il l'a fait.

Zander s'approcha du corps prostré après avoir pris des mains d'un serviteur une coupe d'eau. Il l'offrit au prisonnier.

— Bois, ce n'est pas empoisonné. Tu ne seras pas torturé. Je veux seulement connaître la vérité. Qui t'a payé pour me voir mort ? Et pourquoi ?

L'homme hésita un court instant avant d'avaler quelques gorgées.

— Je n'ai pas été payé, mon seigneur, dit-il en levant un regard fier. Seulement, ils ont pris ma femme et mon fils en otage. J'ai reçu l'ordre de vous empoisonner sans quoi ils seraient tués.

— Tu savais pourtant que tu mourrais même si tu parvenais à m'empoisonner ?

— Oui, mon seigneur.

— Tu étais prêt à mourir pour ta famille ?

— Oui, mon seigneur.

— Qui a enlevé ta femme et ton fils ?

— Je ne sais pas exactement, messire. Je les ai néanmoins entendus mentionner un « comte ».

Sir Robert émit un grondement écœuré.

— Newark ! Je ne savais pas qu'il était assez lâche pour envoyer ainsi des laquais faire sa basse besogne.

— Moi non plus…, admit Zander. Tu ne peux rien m'apprendre de plus ? insista-t-il auprès du prisonnier.

— Hélas, non, mon seigneur.

— Très bien. Libérez-le. Tu peux partir et rejoindre ta ferme sans punition. En revanche, si tu remets un seul pied dans le château, tu seras arrêté, et cette fois je ne me montrerai pas aussi clément.

— Vous le laissez partir ? s'exclama l'un de ses hommes.

Tous posaient sur lui des regards stupéfaits. D'ordinaire, la punition pour ce genre de méfait était la mort, et sa miséricorde pouvait apparaître comme de la faiblesse.

— Cet homme n'est qu'un pion dans un jeu qui le dépasse. Renvoyez-le chez lui.

Il se détournait déjà lorsque l'homme s'agrippa à sa tunique.

— Ma femme et mon enfant…, murmura l'homme d'une voix blanche. Ils seront tués.

— J'en doute, le rassura Zander. Lorsqu'on saura que je t'ai fait libérer alors même que tu as essayé de me tuer, le comte comprendra que détenir ta famille ne lui est d'aucune utilité. Je pense même qu'il les renverra pour ne pas s'encombrer de bouches inutiles. Si tu étais venu te confier à moi plutôt que de tenter de me tuer, j'aurais fait de mon mieux pour t'aider. Si tu me donnes le nom de celui qui t'a donné les ordres, peut-être alors essaierai-je de faire libérer ta famille.

— Il préférera les tuer que de vous les rendre, se lamenta l'homme. Vous me rendez ma vie, seigneur, seulement, à quoi me servira-t-elle sans ma femme et mon fils ?

— Si tu refuses de te confier à moi, ou si tu ne peux rien m'apprendre de plus, je ne peux rien pour toi.

Il se détourna et s'éloigna.

— Nous devrions lui donner une bonne leçon, gronda l'un d'eux.

— Non ! répondit fermement Sir Robert. Obéissez aux ordres de notre seigneur. Jetez-moi ce déchet hors du château et ne le tuez que s'il remet un pied ici, c'est compris ?

L'homme gémissait doucement à leurs pieds.

— Je ne voulais pas faire de mal à notre seigneur, pleurait-il. J'ai perdu ma femme et mon fils…

— Tu devrais remercier le ciel pour ta vie ! La plupart des seigneurs t'auraient écartelé pour ce que tu as fait. Lord Zander a fait preuve d'une grande clémence. Dépêche-toi de disparaître avant qu'il ne change d'avis !

Les pleurs et les cris de l'homme retentirent jusqu'à ce qu'il soit emmené hors de la forteresse.

Abattu, Zander remonta dans la grande salle où Sir Robert le rejoignit bientôt.

— Pourquoi ne pas l'avoir puni, mon seigneur ? Il vous aurait regardé mourir dans d'atroces souffrances.

— J'ai un ennemi dont je ne suis pas certain de connaître l'identité. Si je tue le messager, comment débusquer le commanditaire ? Si je libère son homme, il se demandera si ce dernier n'a pas confessé son crime. Acculé, il risque de commettre une imprudence. Ainsi, je débusque mon ennemi masqué et je prouve aux gens de ma dame que je sais faire preuve de mansuétude.

En vérité, Zander ne disait pas tout des raisons qui l'avaient poussé à se montrer clément. Au fond de lui, il comprenait les motivations qui avaient poussé l'homme à agir. Lui aussi était prêt à donner sa vie pour les siens, aussi éprouvait-il davantage de pitié que de colère envers cet homme.

Il savait cependant que sa pitié pourrait être perçue comme de la faiblesse par certains. Ceux-là n'avaient pas vu ce qu'il avait vu. Il en avait plus qu'assez des morts et des massacres. Il ne pouvait pas ramener sa famille à cet homme, en revanche, il pouvait lui rendre sa liberté. Le reste était entre les mains de Dieu.

Sir Robert inclina respectueusement la tête, cependant, il demeurait visiblement pensif.

— C'est sûrement Newark, ne croyez-vous pas ? Qui d'autre pourrait souhaiter votre mort ?

— Je ne sais pas. Pourtant… J'ai la sensation depuis un long moment que quelqu'un épie mes faits et gestes dans l'ombre. En Terre sainte, déjà, le danger semblait s'attacher à mes pas. Un jour, je suis parti enterrer un jeune garçon dans un lieu reculé, seules quelques rares personnes connaissaient l'existence de ce lieu. Or, des Sarrasins ont surgi et m'ont laissé cette balafre et d'autres blessures qui ont failli me tuer. Il n'est pas impossible qu'ils aient été informés du lieu où me trouver. Oui, je me suis déjà demandé s'ils n'avaient pas été envoyés expressément pour me tuer.

— Monseigneur, Newark est votre ennemi affiché depuis longtemps. Il est responsable de la mort de votre père. Je ne comprends pas… Pourquoi chercher ailleurs ?

— Tu as peut-être raison, admit Zander. Néanmoins, tu l'as dit toi-même, Newark n'est pas le genre d'homme à agir dans l'ombre, il attaque de front, sans se cacher, comme il l'a fait à Howarth ou même ici. Le poison ne lui ressemble pas… D'une certaine manière, c'est très… personnel. Comme si cet ennemi de l'ombre voulait me voir mort sans risquer la vie de qui que ce soit d'autre et sans révéler son identité. Newark n'a aucune raison d'avoir de tels scrupules.

Sir Robert arborait une mine soucieuse.

— Je vois mal l'un des hommes de votre oncle essayer d'attenter à votre vie…

— Je ne le crois pas non, bien que mon oncle soit supposé hériter de mes biens puisque je n'ai pour le moment ni femme ni enfant. Mais nous avons toujours été proches et Sir Roderick est un homme d'honneur, je ne le crois pas coupable.

— Alors, que comptez-vous faire ? Un garde devrait vous protéger jour et nuit.

— C'est déjà le cas, répondit-il avec un sourire. Janvier et à présent Vulcan sont toujours là, à se relayer pour protéger mes arrières. Je pense que c'est précisément pour cela que le poison avait été choisi. Quiconque essaierait de m'attaquer avec une arme serait arrêté avant d'avoir pu m'atteindre. Le poison est une arme tout aussi mortelle qui a le mérite d'être silencieuse et invisible — à moins d'avoir une promise à l'œil averti et à l'instinct infaillible. Ma dame m'a sauvé la vie. Je lui dois une récompense. Envoyez un messager avertir Lord Stornway que je souhaite récupérer les coffres que j'ai entreposés chez lui.

— Dois-je en profiter pour lui rendre les hommes de son escorte qu'il nous avait prêtés ?

— Oui, nous ne pouvons pas les garder plus longtemps. J'ai réussi à recruter des hommes solides dans les villages alentour. Ils feront des soldats de qualité une fois bien entraînés. Pour l'heure, ils ont encore besoin d'être formés, mais au moins, je pourrai leur faire entièrement confiance.

— Vous faites également confiance aux hommes de Lord Stornway ? demanda Sir Robert.

Zander marqua une brève hésitation. Se pouvait-il ? Non, c'était insensé.

— Bien sûr ! affirma-t-il. Philip a toujours été mon ami. Il est au-dessus de tout soupçon. C'est lui qui m'a dit ce que Newark avait fait à mon père. Alors que je n'avais plus rien, c'est lui qui m'a prêté l'argent nécessaire pour acheter une épée, une armure et un cheval afin de partir en Terre sainte. S'il voulait mettre la main sur mes richesses, il n'avait qu'à se servir puisque c'est à lui que j'envoyais tous mes biens.

— C'est bien ce que je pensais. Dans ce cas, dans quelle direction nous tourner pour trouver votre ennemi ?

— Nous n'allons pas perdre de temps à le chercher. C'est lui qui viendra à nous, quand il voudra savoir pourquoi l'homme qu'il a envoyé m'assassiner est toujours en vie.

Sir Robert lui sourit, comprenant enfin l'intérêt de ne pas punir le serviteur.

— Je savais que vous aviez une bonne raison d'agir ainsi. Les hommes voulaient lui trancher la gorge mais je le leur ai interdit. Vous devrez cependant vous montrer très prudent, mon seigneur.

Zander hocha la tête, soudain assombri. Il pouvait affronter un ennemi au grand jour. Un adversaire qui se cachait dans l'ombre, en revanche, était bien plus dangereux, car ce pouvait être n'importe qui, y compris ceux qui arboraient des visages amis.

— J'ai appris à vivre prudemment, répondit-il. Je me suis fait de trop nombreux ennemis en Terre sainte, notamment en protégeant des innocents qui avaient le malheur d'être musulmans et donc sans valeur aux yeux de certains chevaliers.

— Oui. J'ai entendu dire que le roi vous avait même

un jour convoqué pour vous demander d'expliquer de telles actions.

— En effet. Richard pensait que le soleil avait fini par me brûler le cerveau, jusqu'à ce que je lui apprenne que certains de ses chevaliers assassinaient des hommes, des femmes, des enfants, en raison de leur couleur de peau et sans autre motif que celui-là. Parmi ces pauvres gens, il n'y avait d'ailleurs pas seulement des musulmans, mais aussi des juifs et des chrétiens convertis.

Sir Robert acquiesça.

— J'ai entendu des récits d'hommes assoiffés de sang qui tuaient indistinctement tous ceux qui avaient le malheur de croiser leur chemin. Ils ne tuaient pas pour une cause, mais simplement parce que…

Il ne trouva pas comment achever sa phrase et se signa. Ce fut Zander qui acheva à sa place :

— Simplement parce qu'ils le pouvaient. Après notre entrevue, le roi a ordonné un duel entre moi et un chevalier que j'accusais d'inciter les autres à ces massacres. Je l'ai donc défié et j'ai gagné. Je voulais épargner sa vie, mais Richard m'a ordonné de le tuer pour faire un exemple.

— Qui était ce chevalier félon ?

— Sir Jonquil de Knaresborough.

— Peut-être des amis de ce chevalier cherchent-ils à se venger de vous ?

— C'est possible, néanmoins, j'ai gagné le combat loyalement.

— Cela n'aura pas suffi à apaiser tout le monde. Certains ont pu penser que vous auriez dû l'épargner.

— Je n'avais pourtant d'autre choix que d'obéir au roi.

Les deux hommes se plongèrent dans un silence pensif.

— Il est temps que je vous souhaite une bonne nuit. J'enverrai un garde surveiller votre porte cette nuit.

— C'est inutile, je suis toujours bien protégé.

Il se détourna et grimpa les marches de la tour opposée à celle d'Elaine. Il n'était toutefois pas réellement loin d'elle puisqu'il lui suffisait d'emprunter le chemin de ronde pour rejoindre directement la chambre de la jeune femme.

À peine avait-il rejoint ses appartements qu'une haute silhouette vint à lui.

— Le traître a-t-il confessé le nom de son commanditaire ?

— Non, Janvier. Il a simplement dit que des hommes étaient venus enlever sa femme et son fils pour le faire chanter et qu'ils avaient mentionné entre eux un certain comte.

— Il y a d'autres comtes que Newark dans ton pays, seigneur.

— Exactement, sourit Zander. Tout ce que nous pouvons faire, c'est attendre que mon ennemi soit suffisamment exaspéré pour m'attaquer directement.

— Le poison est généralement utilisé par les femmes, fit remarquer Janvier. Cependant, je pense que Lady Elaine t'est loyale et que ses gens lui sont loyaux. L'attaque ne vient pas d'ici, à mon avis. Tu as raison, il nous faut attendre. Dors bien, seigneur. Tu ne risques rien avec nous pour te garder.

Zander posa une main sur l'épaule de son ami et donna une caresse sur la tête du gros chien qui ne le quittait plus et qu'il avait nommé Vulcan.

— Je le sais bien ! Au moins, il y a deux personnes dans ce pays qui tiennent à moi, plaisanta Zander.

— Ta dame aussi tient à toi. Ne l'oublie pas, seigneur : sans son œil averti, tu ne serais plus là.

— Tu as raison. Sans elle, tu m'aurais enterré cette nuit.

Elaine ne parvint pas à trouver le sommeil une fois que ses dames l'eurent laissée pour la nuit. Les questions tournaient et retournaient dans son esprit. Qui voulait la mort de Zander au point d'utiliser du poison ? C'était une arme de lâche, d'autant plus si on envoyait un émissaire pour accomplir la besogne à sa place.

À chaque fois qu'elle y repensait, des frissons la saisissaient. Si elle n'avait pas vu le regard hanté de l'homme… Si elle n'avait pas remarqué sa sueur… Si… Alors Zander aurait avalé le poison. Dans certains cas, une seule goutte suffisait à condamner à une mort rapide. Elle n'aurait peut-être pas eu assez de temps pour découvrir l'antidote approprié.

Elle avait froid, même sous ses fourrures, en songeant que Zander aurait pu être tué. Qui voulait sa mort ? Et pourquoi ? Il était riche désormais. Était-ce l'appât du gain qui avait motivé l'assassin ? Voulait-il mettre la main sur la fortune de Zander ? Ou bien l'éliminer afin de l'épouser, elle, et obtenir ses terres ? À moins qu'il ne s'agisse d'un tout autre motif, comme la vengeance…

En ce moment même, le comte de Newark ourdissait sa revanche. Il n'avait guère d'autre choix que de l'épouser pour asseoir sa possession légitime à Howarth. En effet, il avait pris le domaine par la force, or, à son retour, le roi pouvait fort bien décréter qu'il n'en était nullement le seigneur et l'obliger à le rendre à Elaine. Si elle était mariée à Zander, il aurait alors tout perdu.

Il avait donc toutes les raisons de vouloir la mort de Zander. Néanmoins, utiliserait-il pour ce faire le poison ?

Elaine se tourna et se retourna longtemps dans son

lit en tentant de résoudre cette énigme, jusqu'à ce qu'enfin ses paupières s'alourdissent et qu'elle tombe dans un sommeil sans rêve.

Au matin, elle se leva épuisée et nerveuse. Heureusement, après s'être lavé le visage à l'eau froide et avoir avalé un repas léger, fait de pain, de miel et de lait — qu'elle préférait largement à l'ale coupée d'eau qu'affectionnait beaucoup de monde — elle se sentit mieux. Elle descendit dans la grande salle et demanda où était Zander. On lui apprit qu'il était parti avec quelques chevaliers sur ses propres terres, qui se trouvaient à une dizaine de miles à l'ouest. Comprenant qu'il serait absent toute la journée, elle ressentit une étrange sensation de manque. En quelques jours, elle s'était déjà habituée à le voir et à l'entendre chaque jour.

Comment supporterait-elle son absence lorsqu'il partirait affronter Newark ? Et s'il était tué et ne revenait pas ? À nouveau, un froid atroce tomba en elle et elle abandonna rapidement son travail d'aiguille.

Si seulement elle avait pu au moins aller se promener pour se vider l'esprit… La journée était froide mais ensoleillée. Elle aurait aimé en profiter pour aller cueillir des plantes et des baies pour ses soins, malheureusement, elle avait donné sa parole que, tant que la querelle avec Newark ne serait pas résolue, elle ne quitterait pas le château.

L'après-midi commençait tout juste lorsque Marion vint lui annoncer qu'elle avait de la visite.

— Lady Anne est en bas. Voulez-vous que je l'amène jusqu'ici ou préférez-vous descendre ?

— J'arrive, dit Elaine qui se sentit soulagée de

cette distraction. Je me demande ce qui a pu motiver sa visite…

Elaine avait apprécié la jeune femme, quoi qu'elle ne se soit pas toujours sentie à l'aise avec elle. Lorsqu'elle la rejoignit, Lady Anne affichait une expression sérieuse et tendit les mains vers elle.

— Lady Elaine, mon frère m'a chargée de venir au plus vite ! Il serait lui-même venu s'il n'avait eu une affaire urgente à régler. Nous avons eu vent d'une tentative d'assassinat sur Lord Zander…

— En effet, on a tenté de lui servir de la soupe empoisonnée hier soir, confirma Elaine. J'ai tardé à descendre dans la grande salle et ce retard a dû rendre l'émissaire nerveux. Il tremblait en servant Lord Zander. Quand je l'ai mis au défi de goûter la soupe, il a refusé et a confessé plus tard qu'il avait été forcé d'agir de la sorte parce que le comte avait enlevé sa femme et son fils.

— N'y a-t-il donc aucune infamie que ce monstre de Newark n'ose commettre ! s'exclama Anne avec horreur. Dieu merci, vous vous êtes montrée vigilante, Elaine. Newark devrait être pendu pour ses méfaits !

— Zander est déterminé à le défier en combat singulier. Il veut le faire avant le retour du roi Richard en Angleterre car celui-ci risque d'interdire toute querelle entre ses barons.

— C'est fort probable, en effet, acquiesça Anne. Encore qu'il autorise parfois les combats pour régler une dispute, il me semble.

— En tout cas, Zander a jugé bon d'officialiser nos fiançailles afin de me mettre en sécurité avant de partir le défier. Une fois que nous aurons échangé nos promesses, notre union sera sacrée aux yeux des hommes.

— Ainsi, votre cœur appartient à Lord Zander ?

J'ai eu l'impression que vous n'étiez pas tout à fait certaine de vos sentiments.

— J'ai ressenti quelques doutes en le retrouvant, c'est vrai. Néanmoins, je suis certaine aujourd'hui de vouloir l'épouser. Je sais qu'il est bien l'homme que j'ai aimé autrefois. Il a beaucoup souffert et a été transformé, aussi bien physiquement que mentalement. Cependant, je pense pouvoir le comprendre et apprendre à l'apaiser. Il s'est également confié à moi à propos des atrocités auxquelles il a malgré lui participé.

— Des choses terribles arrivent à la guerre, murmura Anne, le visage subitement tiré par le chagrin. Vous ne devriez pas le juger pour ses actes. Les hommes qui partent à la guerre sont malheureusement souvent pris dans une frénésie de sang.

— Je l'ai compris en effet. Il n'est en tout cas pas parvenu à empêcher les hommes sous ses ordres de commettre un massacre d'innocents. Il a dû ensuite punir le responsable qui était de ses amis et ce souvenir le hante.

— Il vous a confié tout cela ? s'étonna Anne, dont le ton froid la surprit.

Elaine leva sur elle un regard étonné, mais déjà, la jeune femme reprit d'un ton plus doux :

— Quoi qu'il en soit, je n'ai aucune intention de semer le doute dans votre esprit.

— Je reconnais que j'avais moi-même des doutes, cependant, sa sincérité était évidente et sa douleur palpable.

— Vraiment ? s'étonna Anne. Dans ce cas, je ne devrais plus m'inquiéter pour votre bonheur. Si vous êtes satisfaite de ce qu'il vous a dit, il n'y a rien de plus à ajouter.

Elaine ne comprenait pas vraiment où son interlocutrice voulait en venir. Anne semblait dire une chose et penser tout le contraire. Comme si elle cherchait à semer le doute dans son esprit, contrairement à ce qu'elle affirmait. Qu'avait-elle derrière la tête ? Savait-elle quelque chose qu'Elaine ignorait encore ?

— Je dois repartir, à présent, déclara Anne avec un sourire qui lui sembla artificiel. Mon frère sera inquiet si je ne rentre pas avant qu'il soit revenu de ses propres affaires.

— Je vous suis très reconnaissante, à tous les deux, de vous soucier de nous.

Anne vint vers elle pour lui prendre la main.

— Vous devez savoir que mon frère vous est tout dévoué, ma chère Lady Elaine. Si jamais vous aviez des doutes… ou besoin d'aide, vous n'avez qu'à envoyer un message.

Elaine se figea, de plus en plus mal à l'aise, sans savoir exactement pourquoi. Anne se montrait trop insistante, oui, elle essayait bel et bien de planter le germe du doute dans son esprit.

— Je… Je vous remercie. Je suis heureuse de pouvoir compter sur d'aussi solides amis, balbutia-t-elle.

Anne la regarda un long moment sans rien dire, l'air rêveur. Juste comme Elaine ouvrait la bouche pour combler le silence, son interlocutrice dit d'une voix étrange :

— Je ne me marierai jamais désormais. J'en avais l'espoir, il fut un temps… J'espère que vous aurez plus de chance que moi.

Déstabilisée par ce brusque changement de sujet, Elaine ne sut quoi dire. Anne lui sourit de ce même sourire étrange avant de s'éloigner.

En vérité, Elaine était profondément décontenancée par l'attitude de Lady Anne. Pourquoi était-elle venue, au prétexte de s'inquiéter de la santé de Zander, pour aussitôt laisser entendre… Quoi, d'ailleurs ? Elle ne comprenait pas réellement ce que la jeune femme avait voulu dire.

Peut-être était-elle seulement inquiète pour elle ? Oui, c'était sûrement cela. Elle ne serait pas venue par pure malice, pour créer la discorde entre elle et Zander… Cela n'avait aucun sens.

Quand elle repensait au comportement de Lady Anne à Stornway, elle lui avait alors paru plus amicale et chaleureuse. Elle avait également semblé apprécier Zander. Quelque chose s'était-il produit entre-temps qui l'avait fait changer d'opinion ? Quoi qu'il en soit, elle sentait d'instinct qu'Anne mentait dans son attitude, sinon dans ses propos. Soit elle cachait quelque chose, soit elle prétendait ressentir des émotions qu'elle ne ressentait pas…

Ou bien existait-il une autre raison valable de la mettre en garde contre Zander ? Peut-être était-elle jalouse de leur mariage ?

Elaine se prit la tête entre les mains pour faire cesser ces hypothèses fantasques. Elle devait cesser de douter de cette femme qui ne lui avait rien témoigné d'autre que de l'amitié ! Les inflexions de sa voix et sa légère hésitation ne signifiaient sans doute rien du tout. Elle s'était imaginé des choses…

Elaine retourna dans ses appartements, bien décidée à se remettre au travail, plutôt que de laisser son esprit vagabonder.

Chapitre 9

Le cœur lourd de chagrin, Zander contempla ce qu'il restait de la forteresse de son père. Les murs étaient toujours debout bien que la pierre ait noirci sous l'action du feu. Le toit, en revanche, avait entièrement disparu. Les constructions de bois et de paille étaient réduites en cendres. Les villageois avaient pris la plupart des pierres du mur d'enceinte pour construire leurs propres chaumières.

La campagne environnante était encore verdoyante et de nombreuses fermes prospéraient. Dès qu'il serait prêt, il pourrait aller percevoir les rentes de ses locataires. Néanmoins, les anciens jardins du château étaient à l'abandon. Partout, la végétation avait poussé à l'état sauvage.

Son oncle l'avait prévenu qu'il ne trouverait ici que désolation, cependant, cet avertissement n'atténuait en rien sa douleur devant la destruction de la maison de son enfance. Il faudrait tout reconstruire et cela pourrait prendre des années avant qu'il puisse installer sa femme sur ce domaine. Ils allaient devoir vivre dans la maison d'Elaine jusqu'à ce qu'il puisse lui trouver une demeure digne d'elle. Peut-être pourrait-il trouver un manoir acceptable à louer non loin d'ici pour superviser les travaux.

— Est-ce là le travail de destruction de Newark ou le temps a-t-il simplement fait son œuvre ? demanda Sir Robert.

— Je pense que les deux sont responsables. Je ne comprends cependant toujours pas ce que Newark espérait gagner en détruisant la forteresse. Apparemment, la mort de mon père ne lui suffisait pas. Il voulait sans doute voir toute son œuvre disparaître.

— Je ne crois pas… Mon seigneur, j'ai parlé à un fermier un peu plus tôt et il a assuré que le grand hall de bois était encore debout il y a quelques mois, avant qu'un incendie ne détruise ce qui n'avait pas été endommagé par le temps. Je commence à croire que vous avez effectivement un autre ennemi que Newark… À moins qu'il ne s'agisse d'un départ de feu accidentel. La foudre, par exemple. Quoi qu'il en soit, l'homme a dit qu'ils n'ont pas tenté de maîtriser l'incendie parce que l'intendant est mort d'une fièvre il y a deux ans et qu'ils pensaient que leur seigneur les avait abandonnés et ne reviendrait jamais.

— Je suppose que je les ai abandonnés en prenant la Croix, admit Zander d'une voix défaite. Toutefois, j'avais donné des ordres à l'intendant pour qu'il les aide de son mieux. Je les ai exemptés de dîme afin qu'ils aient assez pour survivre sans l'aide d'un seigneur. Dieu m'en est témoin, je n'avais rien à leur apporter. Philip m'a assuré avant mon départ qu'il protégerait le village. Les habitants n'avaient qu'un mot à envoyer pour obtenir son aide.

Zander ne comprenait vraiment pas… Dès qu'il avait amassé suffisamment d'or en Terre sainte, il avait fait envoyer un coffre à Philip, qui devait le faire passer à l'intendant pour maintenir le domaine à flot et fournir du travail aux villageois. Que s'était-il passé ?

— Que comptez-vous faire, à présent, messire ?

— Je dois en premier lieu trouver une demeure convenable pour mon épouse et moi. Les terres de son douaire ne suffiront pas pour une petite armée. Je vais donc engager un nouvel intendant et reprendre les choses en main ici. Je dois ramener la prospérité à ceux qui ont souffert de mon départ.

— N'oubliez pas qu'au regard de la loi, Howarth Castle appartient à votre fiancée.

— Et je le lui rendrai dès que j'aurais forcé Newark à l'abandonner. Mais peu importe qu'elle possède dix châteaux, je veux en avoir un qui soit mien. L'or que j'ai pu amasser et les affaires que j'ai développées en Terre sainte me le permettent.

— Et jusqu'à ce que vous trouviez cette demeure ?

— Je suis hélas contraint de laisser dame Elaine à Sweetbriars. Je vais cependant engager d'autres hommes d'armes et faire renforcer les défenses du château.

— Ce n'est certes pas une construction facile à défendre.

— C'est pourquoi je compte sur la protection que nous offre l'étendard royal qui flotte sur les remparts.

Zander laissa son regard errer sur les ruines calcinées. Son intuition se précisait. De toute évidence, il avait un ennemi bien plus proche qu'il ne l'avait cru. Une vague suspicion commençait à germer dans son esprit mais sa conscience n'était pas prête à s'y attarder.

Elaine vint accueillir Zander avec un grand sourire. Elle remarqua aussitôt son air sombre. Aussi décida-t-elle de ne pas mentionner tout de suite la visite qu'elle avait reçue et son malaise face aux insinuations de Lady Anne.

— Tu es soucieux ? s'inquiéta-t-elle dès qu'ils eurent un peu d'intimité pour discuter.

— Mon oncle m'avait prévenu que je ne trouverai rien sur mes terres et il avait raison. Il faudra deux, peut-être trois ans avant qu'une nouvelle demeure ne soit érigée en lieu et place des ruines qui restent, et autant pour remettre les terres en état.

— Nous pouvons rester ici en attendant. Ces terres ont toujours été fertiles. Je connais ton désir de reconstruire la demeure de ton père, mais il n'y a nul besoin de se précipiter.

— Nous pouvons en effet nous installer ici une bonne partie de l'année. Cependant, il nous faudra bien nous déplacer de château en château si nous voulons entretenir une large maisonnée. Il faut régulièrement partir afin de garder les châteaux en état et laisser les terres en jachère un moment.

Elaine acquiesça. La coutume voulait en effet que les nobles se déplacent avec toute leur maison de château en château, sans quoi les ordures s'entassaient et les récoltes périclitaient.

— Ne sois pas si inquiète, Elaine, lui dit gentiment Zander. Je nous trouverai une demeure le temps de reconstruire celle de mon père. J'ai déjà donné des ordres pour que la culture reprenne dans les champs. Les travaux de construction commenceront dès que j'aurai le temps.

Elaine hocha la tête. Elle aurait été contente de pouvoir rester dans la maison de sa mère, néanmoins, la suite de Zander était trop importante pour permettre de vivre sur un seul lieu.

— Des chariots sont arrivés de Stornway cet après-midi, annonça-t-elle. J'ai donné l'ordre que les coffres verrouillés soient déposés dans tes appartements. Certains contenaient des armures et des meubles. Je les ai fait ranger aux écuries le temps que tu décides ce que tu veux en faire.

— Je te remercie, ma douce. Tu as bien fait. J'emporterai les armures avec moi en partant, alors autant les laisser sur les carrioles.

À la mention de son départ prochain, Elaine se mordit les lèvres pour maîtriser son émotion. Elle ne voulait pas le voir partir.

— Zander, j'ai pensé…

Elle s'interrompit, soudain embarrassée, et posa une main hésitante sur son bras.

— Tu veux me demander quelque chose ? comprit-il.

— Si nous devons nous fiancer demain… Je veux dire… Ne serait-il pas plus profitable de nous marier ? Fiancée, je resterai ici, à la merci des envieux qui voudraient s'emparer de mes terres. Si je suis ta femme, je serai mieux protégée puisque mes terres deviendront les tiennes. Je ne serai plus une prise de choix.

Zander étrécit le regard, pensif.

— Qu'est-ce qui t'a amené à cette réflexion ? demanda-t-il, surpris.

— Je ne sais pas, confessa-t-elle. Peut-être est-ce à cause de l'incident d'hier soir ? J'ai l'impression qu'il serait plus sage de montrer à tous que notre union est décidée. Des fiançailles sont certes sacrées, mais elles peuvent être brisées. Si je deviens ta femme, mes terres sont les tiennes tant que tu vivras.

— Ainsi, tu penses que le mobile derrière cette tentative d'empoisonnement est de mettre la main sur Sweetbriars et surtout Howarth Castle, en t'épousant ?

— Peut-être, je n'en sais rien…

Zander ne répondit rien. Il sembla réfléchir un moment puis plongea son regard dans le sien.

— Est-ce vraiment ce que tu veux, Elaine ?

Elle ne détourna pas les yeux et répondit d'un ton déterminé :

— Oui. Je pense que nous serions l'un et l'autre plus en sécurité, même si je ne sais pas bien expliquer d'où me vient cette intuition.

— En vérité, c'était pour ton bien que je voulais attendre mon retour… Toutefois, si tu tiens à célébrer nos noces auparavant, je ne m'y oppose pas, bien au contraire… Oui, peut-être seras-tu plus en sécurité de la sorte.

Son ton s'était fait plus doux, plus chaud, et d'instinct Elaine leva vers lui son visage pour lui offrir sa bouche. Ses bras se refermèrent sur elle et un délicieux frisson de désir courut dans son dos tandis que leurs langues se caressaient. Pourtant, Elaine pouvait presque sentir l'ombre obscure qui le maintenait à distance.

— Je ne souhaite que te plaire, ma dame, souffla-t-il contre sa bouche.

En dépit de ses mots séducteurs, il semblait toujours perturbé et inquiet. Elle aurait voulu lui demander la cause de son souci, seulement, elle pressentait qu'il ne dirait rien.

— Merci, Zander. Je sais que le délai est très court…

— Ne t'inquiète pas. Le prêtre était de toute façon convoqué pour nous fiancer. Un mariage ne sera pas plus compliqué à célébrer. Il manquera certes mon oncle, mais il comprendra. Nous l'inviterons dès que nous serons installés. De toute façon, je comptais lui demander son aide pour trouver une demeure convenable près de ses terres.

Elaine contemplait cet homme qui serait dès demain son époux, tout en l'écoutant d'une oreille distraite. À présent, elle ne remarquait presque plus ses cicatrices et elle retrouvait de plus en plus sur son visage des traits du jeune homme d'autrefois. Parfois, cependant, ses démons revenaient le hanter, son visage s'assombrissait alors et elle le sentait s'éloigner inexorablement d'elle. La cause en était-elle toujours la culpabilité et le chagrin qu'il avait ramenés de Terre sainte ? Ou bien une nouvelle inquiétude hantait-elle son âme ?

Allons, c'était elle qui s'inquiétait inutilement ! Ils n'avaient aucune raison de n'être pas heureux ensemble, du moins, il n'en aurait plus aucune dès que Zander aurait affronté Newark. Alors il reviendrait auprès d'elle…

S'il vivait encore…

Un frisson glacial la parcourut. Décidément, son instinct continuait de la mettre obscurément en garde contre une vague menace qu'elle ne parvenait pas à préciser. Oui, un danger rôdait, dans l'ombre, tout proche.

— Je vais me changer pour le repas, annonça Zander en portant sa main à ses lèvres.

Lorsqu'il releva le visage, ses iris argentés la transpercèrent.

— Je ne décevrai pas la confiance que tu as placée en moi, Elaine. Je t'honorerai et je te protégerai tant que je vivrai. Je… Je voulais que tu saches… J'ai recommencé à prier Dieu de me pardonner et de me guider.

— C'est en lui qu'il nous faut placer notre confiance, souffla-t-elle, émue par ses paroles sincères.

— Je pensais qu'il avait détourné le regard du monstre que j'étais devenu, cependant… Si seulement je pouvais me pardonner à moi-même, murmura-t-il dans un soupir.

Après un long regard, ils se séparèrent. Elaine se sentait toujours étrangement menacée par l'intuition d'un danger caché. Elle tourna plusieurs fois la tête par-dessus son épaule en retournant à ses appartements, poursuivie par l'impression désagréable qu'on l'épiait.

Du calme. Elle méritait d'être heureuse. Inutile de se persuader que ce bonheur lui serait ravi par un ennemi inconnu. Zander était revenu à elle, et même s'il n'était pas tout à fait l'homme qu'elle avait connu, elle était plus qu'heureuse de l'avoir retrouvé et espérait adoucir les amertumes de ses souvenirs avec le temps.

Bien sûr, tout n'était pas réglé et c'était cela sans doute qui la rendait nerveuse. Sans compter que le comportement étrange de Lady Anne n'avait rien fait pour l'apaiser. Elle ne savait pas pourquoi elle sentait une telle menace peser sur eux. Ni ce que signifiaient les étranges commentaires de Lady Anne. Et comment déchiffrer l'expression de la jeune femme : était-ce de la pitié ? De la colère ? De la haine ? Quoi qu'il en soit, elle ne pouvait se défaire de l'idée qu'elle avait tenté de la mettre en garde.

Tout en se changeant pour le repas du soir, elle s'efforça de contrôler son imagination. Il y avait plus urgent que de percer tous ces mystères : demain, elle célébrerait son mariage et il lui fallait trouver une robe pour l'occasion. Les robes de sa mère étaient adaptées pour tous les jours. Or, pour l'occasion, elle voulait une tenue spéciale. Une tenue qui la rendrait belle aux yeux de Zander.

La matinée s'annonçait douce et ensoleillée. Elaine était sur le point de se mettre en quête d'une robe à rafraîchir lorsque Marion entra dans la chambre, les bras chargés d'une robe qu'elle n'avait jamais vue auparavant. C'était une tunique de soie blanche rebrodée d'argent. Les longues manches évasées étaient taillées dans un tissu arachnéen qui laisserait voir le contour de ses bras.

À mesure que Marion déployait ces trésors devant elle, elle découvrit une ceinture d'argent incrustée de rubis. Une autre dame de compagnie arriva, portant une coiffe blanche et argent agrémentée d'un long voile.

— C'est splendide ! s'extasia Elaine en caressant la soie délicate. Où l'avez-vous trouvée ? Je n'ai jamais vu cette merveille dans les coffres de ma mère.

— Lord Zander vous l'a fait envoyer pour votre mariage, ma lady. Il vous demande également de choisir des bijoux dans la cassette que voici. Il y a également un coffre plein de soieries et de fourrures pour vous seule ! s'écria Marion.

— Pour moi ? répéta-t-elle, ébahie. Dire que je m'inquiétais de savoir quoi porter…

Les attentions de Zander étaient une merveilleuse surprise !

— Lord Zander a précisé que les tissus et les bijoux étaient un présent de mariage. Il doit être vraiment très riche pour vous offrir de telles merveilles.

— Il avait promis de revenir avec une fortune, murmura Elaine comme pour elle-même.

Profondément troublée, elle ouvrit la cassette d'or avec des mains tremblantes. À l'intérieur, des colliers et des bracelets sertis de lapis-lazulis, de perles, de rubis reposaient dans un écrin de velours blanc.

— Je pense que je vais porter des perles à mon cou, mais aucune bague, en attendant l'anneau du mariage.

Elle s'habilla avec l'aide de ses dames. Les perles glissèrent sur son décolleté pour descendre jusqu'à sa taille. Elle y glissa la croix offerte par son père. Marion déposa la coiffe sur son front et ses longues tresses furent laissées libres dans son dos, sous le voile transparent.

Marion lui tendit enfin un miroir d'argent. L'image reflétée n'était pas très nette, cependant, les regards admiratifs de ses dames lui en disaient assez sur son apparence. Elle acheva sa toilette par une goutte d'essence de rose déposée au creux de ses poignets et de son cou.

On frappa à la porte et Marion alla ouvrir à l'intendant qui s'abîma dans une révérence.

— Ma lady, permettez-moi de dire que Lord Zander est un homme fortuné, déclara Elgin. Il m'envoie vous dire que le prêtre est arrivé. La cérémonie pourra commencer dans la chapelle dès que vous serez prête.

— J'arrive, dit Elaine d'une voix tremblante d'émotion.

Elle se tourna vers ses dames et remarqua pour la première fois qu'elles portaient des robes assorties à la sienne qu'elle ne connaissait pas. Zander était décidément adorable et d'une générosité inégalable ! Marion, Ellen, Mary et Hilda lui souriaient avec tendresse et, une à une, elles lui offrirent leurs vœux de bonheur.

Le cœur d'Elaine battait la chamade lorsqu'elle entra dans la chapelle, entourée de ses dames qui riaient et lançaient des pétales de fleurs sur son chemin. L'endroit avait été décoré de fleurs et de feuillages et toute la maisonnée était assemblée pour la voir épouser Zander.

Sir Robert se tenait au bout de l'allée à côté de l'homme qu'elle allait épouser dans quelques instants. Son regard osa enfin se poser sur lui et Elaine sentit son cœur manquer un battement. Zander était vêtu de noir, comme à l'accoutumée, mais sa tunique longue était brodée de fil d'or. Il portait une ceinture d'or qui soutenait un fourreau ouvragé. Contrairement à la coutume, il ne portait aucun autre bijou. Ses cheveux avaient été coiffés en arrière et aucune mèche ne retombait sur son visage aux traits virils et ciselés.

Il lui sourit tandis que ses dames l'entraînaient vers l'autel, au chant des enfants de chœur.

Elaine vint se placer près de lui. Aussitôt, Zander prit sa main légèrement tremblante dans la sienne. Le prêtre commença son office et elle retint sa respiration, troublée à l'idée qu'elle serait bientôt unie pour la vie entière avec cet homme.

Un rayon de soleil traversa les hautes ouvertures de la chapelle pour se poser sur la grande croix d'argent qui dominait l'autel. Elaine sentait la chaleur de sa lumière se refléter sur son visage. Bientôt, le prêtre leur demanda d'échanger leurs vœux. Alors, toute peur envolée, elle se tourna face à Zander et lui sourit tandis qu'il soulevait son voile. Sa voix était haute et claire quand elle prononça les vœux sacramentels. Enfin, pour sceller leur union, il posa ses lèvres sur les siennes et un délicieux frisson la traversa.

— Nous voilà mari et femme, souffla-t-il.

Prise au piège de son regard, elle se sentait comme hypnotisée par la force d'attraction qui émanait de lui. Elle ne sortit de sa transe que lorsque les cloches lancèrent leurs trilles joyeuses à la ronde. Alors, sa main dans celle de son époux, elle descendit la travée centrale.

Autour d'elle, tout le monde lui souriait et lui lançait des félicitations. Subitement, son regard fut attiré par deux personnes qui ne semblaient guère partager l'enthousiasme général. Lord Stornway et sa sœur étaient installés au fond de la chapelle, ce qui était étrange étant donné leur rang. Cela laissait supposer qu'ils étaient arrivés en retard. Plus étrange encore, leurs visages se démarquaient au milieu de la foule joyeuse et souriante. Lord Philip la fixait avec des yeux stupéfaits, comme s'il n'arrivait pas à croire ce qu'il voyait. L'expression d'Anne était quant à elle figée dans ce qu'Elaine prit instinctivement pour de la colère.

Perturbée par le comportement étrange des amis de Zander, elle resserra nerveusement les doigts sur le bras de son mari. Comme ils sortaient de la chapelle, toute l'assemblée se mit en procession derrière eux. On leur envoyait des pétales de fleurs séchés en les acclamant et en bénissant leur union.

Parmi les cris enthousiastes de la foule, il y avait également des allusions grivoises qui la firent rougir. Nombreux étaient ceux qui souhaitaient que Zander lui donne des fils vigoureux. Dans la bonne humeur, tous les habitants du château rejoignirent la grande salle où les attendait un véritable festin.

Elaine découvrit avec un plaisir stupéfait les confiseries et les plats qui avaient été préparés : des dattes fourrées de noix ou de pâte d'amande, des prunes confites et des pyramides de fruits de saison étaient empilées sur des plats d'argent. Toutes sortes de tartes et de gâteaux étaient à la disposition de chacun. Du vin et de l'ale étaient servis par les domestiques qui avaient pris le premier tour de service, mais qui viendraient, à un moment ou à un autre, profiter du magnifique festin offert par Zander. Comment avait-il fait un tel miracle en si peu de temps ?

Anne la rejoignit alors qu'elle avançait vers la table d'honneur. Elaine lui sourit malgré la raideur évidente de la jeune femme.

— Toutes mes félicitations, Elaine, dit-elle d'une voix contrainte. Je vous ai apporté une babiole car je pensais qu'il s'agissait aujourd'hui de vos fiançailles. Si j'avais su que vous comptiez vous marier, je vous aurais offert un cadeau de plus grand prix.

Elle présenta un petit présent emballé, qui se révéla être une petite boîte d'argent et de corne très jolie.

Elaine la remercia chaleureusement mais Anne ne lui rendit pas son sourire. Elle lui adressa un regard dans lequel Elaine crut discerner de la pitié.

Non loin, Lord Stornway discutait avec Zander. Les deux hommes semblaient parfaitement détendus et amicaux. Aussi Elaine fit-elle de son mieux pour ravaler l'embarras qu'elle ressentait auprès de Lady Anne. Heureusement, Lord Philip venait justement vers elles, offrant une distraction bienvenue.

— Lady Elaine, je vous offre tous mes vœux de bonheur… et toute ma sympathie, ajouta-t-il en riant, car vous avez là un époux entièrement dévoué à sa cause et je crains que vous ne soyez laissée souvent seule tandis qu'il part se battre.

Son ton indiquait clairement la plaisanterie, aussi Elaine se força-t-elle à sourire. Cependant, un frisson désagréable courut le long de sa colonne vertébrale.

— Mon époux agira selon ses convictions, répondit-elle avec douceur. Je ne serai pas la première épouse à attendre le retour de son mari…

— En effet, s'amusa Philip. Quoi qu'il en soit, je vous remercie infiniment, ma lady. Je ne pensais pas un jour revoir mon ami sourire, mais il semble bien que vous ayez écarté ses cauchemars. Je suis ravi de vous voir aussi heureux tous les deux.

Elaine le remercia de ses vœux en faisant de son mieux pour ignorer le visage fermé qu'Anne continuait d'arborer.

— Je vous ai offert un calice d'argent, et pour Zander, une épée qu'il appréciera je pense.

— Nous sommes avant tout heureux de vous avoir à notre mariage, dit Zander. J'ai craint un instant que vous ne manquiez la cérémonie.

— Nous avions en effet du retard, s'excusa Philip. Anne n'était pas tout à fait elle-même ce matin. Je lui ai dit de rester au repos, néanmoins elle a insisté pour m'accompagner, ce qui nous a fait tarder.

— Tout ce qui importe, c'est que vous soyez là pour festoyer avec nous ! Que la fête commence ! lança Zander en frappant dans ses mains pour donner le signal du départ.

Il conduisit Elaine à la place d'honneur et s'assit près d'elle. Après quoi, Philip et Anne prirent place auprès d'eux. Chacun s'installa sur les nombreux bancs et aussitôt la nourriture fut apportée à table. Des goûteurs avaient été engagés pour vérifier chaque plat avant qu'ils ne soient servis, suite à la tentative d'empoisonnement.

Elaine respira plus librement en constatant que rien de fâcheux ne se produisait. Le spectacle contribua également à apaiser sa tension : les ménestrels jouèrent et chantèrent des chants joyeux, les acrobates se surpassèrent et un cracheur de feu impressionna l'assemblée.

Comme les festivités se poursuivraient toute la journée, et que de nouveaux plats seraient continuellement servis, Elaine mangea modérément. Elle but du vin léger adouci de miel et pris quelques bouchées de nourriture.

Soudain, son regard fut attiré par Lady Anne. Cette dernière fixait Zander avec une telle intensité qu'Elaine en frémit. Que signifiait cette expression ? On aurait dit de la haine. Pourtant, un instant plus tard, Anne souriait et riait à une plaisanterie de Sir Robert. Son imagination lui jouait-elle des tours ? Ou bien la jeune femme masquait-elle ses véritables sentiments ?

— Ma lady, voulez-vous danser ?

L'invitation de Lord Philip la prit par surprise. Elle leva le regard vers Zander qui lui donna son accord d'un signe de tête.

— Je vous remercie, sir.

Il lui offrit sa main et ils descendirent au milieu de la salle, qui avait été dégagée pour le spectacle et la danse. Les musiciens entonnèrent une lente pavane et Elaine rit en voyant Lord Philip pointer élégamment son pied avant de se plier pour une révérence parfaite. Elle lui retourna le geste en le félicitant :

— Vous dansez comme un courtisan, mon seigneur.

— J'ai connu une folle jeunesse, sourit-il de cette façon qu'elle jugeait toujours un peu trop intime. Pendant que Zander se battait à l'autre bout du monde pour la gloire de Notre Seigneur, je crains de n'avoir rien fait d'autre que danser à la Cour.

— Allez-vous souvent à la Cour ?

Elaine dut cacher son étonnement. Après tout, Philip était le shérif du roi Richard, et il était quelque peu étonnant qu'il passe tant de temps à la cour du prince Jean.

— J'ai cru bon d'y conduire ma sœur pour lui offrir des opportunités de mariage. Hélas, elle n'a trouvé aucun prétendant à son goût.

— Elle m'a pourtant dit avoir songé au mariage, au moins une fois…

— Elle vous a dit cela ? demanda-t-il, l'air surpris. Elle parle rarement de sa mésaventure. Elle doit beaucoup vous estimer pour vous avoir confié ce malheur, ma lady. En effet, l'homme qu'elle chérissait a pris la croix en même temps que Zander. Tout comme lui, il a promis à ma sœur de revenir et de l'épouser quand sa fortune serait faite. Hélas, il a été tué en Terre sainte. Je gardais espoir qu'Anne finisse par l'oublier et prenne un autre époux, mais je crains qu'elle ne se marie jamais.

— C'est en effet ce qu'elle m'a dit. Je suis navrée qu'elle ait dû subir une telle perte. J'ai eu plus de chance…

— Oui, Zander vous est revenu. Je prie pour que vous n'ayez jamais lieu de le regretter.

Surprise par ses propos, Elaine leva les yeux sur son visage et découvrit son regard soudain distant.

— Que voulez-vous dire ?

Une nouvelle sueur froide couvrit sa nuque, qu'elle ignora du mieux qu'elle put.

— Oh ! rien… Seulement qu'il est obsédé par la perspective de venger son père et que cela pourrait lui coûter cher. Ne vaudrait-il pas mieux qu'il reste auprès de vous et oublie sa querelle avec Newark ? Or, je crains qu'il ne pousse ses propres limites à l'excès.

— Je sais que rien ne le détournera du vœu qu'il a fait de venger la mort de son père et de défendre mes terres. Je ne peux cependant que respecter son honneur.

— Je comprends… Si Richard rentrait bientôt, il interdirait une telle vengeance. Newark est lui aussi un chevalier du roi. Or, Richard aura besoin de tous ses hommes pour le soutenir, car il découvrira peut-être que le prince Jean n'est pas prêt à abandonner le trône auquel il s'est accoutumé.

— Le prince n'oserait pas dénier son pouvoir au roi, tout de même ? s'exclama-t-elle, profondément choquée.

— Je dis seulement que cette possibilité n'est pas complètement à écarter. Allons, ma lady, je ne devrais pas parler de telles choses le jour de vos noces !

Mais Elaine n'avait pas l'intention de revenir à des sujets frivoles.

— Malgré son désir de vengeance, je sais que Zander est loyal au roi. Si Richard revenait avant qu'il ait pu régler la situation avec Newark, il accepterait son jugement.

— Peut-être…, admit Philip. Je ne voudrais simplement pas vous voir devenir veuve trop vite, Elaine. Si, néanmoins, un malheur devait advenir, rappelez-vous que je suis votre ami.

Elaine rata presque un pas tant les mots de Philip sonnaient comme une menace à ses oreilles, bien plus que comme une offre d'amitié.

— N'en parlons plus ! reprit-il avec une brusque jovialité.

La danse prit fin et elle le sentit resserrer possessivement ses doigts autour de son bras avant de la laisser aller. Elaine rejoignit sa place auprès de Zander qui semblait en pleine conversation avec une Lady Anne parfaitement souriante. Apparemment, Elaine s'était trompée sur l'expression de haine qu'elle avait cru entrevoir un peu plus tôt.

Elle était folle de soupçonner ainsi ces gens ! Après tout, ils étaient les amis de Zander. Elle se laissait simplement submerger par ses propres peurs.

Il était ridicule de voir de la malice et des menaces dans les mises en garde amicales du frère et de la sœur. Ses pensées importunes la détournaient de la seule chose qui importait réellement en ce jour sacré : ce soir, elle deviendrait enfin la femme de Zander. À cette pensée, son cœur battit plus vite dans sa poitrine et une douce chaleur se répandit dans ses veines.

Chapitre 10

La soirée était bien avancée quand Elaine quitta la table d'honneur pour retourner dans sa chambre après que Zander lui eut murmuré qu'il était temps :

— Partez maintenant, ma douce, avant que les esprits ne s'enflamment tout à fait. Les hommes ont beaucoup bu et leurs langues risquent de se délier. Je vous suivrai dans quelques instants, seul, ne vous inquiétez pas.

Elaine hocha la tête, soulagée de se voir épargner la cérémonie du coucher que certains estimaient relever de la tradition. En vérité, c'était une pratique humiliante pour la mariée, car certains invités insistaient pour avoir une preuve de la virginité de la femme et exigeaient de voir le drap ensanglanté pour preuve de la consommation du mariage.

Zander comptait visiblement lui épargner cette humiliation, aussi rejoignit-elle ses appartements avec joie et non l'angoisse que subissaient bien souvent les jeunes mariées.

Elle laissa ses dames la dévêtir pour lui passer une fine chemise de nuit de soie. Elles coiffèrent ses longs cheveux et les laissèrent libres dans son dos. Toutes lui témoignèrent leur affection avant de quitter la pièce.

Une fois seule, Elaine marcha jusqu'au lit et s'assit

sur le bord. La nervosité la gagnait à présent et elle ne voulait pas se mettre entre les draps trop tôt.

Alors, elle attendit. Peu à peu, les sons venus de la grande salle s'apaisèrent. Zander allait arriver d'un instant à l'autre maintenant. Pourtant, les minutes s'étiraient sans qu'il paraisse. Bientôt, ses paupières s'alourdirent et elle se glissa entre les draps.

Alors que le sommeil s'abattait sur elle, la même question tournait et retournait dans son esprit : pourquoi n'était-il pas venu ? Où était-il ? Avait-il eu l'intention depuis le début de la faire attendre en vain ?

Épuisée par l'émotion de la journée, Elaine laissa le sommeil l'emporter.

Elle ne bougea pas lorsque Zander rentra dans la pièce alors que l'aube rosissait le ciel. Il se pencha sur son beau visage apaisé et caressa sa joue fraîche. Après avoir posé un baiser sur son front, il plaça sur l'oreiller près du sien une rose éclose et un mot manuscrit. Sans faire le moindre bruit, il quitta la pièce.

À la lumière qui pénétrait dans sa chambre, Elaine comprit qu'elle s'était réveillée plus tard qu'à l'accoutumée. Elle se redressa et s'étira. Pourquoi ses dames n'étaient-elles pas venues ?

La conscience lui revint brusquement. Bien sûr ! Elles pensaient laisser leurs maîtres tranquilles après ce qui aurait dû être leur nuit de noces. Comme elle se levait, une fleur et un rouleau de parchemin tombèrent au sol. Elle les ramassa puis brisa le sceau de Zander qui scellait la missive. Sa conscience avait à peine commencé à enregistrer les mots écrits que son souffle se bloqua dans sa gorge :

Ma chère épouse, pardonne-moi.

Je n'ai pas pu venir à toi la nuit dernière comme j'en avais l'intention car un feu s'est déclaré au village et nous avons cru à une attaque. En arrivant là-bas, mes hommes et moi avons découvert qu'il ne s'agissait que d'une balle de foin qui avait été enflammée. Cependant, à mon retour m'attendait une lettre du comte de Newark. Il m'a lancé un défi et je dois partir à l'aube pour le rejoindre à l'heure dite.

Tu dormais si paisiblement, mon amour, que je n'ai pas souhaité te réveiller. Je suis désolé que notre nuit de noces n'ait pas été celle que j'escomptais. Je reviendrai auprès de toi aussi vite que possible.

Ton dévoué mari,
Zander de Bricasse.

Elaine poussa un douloureux soupir en portant la rose à ses narines. Son parfum odorant agit comme un baume sur son cœur. Elle savait d'où provenait la fleur, la dernière de la saison : d'un rosier abrité au pied du mur sud. Grâce à sa position, le rosier donnait toujours la première et la dernière rose de l'année. Sa propre mère l'adorait car son époux l'avait planté pour elle.

Elaine pressa la rose entre les pages de sa bible, un lourd manuscrit en latin, relié de cuir et décoré d'enluminures d'or. Les moines avaient dû passer de longs mois sur cet ouvrage et c'était un objet d'une grande valeur. La main de sa mère avait écrit le prénom d'Elaine et le jour de sa naissance sur la première page. Son père avait ensuite ajouté la naissance de leur fils mort-né.

Ajouterait-elle un jour la date de naissance de ses enfants ? Elaine serra les lèvres pour retenir ses larmes. Zander était parti sans consommer leur mariage. Pour certains, cela signifiait que leur union n'était pas valide. Il était en effet possible d'annuler des noces dès lors que l'union n'avait pas été charnellement consommée.

Elle inspira profondément. Du calme. Ni Zander ni

elle ne voudraient annuler leur mariage. Et qui d'autre pouvait savoir qu'il ne l'avait pas rejointe cette nuit ?

— Êtes-vous éveillée, ma lady ? demanda Marion en avançant la tête dans l'embrasure de la porte. Lord Zander a ordonné que vous ne soyez pas réveillée quand il est parti à l'aube.

— Je vais me lever d'ici quelques minutes. Peux-tu m'apporter de quoi boire et manger ? Je serai prête à ton retour. D'ici là, que personne ne me dérange.

— Très bien, ma lady. Je vais donner des ordres dans ce sens, dit Marion tout sourires en refermant la porte.

Une fois seule, Elaine sauta hors du lit. Elle s'empara du petit couteau qu'elle utilisait pour cueillir ses herbes et s'entailla la paume. Elle pressa le poing afin que le sang tache les draps. Elle en étala également un peu sur sa chemise de nuit. Ses dames verraient les taches et penseraient ainsi qu'elle n'était plus vierge.

Elaine demeura un instant confuse devant ses propres actes. Elle ne comprenait pas ce qui l'avait poussée à agir ainsi. Elle s'était contentée de suivre son instinct, et ce dernier lui soufflait que cette ruse était nécessaire.

Quand elle entendit ses dames arriver dans le couloir, elle retourna s'asseoir au bord du lit et fit mine de s'étirer et de bâiller. Elles déposèrent de l'eau fraîche et des linges propres sur sa table avant de se diriger vers le lit. Elaine entendit leurs chuchotements et vit leurs sourires en coin quand elles découvrirent les taches de sang. Elles, au moins, seraient convaincues que l'union avait été consommée. Elle se sentit un peu mieux en sachant que ses dames pourraient servir de témoins.

— Je compte passer la journée au calme à faire des travaux d'aiguille, annonça-t-elle. Nous allons broder une nouvelle tapisserie en l'honneur de mon époux. Il nous faut trouver un thème adéquat.

— Lord Zander a l'âme d'un chevalier, ma lady. Pourquoi ne pas le représenter à cheval sur le chemin de la croisade, la croix de Notre Seigneur devant lui ?

— C'est une bonne idée, pour une partie de la tapisserie. Mais j'aimerais aussi le représenter comme un seigneur impliqué, en train d'ensemencer ses champs et de gérer ses terres.

Elles partagèrent ainsi leurs idées tout en tirant une longue pièce de soie de l'un des coffres. Des fils de diverses nuances de bleu furent sélectionnés et Elaine les coupa à l'aide du petit couteau qu'elle portait à sa longue chaîne de châtelaine. Elles prirent place en cercle et chacune se mit au travail.

Elaine demanda à Marion, à qui elle avait appris à lire, qu'elle leur lise des passages des Saintes Écritures. Elle ne possédait qu'un seul manuscrit. Elle aurait adoré posséder un exemplaire des traductions en langue anglaise de certains poèmes courtois venus de France. Elle en avait entendu certains dans la bouche de ménestrels quand sa mère était encore en vie. Il n'était pas rare qu'un troubadour vienne demander l'hospitalité en échange d'une belle histoire au repas du soir.

La journée s'écoula tranquillement. De temps en temps, Elaine abandonnait son travail de broderie pour regarder par la fenêtre. Malgré son apparente bonne humeur, elle était terriblement nerveuse. Les heures passèrent sans qu'elle reçoive aucune nouvelle de Zander. Elle ne savait absolument pas où la rencontre devait avoir lieu, ni même ce qu'il s'y passerait. Alors, quand la nuit commença à tomber, elle ne chercha plus à masquer son inquiétude.

— Marion, préviens les hommes que je mangerai

dans mes appartements pendant que mon époux est au loin. Ils pourront rompre le jeûne quand ils seront prêts. Celles d'entre vous qui veulent participer au repas de la grande salle pourront partir dès que j'aurais été servie.

Toutes s'égayèrent alors pour lui préparer un plateau. Elaine ne chercha plus à retenir un lourd soupir en se postant à la fenêtre.

— Ma lady, l'attendre ici ne le fera pas revenir plus vite.

— Je le sais bien, je ne peux pas m'en empêcher. J'aurais tant voulu que nous ayons plus de temps ensemble.

— Il reviendra. Pour vous. Il l'a déjà fait, et de bien plus loin.

— Oui, bien sûr.

Elaine se tourna vers sa fidèle Marion.

— Tu n'as reçu aucune nouvelle de Bertrand ?

La jeune femme secoua la tête, l'air malheureux.

— Je sais qu'il m'aurait fait parvenir un message s'il l'avait pu. Parfois, je crains le pire…

— Oh ! ma pauvre Marion ! Tu le crois mort ?

— Je pleure toutes les nuits, confessa-t-elle à travers ses larmes. Il ne savait même pas que je l'aimais, parce que je pensais qu'il n'était pas convenable que je confesse mes sentiments avant qu'il ne se déclare.

— Je suis tellement désolée, soupira Elaine avec compassion. Il nous faut garder espoir. S'il a été fait prisonnier…

— Alors il doit subir mille tortures aux mains du comte, souffla Marion d'une voix brisée. Je ne sais même pas si je dois souhaiter qu'il soit encore en vie, ou bien prier pour qu'il connaisse enfin un juste repos dans le royaume de Dieu.

— Ne perds pas espoir. Je prie pour que Zander

me revienne en vie, parce que je sais que, quelles que soient les souffrances qu'il subit, il peut encore s'échapper et revenir.

— Au moins, vous avez connu une nuit d'amour..., dit Marion.

Elaine se détourna en acquiesçant vaguement. Contrairement à ce que sa dame pensait, elle n'avait pas même ce souvenir à chérir. Certes, Zander l'avait embrassée quelques fois, d'ailleurs, son corps avait aussitôt réagi, cependant, elle était toujours vierge.

— Il reviendra. Je sais qu'il reviendra, murmura-t-elle comme pour elle-même.

— Oui, ma lady, j'en suis sûre. Néanmoins, si jamais... Prendriez-vous un autre époux ?

— Non ! s'exclama abruptement Elaine. Je mourrai plutôt que d'épouser le comte de Newark !

— Je le sais, ma lady. Mais précisément, pour vous défendre contre les attaques du comte, vous aurez besoin d'un époux. Le comte de Stornway... Il vous aime, cela saute aux yeux. Vous serez plus heureuse en l'épousant, lui, plutôt que le comte de Newark si jamais un malheur advenait.

Elaine la fixa, les sourcils froncés, partagée entre la colère et la stupéfaction.

— Comment pourrais-je songer à épouser un autre homme alors que je viens juste de me marier à Zander ?

— Pardonnez-moi si je vous ai offensée, ma lady. C'est simplement que... Je ne cherche qu'à vous protéger. Si un malheur arrivait... J'ai vu la façon dont Lord Stornway vous regarde... Il m'a également demandé de le prévenir si vous courriez le moindre danger.

— Quand donc t'a-t-il parlé de la sorte ? s'écria Elaine, de plus en plus agacée par les manières intrusives de l'ami de Zander.

— Je comprends que vous soyez en colère, ma lady.

Cependant, je crois sincèrement qu'il pensait ainsi vous protéger. Sans la protection de votre époux, vous serez vulnérable. Nous avons certes assez d'hommes pour défendre les murs, mais nous ne pourrons pas tenir un long siège. D'ailleurs, il nous faut dès à présent saler de la viande et faire des réserves pour plusieurs semaines.

Elaine saisit aussitôt l'occasion de revenir à un sujet moins périlleux.

— Tu as raison. Tant que mon époux était là, nous avions de la viande fraîche chaque jour. Désormais, il nous faudra anticiper. Je vais aller voir Elgin pour lui demander de me dresser un inventaire de nos provisions. Nous avons beaucoup festoyé depuis notre arrivée et je pense qu'il faudra refaire des provisions d'à peu près tout. Dès demain, nous salerons de la viande. J'enverrai également quelqu'un acheter davantage de bétail pour l'hiver.

Elle ne pouvait pas continuer de se reposer sur Zander, alors qu'il était parti combattre son ennemi. Elle devait agir en châtelaine et protéger ses gens.

Son intendant lui confirma hélas que leurs réserves seraient épuisées avant la fin de l'hiver. Ils manqueraient notamment de miel, de farine, et de sel, qui étaient absolument essentiels pour conserver les denrées et faire du pain.

— Partez au marché et achetez tout ce qu'il nous faut pour tenir plusieurs semaines, ordonna-t-elle. Vous prendrez également des têtes de bétail supplémentaires.

— Mon seigneur m'a dit qu'il veillerait aux provisions à son retour, ma lady, dit l'intendant, visiblement mal à l'aise.

— Ces terres sont les miennes, répondit-elle avec

autorité. Je suis votre maîtresse et vous ferez ce que je vous ordonne. Mon époux aurait donné les ordres lui-même, seulement, il n'est pas là. Je veux que le château soit préparé à subir une attaque et un siège long.

L'intendant baissa docilement la tête sans plus chercher à discuter ses ordres.

Dans les jours qui suivirent, Elaine persista à se poster à la fenêtre pour guetter le retour de Zander. Hélas, elle ne reçut aucune nouvelle de lui.

Une semaine passa, puis une autre. Pour distraire son cœur chagriné, elle entreprit avec ses dames de confire des prunes, des pommes, des poires et les dernières baies de l'année. Elles récoltèrent des noix et des noisettes et supervisèrent le salage de la viande. Malgré une activité intense, Elaine se retrouvait trop souvent sans rien d'autre à faire que regarder par la fenêtre en priant pour le retour de son mari.

Où était Zander et pourquoi n'avait-il envoyé aucun message ?

— Vous allez vous rendre malade, si vous continuez à vous faire du souci pour lui, ma lady ! déclara Marion un après-midi. Venez vous asseoir avec nous. Regardez, nous avons déjà bien avancé sur la tapisserie destinée à la chambre de notre seigneur.

Elaine vint s'asseoir et sentit peser sur elle les regards soucieux de ses dames. Marion avait raison. Elle allait perdre la raison si elle persistait à laisser Zander occuper chacune de ses pensées du matin jusqu'au soir. Jamais elle ne s'était morfondue de la sorte pendant toutes les années où il était parti au loin. Elle n'avait pas perdu espoir, alors. Cette fois-ci, cependant, elle sentait confusément peser sur eux une menace mortelle.

Incapable de rester en place, elle se releva brusquement et revint se poster à la fenêtre.

— Je m'inquiète pour lui. Envoyer des messages depuis la Terre sainte était compliqué, mais là, il est en Angleterre, nous sommes mariés… Il doit savoir que je suis inquiète. Je crains qu'il ne soit dans l'impossibilité de m'écrire.

— Alors, envoyez un mot à Lord Stornway afin qu'il enquête, suggéra Marion. Peut-être saura-t-il ce qu'il est advenu de Lord Zander.

Elaine secoua la tête. Elle était réticente à l'idée de faire appel à Lord Philip.

— Je vais encore attendre quelques jours, décida-t-elle. Si, à la fin de la semaine, je n'ai toujours aucune nouvelle, je demanderai l'aide de Lord Stornway.

Elaine se réveilla brusquement, le souffle court et le cœur battant. Assise dans son lit, elle tremblait encore de la peur provoquée par son cauchemar. Un rêve si terrible qu'il la poursuivait jusque dans la conscience de l'éveil.

Zander avait été emprisonné dans un cachot aveugle, au cœur d'une forteresse entourée de brouillard qui surmontait un lac profond. Dans son rêve, il l'appelait à l'aide, encore et encore.

Ses doigts tremblants se posèrent sur son visage et elle sentit les larmes qu'elle avait versées mouiller ses mains. Elle en était persuadée à présent : Zander courait un grave danger et il avait besoin de son aide. Cela faisait maintenant près de cinq semaines que son époux avait disparu, sans même la réveiller pour un baiser d'adieu. Elle n'avait reçu aucune nouvelle le concernant. Soit il était mort, soit son ennemi l'avait fait emprisonner.

Elle devait lui venir en aide. Sans plus attendre. Sa réticence instinctive à faire appel à Lord Stornway n'avait plus de sens face à ce que lui dictait la raison.

Elaine se leva du lit et marcha jusqu'à son coffre

personnel, un meuble magnifiquement ouvragé qui avait appartenu à sa mère. Elle l'ouvrit pour en sortir un parchemin, une plume et un pot d'encre. Elle s'appliqua aussitôt à rédiger sa missive.

Cher Lord Stornway,

Je vous écris avec une grande inquiétude car je suis sans nouvelle de mon époux depuis maintenant cinq semaines. Je crains qu'un événement terrible ne soit arrivé. Peut-être avez-vous entendu des rumeurs ? Peut-être en savez-vous plus que moi ? Je vous supplie de me tenir informée de ce qui lui est arrivé. Je ne trouve plus de repos depuis son départ.

Votre très dévouée,
Elaine de Bricasse.

Aussitôt, Elaine sonna pour faire venir ses dames. Marion fut la première à la rejoindre, l'air inquiet.

— Êtes-vous souffrante, ma lady ?

— Je n'arrivais pas à dormir. Il faut envoyer ce pli au plus vite…

Marion acquiesça.

— Vous souhaitez demander l'aide de Lord Stornway, comprit-elle en voyant le parchemin scellé.

— Oui, je le dois. Je pense avoir déjà attendu trop longtemps.

Elle secoua la tête, incapable de mettre des mots sur les craintes qui l'avaient jusque-là empêchée d'agir. Tout lui paraissait alors trop vague et confus pour en parler, même à sa fidèle Marion.

— Donnez-moi votre lettre, ma lady, je vais la faire envoyer immédiatement à Lord Stornway.

Instinctivement, Elaine referma les doigts sur le parchemin, comme si, même en cet instant, elle hésitait à faire appel à Lord Philip. Que pouvait-elle faire d'autre, cependant ? Zander n'avait pas partagé ses intentions avec elle, néanmoins, il avait pu confier ses plans à son ami. Oui, Lord Philip était son seul espoir d'en apprendre un peu plus sur le sort de Zander. Et s'il croupissait au fond d'une geôle comme dans son atroce cauchemar, le shérif serait sans doute le seul à pouvoir l'aider. Avec un lourd soupir, elle desserra ses doigts crispés sur la lettre.

— Prends-la, avant que je ne change d'avis, murmura-t-elle. Je n'ai pas le choix.

— Lord Stornway peut vous être d'une aide précieuse, ma lady.

— Je le sais bien.

Mais alors, pourquoi frissonnait-elle de la sorte ?

Le jour même, Lord Stornway se présenta dans la grande salle, sa lettre à la main. Il arriva tard dans l'après-midi et posa un baiser trop appuyé sur la main qu'elle lui tendait.

— Pardonnez-moi d'avoir tardé à répondre à votre appel, ma lady. Je rendais visite à un villageois malade lorsque votre lettre a été apportée. Mais dès que je l'ai eue entre les mains, je suis accouru.

— Je vous suis infiniment reconnaissante de votre dévouement. Je ne voulais pas vous déranger, seulement, je suis terriblement inquiète du sort de mon époux.

— Vous n'avez eu aucune nouvelle depuis toutes ces semaines ?

Lui aussi semblait sincèrement soucieux et cela ne fit rien pour la rassurer.

— Pas un seul mot. J'espérais qu'il me ferait parvenir un message pour me dire ce qui se passait…

— Je suis certain qu'il le ferait s'il le pouvait.

Philip se rembrunit avant de prendre sa main pour la serrer dans la sienne.

— Pourquoi ne m'avez-vous pas envoyé chercher plus tôt ? Quelque chose a dû lui arriver…

— Savez-vous au moins où il devait se rendre ? Il ne m'a rien révélé de ses intentions — sinon qu'il avait reçu un message de Newark.

— J'imagine que le comte a dû le faire venir à Howarth pour régler leur querelle. J'ai cru comprendre qu'ils voulaient s'affronter en combat singulier.

Elaine ferma les yeux sous l'afflux du chagrin qui la frappait de plein fouet. Si Zander n'avait pas survécu, elle serait veuve avant même d'avoir été véritablement épouse.

— Pouvez-vous découvrir ce qui est arrivé ? Howarth est à trois jours de cheval d'ici. Il aurait dû m'écrire…

Sa voix mourut, submergée par l'émotion. Les jambes tremblantes, elle se laissa tomber sur une chaise et baissa la tête pour tenter de ravaler ses larmes.

— Ma douce lady, ne craignez rien, je vous protégerai, s'empressa Philip en passant un bras autour de ses épaules tremblantes. Mais nous ne devrions pas craindre déjà le pire. Je vais envoyer des courriers à Howarth et exiger de savoir ce qui s'est passé là-bas.

Elaine leva les yeux sur lui.

— Je veux connaître la vérité. S'il est… Je veux savoir.

Elle secoua brusquement la tête et se releva d'un bond.

— Non ! Il n'est pas mort. S'il n'était plus de ce monde, je le sentirai… là, s'écria-t-elle en plaçant son poing serré sur son ventre.

Devant la mine sombre de Philip, elle se redressa, le menton haut.

— Vous n'y croyez pas, comprit-elle. Vous pensez qu'il est mort, je le vois à votre expression.

— Je sais seulement que Zander vous aime de tout son cœur. S'il n'a pas envoyé de message… Jamais il ne vous laisserait ainsi dans l'attente… Cependant, il reste un maigre espoir… Peut-être a-t-il été fait prisonnier.

Elaine s'efforça de prendre une profonde inspiration alors qu'elle avait la sensation qu'une énorme main écrasait son cœur.

— Vous le découvrirez. Et s'il est prisonnier…

— Je ferai tout ce qui est en mon pouvoir pour le libérer, promit-il. Zander est mon ami… mais sachez, chère Elaine, que même s'il ne l'était pas, je ferais tout pour vous. Vous devez savoir à quel point je vous admire… Allons, je me doute que vous n'avez guère envie d'entendre de telles choses en ces moments dramatiques, dit-il en soupirant.

Elaine se sentait en effet affreusement gênée et agacée par son insistance, mais elle fit de son mieux pour lui adresser un sourire poli.

— Je vous remercie, sir. Si vous retrouvez mon époux, je vous en serai éternellement reconnaissante.

— Je m'en occupe, ma lady. Je retournerai toutes les pierres jusqu'à Howarth pour découvrir ce qui lui est arrivé. Je reviendrai vous voir dès que j'en saurais davantage.

Il se détourna et fit quelques pas avant de ralentir, visiblement incertain. Elaine comprit soudain sa réticence : pendant qu'il parlait, la nuit était tombée. Elle n'avait guère envie que Lord Philip reste davantage, cependant, jamais Zander n'aurait envoyé son ami seul sur les routes, de nuit, sans même lui proposer de quoi se restaurer et un toit pour la nuit.

— Si vous préférez, vous pouvez rester cette nuit et repartir demain, proposa-t-elle en tentant d'ignorer son malaise.

— Comme c'est aimable à vous de me le proposer, ma lady. Néanmoins, je crains que les langues ne se délient si j'acceptais votre hospitalité en ces temps troublés. Mes hommes et moi repartons chez nous et je commencerai les recherches dès demain.

Elaine inclina la tête sans rien ajouter. S'était-il imaginé qu'elle désirait sa compagnie ? Son invitation n'était qu'un témoignage de politesse. En vérité, elle était soulagée de ne pas avoir à lui tenir compagnie sans Zander à ses côtés. Elle réprima un frisson d'embarras. Décidément, malgré son amabilité, cet homme la mettait étrangement mal à l'aise. Cependant, elle avait besoin de son aide.

Elle lui fit ses adieux et retourna lentement vers ses appartements, le cœur lourd.

— Où es-tu, Zander ? implora-t-elle tout bas. Pourquoi ne reviens-tu pas ?

Elle monta les marches de l'escalier en retenant ses larmes. Que deviendrait-elle si Zander ne reparaissait pas ? En vérité, elle s'en moquait bien. Sa vie n'avait plus aucun intérêt sans lui à ses côtés. À l'abri de sa chambre, elle laissa enfin ses larmes couler. Pourquoi était-il parti sans même lui dire au revoir ?

Elle l'aimait tant, depuis tant d'années… Dans sa poitrine, Elaine sentit son cœur se briser.

Dès le lendemain, Lord Stornway lui fit parvenir un message pour l'informer qu'il partait lui-même en direction de Howarth pour s'enquérir de ce qui s'était passé entre Zander et Newark.

Elaine passa les jours qui suivirent dans un état de fébrilité insupportable. Elle arpentait le château et les jardins sans répit, la plupart du temps en prières pour supplier Dieu de sauver la vie de l'homme qu'elle aimait. Hélas, chaque jour qui passait lui faisait craindre davantage qu'il ne soit mort ou prisonnier.

Près d'une semaine passa avant qu'on lui annonce que Lord Stornway l'attendait dans la grande salle. Elle se précipita dans l'escalier le cœur battant. Lord Philip était encore couvert de la poussière de la route, et dès qu'elle vit son visage, elle comprit que les nouvelles qu'il apportait n'étaient pas bonnes.

— Vous avez vu le comte ? demanda-t-elle d'une voix blanche.

— Il a nié savoir quoi que ce soit sur Zander. Il a même nié lui avoir envoyé un message.

— Cette lettre est pourtant arrivée ! Il ment !

— C'est en effet ce dont je l'ai accusé. J'ai également exigé qu'il vous rende la propriété de Howarth, mais il a refusé. Je lui ai dit que je me plaindrais de son comportement auprès du prince Jean, et au roi dès qu'il rentrera. Malgré une réticence évidente, il m'a assuré qu'il allait y réfléchir...

— Je me moque du château, s'emporta Elaine que le désespoir saisissait. Où est Zander ? Que lui est-il arrivé ?

— Je ne sais pas, Elaine, dit-il d'un ton bas, voilé.

Elle sentit son hésitation et comprit qu'il lui cachait quelque chose.

— Vous ne me dites pas tout. Je le sais. Je vous en prie, ne me cachez rien !

— Je ne sais pas si Newark ment... Je sais en revanche que quelqu'un a attaqué Zander et ses hommes sur le chemin de Howarth. Nous ne savons pas ce qu'il est advenu de lui mais un de ses hommes a été retrouvé. Il avait été sévèrement blessé et n'était pas encore guéri mais il tentait de rejoindre Sweetbriars pour vous informer.

— Où est-il ? Ici ? Je dois le voir. Lui parler. Je dois connaître la vérité !

— Il est alité chez moi. Anne s'occupe du pauvre homme qui est toujours extrêmement faible. Je n'ai pas voulu l'amener car il n'aurait sans doute pas survécu au voyage.

— Alors c'est moi qui irai à lui, décida Elaine. Je vais faire appeler ma dame de compagnie pour qu'elle m'accompagne. Je vais parler à cet homme et entendre ce qu'il a à dire.

— Je pensais en effet que vous voudriez agir de la sorte, acquiesça-t-il avec un sourire. Dites à vos servantes de préparer vos affaires pour la nuit, car vous devrez rester avec nous jusqu'à demain. Anne sera votre chaperon.

— Oui, oui, répondit distraitement Elaine sans s'attarder sur le regard brillant de convoitise de son interlocuteur. Mes dames enverront ce dont j'ai besoin à ma suite. Je pars immédiatement avec Marion. Je refuse de prendre le moindre repos tant que je n'aurai pas entendu ce qui est arrivé à mon époux.

Chapitre 11

Elaine savait à peine ce qu'elle faisait tandis qu'elle suivait Lord Philip à fond de train. Elle serrait les dents pour contenir la peur et la douleur qui l'envahissaient. Zander avait été attaqué par surprise. Ses hypothèses se confirmaient : à l'heure qu'il était, soit il était mort, soit il croupissait au fond d'une geôle.

Puisque Newark niait toute implication dans le piège qui avait été tendu à son mari, il pourrait croupir dans les cachots de Howarth pendant des années sans que personne ne soit informé de sa présence.

La boule dans sa gorge l'empêchait presque de respirer. Elle ne voulait cependant pas se laisser aller et montrer son chagrin à tous. Aussi avait-elle l'impression d'évoluer dans un univers de rêve, personne ne lui paraissait réel et elle avait la sensation qu'une sorte de brouillard l'entourait.

Comment Zander pouvait-il être mort sans qu'elle le sente au fond de son âme ? Tout son corps lui faisait mal et pourtant, une lueur d'espoir continuait de brûler au fond de son cœur. Il lui fallait s'accrocher à cet espoir fragile, aussi se répétait-elle inlassablement les mêmes mots en pensée : « Zander, ne me quitte pas. Je t'aime. Ma vie n'a pas de sens sans toi. »

Elle ne pleurerait pas. Non, pleurer reviendrait à admettre la défaite, à condamner son époux à mort.

Lorsqu'ils parvinrent dans la cour intérieure de Stornway, Philip sauta de selle et vint l'aider. Une fois de plus, ses mains s'attardèrent plus que nécessaire autour de sa taille. Toutefois, elle était trop engourdie pour réagir et s'écarter rapidement.

— Je prie pour que le pauvre homme soit encore en vie. Venez, Elaine. Je vais vous montrer le chemin.

Comme un spectre, elle le suivit à l'intérieur. Ils tournèrent en direction de la tour nord et Philip la conduisit jusqu'au sommet. Il toqua et la voix d'Anne les invita à entrer. Aussitôt à l'intérieur, Philip s'écarta du chemin pour la laisser passer. Anne lui adressa un sourire de bienvenue et posa un doigt sur ses lèvres pour lui indiquer de ne pas faire de bruit.

— Il est très malade mais désire parler avec vous, Lady Elaine, dit-elle à mi-voix.

Elaine approcha et l'homme ouvrit les paupières. Elle reconnut en effet l'un des hommes de Zander et son cœur se serra.

— Ma lady…, pardonnez-moi. Mon seigneur m'a envoyé vous dire que nous avons été trahis et attaqués, balbutia-t-il d'une voix essoufflée.

— Vous avez essayé de me faire parvenir ce message dans votre état ? demanda-t-elle en le considérant avec pitié.

— En vérité, je n'ai été que légèrement blessé lors de l'attaque. Puis, alors que je galopais vers Sweetbriars, une flèche venue de nulle part m'a atteint à l'épaule. Je suis tombé de cheval et je serais mort si un paysan n'était pas passé par là. Il m'a emmené dans sa chaumière où je suis resté inconscient plusieurs semaines, entre la vie et la mort. Je commençais tout juste à me remettre quand Lord Stornway est venu et m'a ramené ici. Pardonnez-moi, ma lady, j'ai échoué…

Elaine posa une main apaisante sur son front brûlant de fièvre.

— Il n'y a rien à pardonner, sir. Vous avez fait de votre mieux et seule la main d'un assassin vous a empêché d'accomplir votre devoir.

— Oui, ma lady. Nous avons été attaqués sans sommation. Notre seigneur a crié que nous avions été attirés dans un piège pour nous alerter. Nous nous sommes battus de toutes nos forces, néanmoins, quand Lord Zander a compris que nous allions être submergés, il m'a ordonné de vous prévenir… En partant, je… J'ai vu…

Sa voix se brisa et des larmes coulèrent sur ses joues creusées.

— Qu'avez-vous vu ? demanda-t-elle d'une voix blanche.

— Je les ai vus jeter notre seigneur au bas de sa monture… Je n'ai rien vu d'autre. Je sais seulement qu'à l'heure actuelle, il est soit mort, soit emprisonné.

Elaine se détourna brusquement. Toutes ces révélations étaient plus qu'elle n'en pouvait supporter. Dans son esprit, des images atroces se succédaient : elle voyait Zander réduit en pièces par des épées meurtrières. Elle se leva et tituba, aveuglée par la douleur.

— C'est impossible…

Sa tête tournait à une vitesse vertigineuse et un voile noir envahissait son champ de vision.

— Philip ! Rattrape-la !

Le cri d'Anne fut le dernier son qui parvint aux oreilles d'Elaine avant que l'obscurité se referme sur elle.

Les rêves qui vinrent la hanter étaient insupportables. Elle errait dans un brouillard opaque à la recherche de son amour. Seule et perdue, elle traversait des forêts épaisses, escaladaient des montagnes enneigées. À chaque fois, ces périples épuisants la ramenaient au même endroit : elle revoyait l'île entourée de brouillard au bord du lac. L'eau en était profonde et noire. Elle ne voyait aucun passage pour rejoindre l'île, jusqu'à ce qu'une barque vienne dans sa direction. Un vieil homme dont le visage était caché sous une capuche lui disait alors :

— *Donnez-moi une pièce et je vous conduirai sur l'île des Oubliés.*

Ses doigts n'étaient plus que des os, sans peau.

— *Vous pourrez rejoindre celui que vous voulez chercher dans la mort.*

Elaine hurla et se redressa d'un seul coup. Les yeux ouverts, elle ne parvenait cependant pas à sortir de son cauchemar.

— Non !… Pas la mort ! Pas la mort !

— Chut, calmez-vous, douce lady. Ne vous affligez pas de la sorte. Je suis là pour prendre soin de vous. Je vous aimerai toujours.

La voix murmurait à son oreille. Une autre voix, féminine celle-là, parlait à son tour :

— Elle est prise par la fièvre, elle ne peut t'entendre. Je t'avais prévenu de ce qui risquait d'arriver…

— Tu peux la guérir ! Tu as eu ta vengeance, à présent, donne-moi ce que mon cœur désire.

Elaine n'entendit plus rien, emportée par un nouvel accès de fièvre. Dans son rêve, Zander venait vers elle, heureux, souriant et libre. Il ne ressemblait pas au sombre guerrier qu'elle avait épousé, mais au jeune homme d'autrefois.

— Ne t'inquiète pas, mon amour, je t'attends, dit-il en prenant sa main dans la sienne. Je serai là quand tu traverseras. Viens à moi, mon amour, je t'attends.

— J'arrive, Zander. Attends-moi. Montre-moi le chemin…

— Non ! Je t'interdis de mourir ! Je t'aime !

La voix autoritaire sonnait étrangement à ses oreilles. Ce n'était pas Zander, non.

— Zander… Je dois retrouver Zander… Il m'attend.

— Non, Elaine ! Il ne voudrait pas que vous mourriez. Il vous prendrait pour une lâche. Vivez pour moi, Elaine. Je vous aime. Je ne vis que pour vous servir. Vivez et je vous offrirai ma protection.

— Philip ? murmura-t-elle en entrouvrant les paupières. Zander ? Est-il… ?

— Je le crains. Vous devez le laisser partir, mon amour. Bientôt vous vous sentirez mieux, je vous le promets. Je vous promets de vous rendre heureuse.

Encore à demi plongée dans l'inconscience, Elaine tenta de se rappeler.

— Le soldat…

— Hélas, il est mort la nuit de votre arrivée.

Des larmes coulaient sur ses joues, elle pouvait sentir leur chaleur humide. Déjà ses paupières se refermaient, si lourdes…

— Reposez-vous, ma chérie. Vous devez reprendre des forces. Alors je vous apprendrai à être heureuse à nouveau.

Elaine se laissa emporter dans le sommeil. Cette fois, les cauchemars la laissèrent en paix car la fièvre avait desserré son étreinte. Cependant, le nom de Zander restait sur ses lèvres et elle continuait de gémir doucement dans ce sommeil sans rêve.

Plusieurs jours passèrent avant qu'Elaine ne reprenne véritablement connaissance. Un matin, elle sentit quelqu'un lui bassiner le visage à l'eau fraîche et ouvrit les yeux pour découvrir Anne à son chevet.

— Merci, dit-elle d'une voix faible et cassée. Vous m'avez sauvé la vie, n'est-ce pas ?

— Peut-être. Mais c'est Philip qui vous a veillée nuit et jour. Il a été appelé à l'aube, mais il reviendra vous voir très bientôt.

— Je crains d'avoir été un fardeau pour vous.

— Non, chère Elaine, vous êtes comme une sœur pour moi. Mon frère vous aime tendrement. Vous devez avoir compris à présent qu'il ne souhaite rien d'autre que vous rendre heureuse.

— Oui… Oui, balbutia-t-elle. Il est si gentil…

Elaine ferma les yeux, épuisée. Elle se sentait incroyablement faible, comme si elle n'avait plus ni force ni volonté. Une arrière-pensée, confuse et insaisissable lui soufflait que quelque chose n'allait pas, un souvenir, lui échappait. Hélas, elle ne parvenait pas à le retrouver. Et elle se sentait si faible, si mal en point.

Zander était mort. Ce pauvre soldat l'avait vu tomber de cheval, et dans ses rêves, son mari l'avait conviée à le rejoindre dans la mort. D'ailleurs, elle serait morte elle aussi sans la dévotion de Philip et les soins de sa sœur.

Elaine se moquait bien de rester en vie ou de mourir. Toute émotion l'avait quittée et elle n'avait plus aucune volonté propre. Elle avait tout juste assez de force pour obéir aux ordres qu'on lui donnait.

— Vous devez manger un peu de cette soupe, commanda Anne.

Sa voix lui semblait venir de très loin. Elle avait déjà entendu cette voix dans le délire de la fièvre. Que disait-elle alors ? Impossible de s'en rappeler, sa mémoire la fuyait.

— Vous devez aller mieux, Elaine. Philip vous aime. Vous lui devez la vie. Vous devez vivre pour lui.

Elle était bien trop faible pour protester que la

vie n'avait aucun sens à présent que Zander l'avait désertée. Cependant, ces gens s'étaient montrés si bons pour elle, ils s'étaient battus pour la maintenir en vie. Peut-être leur devait-elle réellement quelque chose.

Elle repoussa le sommeil et se redressa. Elle se força à avaler une cuillerée de potage en ignorant son goût de cendres dans sa gorge parcheminée. Après quelques cuillères néanmoins, elle sentit un peu de force lui revenir.

— Vous êtes réveillée ! C'est bien, lança une voix grave depuis la porte.

Philip entra dans la chambre, un large sourire aux lèvres et un bouquet de fleurs des champs à la main.

— Je les ai cueillies pour vous, Elaine, comme je l'ai fait tous les jours depuis le début de votre maladie. Je suis heureux de vous voir à nouveau consciente.

— Vous êtes si attentionné…

— Nous tenons à vous, dit-il en s'asseyant au bord du lit pour lui prendre la main. Je vous aime, Elaine. Dès que vous irez mieux, je vous prouverai à quel point je vous aime…

Elaine demeura inerte, la gorge serrée. Elle ne pouvait pas lui dire qu'elle ne voulait pas de son amour alors qu'il lui avait sauvé la vie.

— Vous êtes pratiquement remise, ma lady, déclara Marion en entrant dans la chambre le lendemain matin. Vous semblez reposée. Que Dieu bénisse Lord et Lady Stornway, ils vous ont sauvée.

— Peut-être auraient-ils mieux fait de me laisser mourir, murmura Elaine.

— Ne dites pas des choses pareilles ! s'exclama Marion. Vous êtes aimée, respectée et vos gens ont besoin de vous. Lord Stornway aussi vous aime sincèrement. Il veut prendre soin de vous.

— Je suis la femme de Zander, rétorqua-t-elle, butée.

Marion secoua la tête, l'air navré.

— Sa veuve, ma lady. Vous devez affronter la vérité, Lord Zander est mort. Il vous faut apprendre à vivre sans lui — pour le bien de vos gens, sinon pour vous-même.

— Ne me fais pas la morale, Marion, se récria-t-elle, blessée par les paroles de sa servante.

— Préférez-vous que je vous laisse gâcher votre vie ? Vous êtes jeune et belle. Je respectais Lord Zander, seulement, il n'aurait jamais dû vous abandonner pour partir combattre un ennemi plus puissant. Il aurait dû mettre de côté son désir de vengeance et consacrer sa vie à vous et à vos gens.

— Je t'interdis de parler de lui ainsi ! s'emporta-t-elle.

— Je ne dis que la vérité, ma lady. Pour l'heure, votre cœur est en deuil, mais dès que vous serez prête à affronter la vérité, vous verrez que je dis vrai. Je refuse de vous voir ainsi vous laisser mourir !

Elaine détourna le visage, heurtée par ses propos mais trop faible pour se battre. Comment sa fidèle compagne pouvait-elle se montrer aussi cruelle ? Elle aimait, pourtant, oublierait-elle si facilement celui qu'elle aimait ?

— Et Bertrand ?

Le visage de Marion s'éclaira brusquement.

— Il est revenu. Il était prisonnier de Newark, mais a été libéré à la demande de Lord Stornway qui a exigé la libération de tous les prisonniers.

— Qu'a-t-il entendu là-bas ? demanda Elaine, le cœur battant. A-t-il entendu quelque chose à propos de Zander ?

— Rien, ma lady. Votre époux a dû être tué sur le lieu de l'attaque et enterré à cet endroit. Je sais que vous souffrez, mais il vous faut aller de l'avant, ma lady.

— Je suis heureuse que tu aies retrouvé Bertrand, se contenta-t-elle de répondre. Tu as bien sûr ma permission pour l'épouser.

Marion lui serra la main, l'air soucieux.

— Merci. Lord Stornway nous a proposé quelques arpents de terre et une chaumière pour nous. Je resterai près de vous jusqu'à ce que vous soyez remise, puis je partirai avec lui. Vous avez de bons amis à présent et d'autres dames pour veiller sur vous.

Elaine hocha vaguement la tête avant de se laisser aller sur son oreiller. Autrefois, elle aurait protesté que Bertrand et Marion devaient rester auprès d'elle, mais plus rien n'avait d'importance.

Le simple fait de discuter était trop épuisant.

— Je suis tellement heureux de vous voir ainsi, déclara Philip le premier matin où elle parvint à descendre dans la grande salle pour la rupture du jeûne. Dire que nous avons eu peur de vous perdre… Mais vous semblez redevenue vous-même, n'est-ce pas ?

Il semblait tellement soucieux qu'Elaine lui sourit.

— Je vous suis reconnaissante de votre gentillesse, sir.

— Ce n'est nullement de la gentillesse. Je vous ai aimée depuis le premier instant où je vous ai vue, mais vous apparteniez à Zander, alors. Je savais que vous ne me verriez pas, et je n'aurais jamais tenté de me mettre entre vous. Néanmoins, à présent que vous êtes seule et à la merci des coureurs de dots, je sais que Zander voudrait que je vous offre ma protection.

— Je pourrai bientôt rejoindre mes terres, répondit

Elaine avec obstination, refusant de répondre à la demande de Lord Philip.

Hélas, elle était néanmoins consciente qu'elle serait effectivement à la merci des seigneurs avides s'il lui enlevait sa protection.

— Si vous le souhaitez, répondit-il d'un ton attristé. Cependant, je dois vous demander de rester, pour votre bien comme pour le mien. Soyez ma femme, Elaine, je vous en conjure. Je sais que vous souffrez encore de la mort de Zander, mais avec le temps, vous apprendrez à m'aimer un peu… Je ne vous en demande pas davantage…

Elaine sentit son souffle se bloquer dans sa gorge et une violente nausée l'assaillir. Toutefois, elle s'efforça de cacher son malaise pour ne pas blesser cet homme qui avait tant fait pour elle.

— J'étais son épouse devant Dieu. La loi m'interdit de me remarier tant que je n'aurais pas la preuve que Zander est bien mort. Notre mariage a été consommé et…

Le visage de Philip se tendit brusquement.

— Pourtant, je pensais… N'a-t-il pas été appelé au village pour une attaque, le soir de vos noces ?

— Il m'a rejointe ensuite, assura-t-elle, poussée à mentir par son instinct. Demandez à mes dames, elles pourront témoigner que le mariage a été consommé. Je ne peux donc me remarier sans preuve de sa mort. L'Église ne le permettra pas.

— Et si son corps n'était jamais retrouvé ? reprit-il, le regard dur. Ne pourriez-vous pas affirmer que le mariage n'a pas été consommé et je me chargerai de demander une annulation au pape.

Elaine serra les mâchoires, outrée par ce qu'il lui demandait. Elle avait beau lui devoir la vie, elle ne pouvait s'empêcher de sentir une violente répulsion à son encontre. Ses manières insistantes lui étaient un véritable supplice. Ne pouvait-il comprendre qu'elle chérissait Zander de tout son cœur ? Même si, par malheur, il n'était plus de ce monde, ce qu'elle se refusait à croire, elle était incapable de se remarier avec quiconque.

— Non, sir, répondit-elle fermement. Mes dames sauraient que je mens. Par ailleurs, je ne suis pas prête à prendre un autre époux. Je vous suis reconnaissante de votre aide et je n'oublierai jamais ce que vous et Lady Anne avez fait pour moi. Peut-être dans un an ou deux pourrais-je reconsidérer votre offre de mariage…

Le regard qu'il dardait sur elle était si intense qu'elle prit peur.

— Si nous trouvions des preuves de sa mort… Si j'obtenais l'accord de l'Église pour notre mariage, pourriez-vous envisager de célébrer notre mariage plus tôt ?

Il saisit ses deux mains et les serra fort. Trop fort.

— Si vous rentrez seule sur vos terres, j'aurais peur qu'il vous arrive malheur. Je me dois d'insister pour que vous restiez ici, sous ma protection, jusqu'à ce que vous vous sentiez prête à m'épouser.

Elaine ravala ses larmes. Le destin était décidément bien cruel. Elle se retrouvait exactement dans la même situation que lorsqu'elle avait dû fuir Howarth. Elle était à nouveau acculée et sans défense face aux velléités des nobles barons. À l'époque, son oncle lui avait accordé un délai jusqu'aux festivités de la Noël. Ces dernières approchaient et elle se retrouvait à nouveau pressée de se marier.

— J'ai besoin de quelques mois pour réfléchir et faire mon deuil, répéta-t-elle d'une voix déjà affaiblie par l'épuisement et le chagrin.

— Vous savez bien, Elaine, que je vous chérirai

et vous honorerai. Ce n'est pas l'appât du gain qui m'incite à cette union mais un amour sincère. Je forcerai Newark à vous rendre Howarth, mais je vous promets que je n'ai aucune vue sur vos biens.

Elaine soupira et baissa le menton. Que lui importaient ses motivations ? Elle n'avait pas assez d'énergie pour s'opposer à lui. Elle se sentait si faible, si fatiguée... Et puis, si Zander n'était plus de ce monde, plus rien ne valait la peine de se battre.

— S'il y a des preuves et que l'Eglise autorise notre mariage, alors je vous épouserai au printemps prochain, capitula-t-elle avec lassitude. Je ne comptais pas me remarier après avoir perdu mon époux, néanmoins, je préfère me remarier à un homme qui était son ami plutôt qu'à un étranger. Seulement, je ne veux pas vous cacher la vérité : je ne cesserai jamais de chérir Zander et je garderai toujours son souvenir dans mon cœur...

Sa voix mourut alors que l'émotion la submergeait.

— Comment veux-tu obtenir des preuves sans corps ? demanda Anne. C'est impossible. Je t'avais pourtant prévenu qu'elle ne serait guère aisée à persuader.

— On m'a assuré qu'il avait été mortellement blessé pendant l'attaque. Il n'a pas pu survivre ! gronda Philip. Ne m'as-tu pas promis que j'aurais ce que je veux si je t'offrais ta vengeance ?

— Je n'ai pas eu ma vengeance, rétorqua sèchement Anne. Je voulais l'avoir vivant pour lui annoncer moi-même pourquoi il allait mourir ! Sans cela, ma vengeance n'a plus de sens.

Ils échangèrent un regard plein de ressentiment mutuel.

— Je t'ai donné son gantelet taché de sang, lui rappela son frère. Son emblème était gravé dessus.

— Alors montre-le lui, en espérant que cela suffira à la convaincre, elle, bien que cela n'ait pas suffi à me persuader.

— J'étais pourtant sûr qu'il n'aurait pas eu le temps de consommer leur mariage, s'emporta Philip avec rage. Ainsi, le cardinal Woolston aurait intercédé en ma faveur auprès du pape pour annuler rapidement la cérémonie. Si elle se montre aussi obstinée, il faudra peut-être des années avant que je la persuade, elle et l'Eglise, d'accéder à notre mariage.

— Ne peux-tu pas payer une tombe et l'un de tes sous-fifres pour qu'il jure que Zander y est enterré ? Pour ma part, je ne suis pas convaincue qu'il soit bien mort. Tes hommes ont raté leur mission, Philip. S'ils me l'avaient amené comme je le voulais, nous serions assurés de sa mort à l'heure qu'il est. N'ai-je pas agi de la sorte pour son messager ?

Anne lui jeta un regard méprisant, mais son frère ne sembla pas s'en apercevoir, tant il était obnubilé par ses propres pensées.

— Je pensais que l'histoire du messager suffirait à la convaincre de sa mort. Quand elle était alitée et sous l'influence de tes drogues, elle était docile, mais à présent, sa volonté semble se renforcer.

— Dans ce cas, recommence à la droguer, répondit-elle en haussant les épaules avec indifférence. Arrange le mariage sans attendre son consentement.

— Elle me détestera !

— Es-tu le shérif du roi ou un pauvre hère sans pouvoir ? Rassemble des preuves, qu'elles soient vraies ou non. Présente-les à ton satané cardinal et obtiens ton annulation. Si elle résiste encore, drogue-la. Je pourrais lui donner quelque chose qui la rendra docile et consentante. Ainsi, une fois les effets de la drogue dissipés, elle ne pourra pas revenir sur sa parole.

Philip se rembrunit en lisant le mépris sur le visage de sa sœur. Cette idiote ne savait pas à qui elle avait affaire ! Elle se pensait supérieurement intelligente. Elle croyait tirer toutes les ficelles parce que c'est elle qui avait comploté depuis le moment où Zander avait tué son promis en combat singulier, là-bas, en Terre sainte. C'est elle qui avait fait brûler ce qu'il restait de la forteresse familiale. C'est elle encore qui avait tenté de l'empoisonner.

Mais Philip avait des griefs autrement plus sérieux, et bien moins de scrupules que son idiote de sœur.

Autrefois, Zander avait été son ami, bien qu'il l'ait toujours jalousé, mais la distance et le changement qui s'était opéré en Zander avaient mis un terme aux sentiments amicaux que Philip avait pu éprouver. C'est alors qu'il avait vu Elaine et il était instantanément tombé sous le charme de la jeune femme. Ensuite, Anne n'avait cessé de lui susurrer qu'elle pouvait être à lui.

Elle pensait sans doute que c'était elle qui l'avait incité à agir… Elle se trompait lourdement. C'était de son propre chef qu'il avait envoyé des hommes pour provoquer un feu au village le soir des noces et fait envoyer à Zander une missive de la part de Newark, pour l'envoyer sur une fausse piste. Avant qu'il ait pu atteindre Howarth, des hommes avaient attaqué sa troupe.

Philip avait gracié des voleurs, des meurtriers et des renégats à condition qu'ils lui ramènent la preuve de la mort de Zander.

Il avait espéré obtenir son cadavre, malheureusement, il n'avait rien d'autre qu'un gantelet taché de sang et marqué aux initiales de Zander. Quand il l'avait apporté à Anne, elle n'avait guère été satisfaite. Est-ce que cela suffirait à convaincre Elaine ?

Et si jamais Zander avait survécu par miracle ? Cette pensée revenait le hanter, encore et encore. Le chef des brigands qu'il avait envoyés à ses trousses lui avait affirmé que Zander avait reçu un coup fatal, puis que les soldats qui l'accompagnaient l'avaient aussitôt entouré avant de fuir avec lui dans la forêt.

Selon le chef, ils avaient tout simplement disparu. Il lui avait affirmé qu'ils les avaient cherchés dans la forêt pendant deux jours, sans succès. Le troisième jour, ils avaient déniché le messager qu'il envoyait à Sweetbriars, ils lui avaient tiré une flèche qui l'avait atteint sans pour autant mettre la main sur lui.

C'est Philip lui-même qui avait retrouvé la trace de l'homme et l'avait ramené à Stornway. Là, il avait pris la décision de le laisser vivre afin qu'il raconte ce qu'il savait à Elaine. Philip croyait alors que cela suffirait à la convaincre de la mort de celui qu'elle venait d'épouser. Seulement, elle se montrait entêtée et il aurait besoin de meilleures preuves.

Pendant quelque temps, il avait attendu que les soldats de Zander ramènent le corps de leur seigneur auprès d'Elaine. Cependant, rien de tel ne s'était produit et il s'interrogeait de plus en plus sur ce qu'il était advenu de son rival.

Ses ordres à lui étaient parfaitement clairs : les brigands devaient massacrer tout le monde à l'exception d'un seul témoin pour rapporter l'événement. Hélas, les hommes de Bricasse avaient trop bien combattu. Plusieurs d'entre eux avaient survécu et avaient emporté le corps de leur seigneur blessé avec eux.

Mais alors, pourquoi n'avaient-ils pas ramené la dépouille de leur seigneur à Sweetbriars ? Ou, s'il avait survécu, pourquoi Zander ne s'était-il pas encore manifesté ?

Philip sentit un frisson désagréable courir le long de sa nuque. Il n'avait que la parole d'un vaurien pour lui assurer que Zander n'était plus de ce monde.

Et s'il avait survécu ? Et s'il découvrait finalement qui était son véritable ennemi ?

Non ! Impossible ! Zander était mort, sans quoi il aurait envoyé une missive à Elaine. Surtout, s'il savait que Philip avait comploté contre lui, il serait déjà venu lui demander réparation. La seule explication raisonnable était qu'il avait bel et bien succombé à ses blessures.

Néanmoins, le mystère demeurait entier : pourquoi aucun de ses hommes n'était-il venu annoncer la nouvelle à son épouse ?

Chapitre 12

Zander se pencha sur l'homme blessé qui gisait sur la couche. Celui-ci ouvrit les yeux et murmura :

— Tu n'as pas à faire cela pour moi, seigneur. C'est moi qui devrais prendre soin de toi.

— Mes blessures ont rapidement guéri, répondit Zander en souriant. Tu as frôlé la mort et je veux m'occuper de toi. Je te dois la vie, mon ami… Deux fois. Tu m'as protégé de ton corps alors qu'ils m'auraient achevé.

— Tu en aurais fait autant pour moi.

— Oui, parce que nous sommes frères.

Il posa une main apaisante sur l'épaule de Janvier avant dc s'assombrir.

— Tu sais que nous avons été trahis… Ces brigands guettaient notre arrivée et nous étions en minorité parce que Newark avait juré sur son honneur qu'il me laisserait venir en paix.

— En effet, quelqu'un nous a trahis, confirma Janvier. Qui, à ton avis ? Newark ou…

Il s'interrompit brusquement et écarquilla les yeux en prenant conscience d'un élément essentiel :

— … Ton ami, Lord Stornway ! C'est par son intermédiaire que le message de Newark nous est parvenu ! Il avait dû préparer l'embuscade ! Si tes hommes n'avaient pas été d'aussi bons guerriers, nous serions tous morts dans cette attaque.

Après un premier instant de stupeur, Zander dut admettre que l'idée n'avait rien d'absurde. D'autant moins, en vérité, qu'elle rejoignait les doutes qui s'étaient formés dans son esprit et sur lesquels il avait jusque-là refusé de s'attarder. En vérité, tout semblait se tenir dans cette hypothèse.

— C'est vrai, admit Zander. Newark, en revanche, n'a tenté aucune attaque à Sweetbriars depuis ma disparition. J'ai également appris qu'il avait fait libérer la plupart des prisonniers. Je dois le reconnaître. Je ne sais plus en qui avoir confiance et c'est pour cette raison que je n'ai pas osé renvoyer de message à Elaine. Je ne sais même pas si le premier a pu lui être délivré. Si elle révélait où nous nous cachons, nous n'aurions aucune chance contre nos ennemis. Le plus sûr est de rester cachés jusqu'à ce que nous soyons en mesure de rentrer au château.

— Mais, seigneur, je ne comprends pas… Pourquoi ton ami te trahirait-il ?

— J'y ai longuement réfléchi, à vrai dire, répondit Zander d'un air sombre. Hélas, je n'ai pas trouvé de réponse. Nous étions sincèrement amis, autrefois, avant que je prenne la Croix. Philip voulait me suivre en Terre sainte mais le roi Richard l'a nommé shérif après qu'il a hérité du comté de Stornway à la mort de son oncle, aussi a-t-il été contraint de rester en Angleterre. Pendant des années, je lui ai fait parvenir des coffres d'or et de bijoux. Il aurait pu me voler, mais il n'en a rien fait. Je ne comprends pas quelles motivations il pourrait avoir…

— Ce n'est pas ton or qu'il désire… Tu as quelque chose d'une bien plus grande valeur désormais : ta femme. Je crois que ton ami t'envie ton épouse.

Zander resta un moment stupéfait devant cette idée.

— Elaine… Tu penses qu'il veut Elaine ? J'ai certes remarqué la convoitise dans son regard, mais au point de tenter de m'assassiner ?

Il jura entre ses dents et se mit à faire les cent pas dans la pièce.

— Bon sang ! J'ai été stupide d'attendre ici sans agir ! Je voulais prendre le temps de me remettre avant de faire appel à mon oncle ! Il faut se hâter ! J'ai besoin de plus d'hommes. Surtout, je dois trouver des preuves des machinations de Philip pour être certain de notre hypothèse.

— Tu devrais déjà envoyer un message à ta femme pour la prévenir que tu es en vie et lui dire de garder le secret. Tu vois, seigneur, tu aurais mieux fait de rentrer et de me laisser ici ! En ton absence, qui sait ce qui est arrivé ?

— Je ne voulais pas te quitter, mon ami. Néanmoins, tu as raison, j'aurais dû la faire prévenir pour la mettre en garde. Tu ne penses pas qu'elle quitterait le château…

— À moins qu'elle n'ait été piégée, elle aussi.

— Que Dieu me pardonne ! S'il s'en est pris à elle, je le tuerai !

— Seigneur, tu dois me laisser et rentrer chez toi, le pressa Janvier. Je peux me débrouiller seul à présent. Je prie pour toi qu'il ne soit pas déjà trop tard.

— Il me faudrait savoir si Eric a pu informer Elaine de l'attaque que nous avons subie…

— Nous ne pouvons pas en apprendre plus ici. Tu dois rentrer au château pour t'assurer qu'elle est en sécurité. En y réfléchissant, Lady Anne ne m'inspire pas plus confiance que son frère. Lorsque nous étions chez eux, elle m'a posé des questions sur ton séjour en Terre sainte. Elle a mentionné Sir Jonquil.

Quelque chose dans sa voix… Je ne sais pas… J'ai eu l'impression qu'il avait compté pour elle… J'aurais dû t'en parler aussitôt !

Zander secoua la tête, toujours sous le choc de la vérité qui commençait à émerger dans son esprit.

— Rien n'est ta faute. Je suis un idiot de leur avoir fait confiance à tous les deux. S'ils sont derrière tout cela…

— Il faut prévenir ton oncle et également convoquer Newark à Sweetbriars pour faire la paix avec lui, seigneur. Tu ne peux pas combattre de front deux ennemis aussi puissants en même temps.

— Newark a attaqué et poursuivi Elaine, il a fait tuer mon père ! se récria Zander.

— Est-ce que tu en as la preuve ? Depuis le début, tu penses que Newark est ton ennemi, or, il n'a pas une seule fois tenté de t'attaquer depuis ton retour. Qui t'a dit que ton père était mort ? D'après ce que tu m'as raconté, tu n'étais pas présent…

Zander sentit son cœur sombrer un peu plus.

— En effet, j'étais à la cour de Richard pour organiser mon départ pour la croisade. C'est Philip qui m'a prévenu de ce qui s'était passé…

— Donc, une fois de plus, tu n'as que sa parole.

— C'est impossible, Janvier ! Pourquoi me haïrait-il au point de provoquer la mort de mon père ?

— C'est ce qu'il te faut découvrir, seigneur. Je suis encore faible mais j'irai bientôt mieux. Laisse-moi rejoindre Newark et lui demander de se rendre à Sweetbriars. De votre côté, vous rassemblerez les forces de votre oncle là-bas. Peut-être pourrais-tu organiser une rencontre discrète avec ta femme. Si Lord Stornway a comploté, elle aura des informations utiles après tout ce temps.

— Tes conseils sont judicieux, comme toujours,

ami. C'est toi qui m'as ouvert les yeux et m'as fait regarder en face les soupçons qui pèsent sur Philip. Jamais je ne l'aurais considéré comme mon ennemi sans ta clairvoyance, même si j'avais commencé à éprouver parfois un malaise en sa présence et en celle de sa sœur.

— Donc tu avais bien des soupçons ?

— Très flous, hélas. En fait, je ne parvenais pas à comprendre pourquoi Newark aurait organisé une rencontre pour nous tendre un piège. S'il avait l'intention de me tuer, il aurait pu le faire sans difficulté une fois que je me serais rendu à Howarth. Inutile dans ce cas d'envoyer des hommes aussi loin pour faire le même travail. Cependant… J'ai toujours du mal à comprendre les motifs de la haine que Philip aurait à mon encontre.

— Je n'ai pas la réponse à cette question. Peut-être a-t-il toujours été jaloux de toi ? Parce que tu as pu partir alors qu'il était contraint de rester ici.

Zander secoua la tête, peu convaincu.

— Je suis certain qu'il est plutôt satisfait de son sort. Il a un grand pouvoir en tant que shérif du roi.

— Alors peut-être t'a-t-il perçu — ou ton père — comme une menace ?

— Comment un chevalier sans fortune comme mon père aurait-il pu menacer la puissance des comtes de Stornway ? Mon père était un honnête homme sans grande ambition. Je ne vois pas quelle raison on aurait pu avoir de vouloir sa mort.

— Dans ce cas, seul Lord Stornway pourra t'apporter les réponses. Bientôt. Retourne d'abord à Sweetbriars pour t'assurer que ta dame est en sécurité, seigneur. Ensuite, tu pourras affronter Stornway et exiger une explication.

— Tu as raison. Seulement, je n'aime pas te laisser seul ici, mon ami.

— Je me débrouillerai, ne t'inquiète pas. D'ici un jour ou deux, je pourrais porter ta requête à Newark.

— Très bien. Dans ce cas, je pars immédiatement pour Sweetbriars.

Zander se prépara en hâte. La culpabilité lui rongeait les sangs. Il était coupable de s'être aveuglé et cela avait peut-être mis la femme qu'il aimait en danger. Obnubilé par sa vengeance, il n'avait pas su écouter sa raison.

Son instinct l'avait pourtant averti à plusieurs reprises de la menace qui pesait sur lui. Il avait nourri des soupçons depuis longtemps sans jamais vraiment s'appesantir dessus. Il les avait trop longtemps ignorés et cette faute l'avait mis lui et ses hommes en danger. Pire encore, Elaine en avait peut-être pâti. Si sa négligence causait la perte de sa femme, jamais il ne pourrait se le pardonner.

— Je ne fais pas confiance à Lord Stornway, gronda Bertrand alors qu'il se promenait avec Marion dans les bois qui entouraient la forteresse afin de cueillir des herbes pour Elaine. Les promesses qu'il t'a faites — ce cottage, cette terre… — je ne sais pas, j'ai la sensation que c'est un pot-de-vin. Pourquoi ferait-il cela pour nous ? Nous ne faisons même pas partie de ses gens. Et puis, même s'il n'est pas mauvais avec sa maisonnée, je n'ai jamais entendu dire qu'il fût particulièrement généreux avec ses serviteurs…

— Je le prends au contraire pour un honnête homme, s'étonna Marion. Qu'est-ce qui te fait penser le contraire ?

— La façon dont il regarde notre lady. Je crois qu'il veut la faire sienne, avec ou sans son consentement.

— J'ai également remarqué son intérêt pour elle. Cependant, sans preuve de la mort de Lord Zander, il lui faudra attendre de longues années avant que l'Église n'accepte de la déclarer veuve et leur donne l'autorisation de se remarier.

— Pourtant, il a pris des arrangements pour organiser des noces à la Noël.

Marion sursauta violemment.

— Comment est-ce possible ? Ce serait une union illégale ! Notre pauvre maîtresse porte le deuil de son époux aimé et, pour en avoir parlé avec elle, je sais qu'elle ne veut pas se résoudre à un nouveau mariage pour le moment. Jamais elle ne donnera son accord !

Bertrand s'arrêta et la saisit par les bras, les yeux plongés dans les siens.

— Marion, écoute-moi. Je l'ai entendu parler à un évêque. Je ne sais pas ce qu'ils se sont dit mais j'ai vu de l'argent passer. Je crois qu'il veut la contraindre à ce mariage.

— Jamais je ne le laisserai commettre un tel crime ! s'exclama Marion, outrée. Oh ! Seigneur ! Dire que j'ai plaidé en sa faveur auprès de Lady Elaine ! Je lui ai dit que c'était un homme bon.

— Je pense qu'il a aveuglé beaucoup de monde. Tu n'es pas la seule à t'être laissé berner. Pourtant, des rumeurs courent… Notamment concernant le blessé qui a été amené ici. Il est arrivé parfaitement conscient. Et il est mort peu après.

— Oui, nous l'avons vu. C'est lui qui a appris à Lady Elaine que son époux avait été trahi. Nous avons logiquement pensé que c'était là un nouveau crime de Newark.

— Tout cela ne me dit rien qui vaille, grommela

Bertrand. Notre lady devrait être en paix chez elle pour faire son deuil, elle ne devrait pas être forcée à épouser un autre homme si tôt après la mort de son époux. Si tant est qu'il est mort... Quelqu'un peut-il témoigner avoir vu sa dépouille ? Je ne suis pas à l'aise avec cette histoire, Marion. Plus j'y pense, plus je crois que Lord Stornway veut de se débarrasser de nous en nous donnant cette terre. Il essaie d'isoler notre maîtresse pour la tenir en son pouvoir...

— Alors tu dois rentrer à Sweetbriars, décida brusquement Marion. Je resterai auprès de Lady Elaine pour la protéger de mon mieux.

— Que pourras-tu faire, seule ici ? Il vaudrait mieux que nous partions tous ensemble pour la ramener en sécurité chez elle.

— Si tu as raison, Lord Stornway ne la laissera pas repartir.

Elle resta un moment pensive avant de reprendre :

— Retourne au manoir et envoie aussitôt un message à l'oncle de notre seigneur. Si notre dame est prisonnière ici, nous allons avoir besoin d'aide pour la secourir.

— Très bien, acquiesça Bertrand. Sois prudente, Marion. Si Lady Anne ou son frère découvraient que tu les soupçonnes de tels méfaits, ils n'hésiteraient pas à te faire disparaître.

Marion ne put retenir un frisson d'effroi.

— Je ne peux pas croire qu'ils soient aussi diaboliques que tu le dis, protesta-t-elle d'une voix blanche.

— Quoi qu'il en soit, prends soin de toi, mon amour. Il faut que nous ayons confiance l'un dans l'autre, et ce que j'ai vu et entendu ne présage rien de bon. Je sais d'expérience que certains hommes sont prêts à tout pour obtenir ce qu'ils veulent.

Marion acquiesça faiblement.

— Je veillerai sur elle. Pars maintenant, Bertrand, et reviens-moi dès que tu le pourras.

Depuis la haute tour dans laquelle elle était logée, Elaine regardait par la fenêtre. Elle se sentait mieux à présent et avait les idées un peu plus claires. Jamais elle n'aurait dû accepter d'épouser Lord Philip au printemps s'il obtenait la preuve de la mort de Zander. En vérité, elle ne voulait plus jamais se marier. Philip l'avait contrainte à accepter dans un moment de faiblesse. Tout ce qu'elle voulait, désormais, c'était rejoindre un couvent. En échange de ses terres, une abbaye l'accepterait dans une congrégation. Elle préférait consacrer sa vie à la prière plutôt qu'accepter un mariage qui lui faisait horreur. Derrière les murs d'un couvent, elle serait enfin à l'abri de l'avidité des hommes qui voulaient l'utiliser pour accroître leur richesse ou leur pouvoir.

Son cœur appartenait à Zander et elle n'aimerait jamais personne d'autre que lui.

— Où es-tu, mon amour ? souffla-t-elle. Je t'aime. Je n'en épouserai aucun autre.

Certes, elle était reconnaissante à Lord Stornway de l'aide qu'il lui avait apportée. D'ailleurs, elle avait suffisamment abusé de leur hospitalité. Elle allait bientôt rentrer à Sweetbriars afin de prendre les décisions qui s'imposaient pour le restant de ses jours.

Dans son dos, la porte de sa chambre s'ouvrit et Anne entra, chargée d'un plateau.

— Je vous ai préparé votre tisane, chère Elaine.

De fait, la jeune femme venait chaque jour lui apporter ce breuvage au goût de vin et de miel.

— Merci, je le boirai tout à l'heure. Anne, je voulais vous dire… Vous vous êtes tous deux montrés si généreux envers moi. Je ne veux plus abuser de votre gentillesse, aussi je rentrerai chez moi dès demain. Pourriez-vous envoyer un message à mes gens pour qu'ils soient informés de mon retour ?

— Vraiment ? Êtes-vous sûre de vouloir déjà rentrer ? Ne vous sentez-vous pas bien accueillie ici ?

Elaine cilla en reconnaissant un éclair de déplaisir dans le regard de la jeune femme. Cependant, une seconde plus tard, elle lui souriait d'un air dégagé.

— Vous savez bien que si ! Je vous dois la vie ! Néanmoins, je dois rentrer chez moi pour faire mon deuil en paix. Je souhaite entrer au couvent. J'ai cru un moment qu'il me serait un jour possible d'épouser votre frère, mais c'est impossible. Jamais je ne serai heureuse avec un autre époux que Zander.

— Vous ne pouvez pas ainsi lui briser le cœur !

— Je le blesserai bien davantage en l'épousant sans amour… Il se fatiguerait vite d'une épouse qui ne ressentirait qu'indifférence à son égard. Je lui demanderai pardon et j'espère qu'il acceptera de rester mon ami.

Anne fronça les sourcils mais préféra détourner la conversation :

— Buvez votre vin chaud, Elaine. Cela apaisera vos soucis et vos interrogations.

— Merci… Dans un moment…

— Il ne sera plus bon froid, insista Anne avant de sortir de la chambre.

Au même moment, Marion entra. Elle salua Lady Anne d'une révérence respectueuse. Dès que la porte se fut refermée, Elaine la regarda avec surprise poser son oreille contre le chambranle. Marion guetta un instant le bruit avant d'entrouvrir la porte pour vérifier qu'Anne était bien partie.

— Qu'est-ce que tu fais ? s'étonna Elaine.

— Je ne suis pas sûre que nous puissions lui faire confiance, ma lady. Pas plus qu'à Lord Stornway, expliqua Marion à voix basse.

Comment Elaine prenait la coupe de vin chaud, elle l'arrêta.

— Laissez-moi vérifier…

Trop abasourdie pour protester, Elaine lui tendit la tasse. Marion la renifla.

— Citron et miel… Je ne pense pas qu'il y ait quoi que ce soit d'autre, mais il serait plus prudent de ne pas y toucher, ma lady.

— Marion, enfin… Comment peux-tu douter ainsi de Lady Anne ou de son frère après tout ce qu'ils ont fait pour moi ? Elle a pris soin de moi pendant ma maladie et tu m'as dit que Lord Philip vous avait offert une chaumière pour toi et Bertrand, n'est-ce pas ?

— Justement. Bertrand a des soupçons : pourquoi se montrer aussi généreux ? Nous ne sommes que vos serviteurs après tout, et nous n'avons rien fait pour mériter une telle générosité. Bertrand pense qu'il a l'intention de vous forcer à l'épouser avant la Noël.

— Comment ? Mais c'est dans moins d'une semaine ! C'est impossible… Mon époux… Personne n'a la certitude que Zander est mort. L'Église ne donnerait jamais son autorisation !

— Il n'y a eu qu'une nuit après la cérémonie, et Lord Zander a été appelé au village, il ne sera guère difficile à Lord Stornway d'affirmer que le mariage n'a pas été consommé. Il peut bien obtenir une annulation pour ce motif.

— Mais je lui ai dit… Toi et mes autres dames de compagnie pourront témoigner que mes draps portaient l'évidence de ma virginité perdue…

— Il n'y a qu'une seule autre de vos dames avec moi qui pourra en témoigner. Si je suis à l'écart, loin de vous, que vaudra la parole d'une simple servante ? Les hommes de Zander diront qu'il est resté avec eux la plus grande partie de la nuit.

Elaine était trop interdite pour parvenir à réfléchir posément.

— Je… Zander m'a laissé un mot et une rose. Cela prouve qu'il est revenu auprès de moi cette nuit-là. J'ai pressé la fleur dans ma bible…

— L'avez-vous ici ?

— Non, elle est restée dans ma chambre.

— Peu importe. Écoutez-moi, ma lady, si Lord Stornway jure que votre union n'a pas pu être consommée faute de temps, l'évêque acceptera sa parole et lui accordera la dispense demandée. Bertrand a vu Lord Stornway lui donner de l'argent. Vous serez forcée de l'épouser, que vous le vouliez ou non.

— Non, il ne peut pas m'obliger !

— Ces gens sont sans doute prêts à tout, ma lady. Rappelez-vous, quand vous avez appris que Lord Zander avait été blessé dans l'attaque, vous vous êtes évanouie. Puis Lady Anne s'est occupée de vous car vous étiez tombée malade. Si malade que nous avons tous craint pour votre vie. C'est elle qui vous a donné ses potions. Certains jours, vous ne me reconnaissiez même plus alors que je m'occupais de votre toilette. Je sais dans quel chagrin vous étiez, mais cela ne justifie pas seul la gravité de votre état.

— Tu penses qu'elle m'a droguée ? Qu'elle pourrait par ce biais me faire croire que j'ai consenti à ce mariage ?

— Je dis en tout cas que c'est une possibilité… J'ai entendu parler d'étranges poisons qui permettent de contrôler l'esprit et de rendre les gens dociles et privés de volonté. Pendant tout ce temps, vous ne sembliez pas vous soucier de vivre ou de mourir… Est-ce que je me trompe ?

— Non, je n'en garde d'ailleurs que de vagues souvenirs. Je voulais mourir, en effet. Il est hors de question que j'épouse quiconque. Je préfère encore la mort. Tu as raison, nous devons quitter ces lieux.

— Bertrand est déjà parti pour Sweetbriars. De là-bas, il demandera de l'aide à l'oncle de votre époux. De notre côté, nous allons tenter de nous échapper cette nuit même.

— Oh non ! Anne sait que je compte partir ! Je viens de l'en informer ! Elle va redoubler de prudence et risque de prévenir son frère.

— Elle ne suspectera rien. Donnez-moi la boisson qu'elle a préparée pour vous, allongez-vous et prétendez que vous êtes endormie. Je vais vider la coupe et affirmer à tous que vous vous sentiez fatiguée. À la faveur de l'obscurité, je reviendrai et me cacherai dans votre chambre. Dès que le repas sera servi dans la grande salle, nous nous échapperons.

— Mon… mon seigneur, balbutia l'intendant en pâlissant brusquement comme s'il faisait face à un fantôme. Nous vous pensions mort… Ma lady a failli périr de douleur.

— Est-elle ici ? s'alarma aussitôt Zander.

— Hélas, non, mon seigneur. Lord Stornway est venu, portant de mauvaises nouvelles et il a conduit ma dame jusqu'à sa forteresse. C'est là-bas qu'elle est tombée malade de chagrin, quand elle a cru que vous aviez été assassiné par les sbires de Newark.

Zander poussa un juron entre ses dents.

— Hélas, Elgin ! Je crois bien que Newark n'a rien à voir avec mes mésaventures, en vérité. J'ai bel et bien été trahi, mais pas par cet homme que je pensais mon ennemi.

L'intendant blêmit davantage.

— Mais alors... Oh mon Dieu... Vous voulez dire... Ma dame est toujours au château de Stornway !

— Où elle est peut-être retenue prisonnière, confirma sombrement Zander. Sur combien de soldats puis-je compter pour aller la secourir ?

— Nous avons trente hommes d'armes prêts à se battre. Mais il doit y en avoir au moins trois fois plus à Stornway ! Vous avez laissé suffisamment d'hommes ici pour supporter un siège, pas pour une attaque de cette envergure.

— Parmi les quinze hommes que j'ai emmenés en pensant aller à la rencontre de Newark, cinq ont été tués, quatre sévèrement blessés et cinq autres sont rentrés avec moi, le dernier est resté dans notre cachette pour aider les blessés à se remettre. Nous ne sommes pas assez pour assiéger Stornway.

— Et votre oncle, messire ? Ne peut-il envoyer des hommes pour vous prêter main-forte ?

— Je l'espère, mais ce n'est pas certain, car il ne souhaitera peut-être pas s'élever contre le shérif du roi sur de simples soupçons. Je devrais d'abord le convaincre que Stornway est un traître et un assassin.

Un serviteur arriva à leur hauteur :

— Pardonnez-moi, mon seigneur, quelqu'un est arrivé et demande à vous voir de toute urgence.

— Pas maintenant, s'agaça Zander. Je suis occupé...

— Sir, il dit venir de la part de notre dame.

— Elaine ? Où est cet homme ? Dis-lui de venir immédiatement !

— Me voilà, sir ! déclara un homme qu'il reconnut aussitôt. Je suis Bertrand, messire. Peut-être vous rappelez-vous que j'escortais votre dame vers Sweetbriars quand vous vous êtes retrouvés.

— Je me souviens très bien de toi, confirma Zander. Je te pensais prisonnier de Newark.

— Je l'étais. Mais Lord Stornway a ordonné à Newark de libérer ses prisonniers.

Zander acquiesça.

— Viens-tu de la part de Lady Elaine ?

— Je n'ai jamais été loyal à personne d'autre qu'elle, mon seigneur, déclara Bertrand avec fierté. Notre dame est en grand danger, je le crains. J'ai vu Lord Stornway parler avec un cardinal, sir. Et la rumeur là-bas affirme qu'il compte faire annuler votre mariage avec ma lady au prétexte qu'il n'a pas pu être consommé. Je pense que pendant cette entrevue que j'ai surprise, Lord Stornway tentait de convaincre le cardinal d'annuler votre mariage. Ce dernier semblait d'abord réticent, mais à la fin, je l'ai vu accepter de l'or. Les bruits qui me sont revenus disent que Lord Stornway compte épouser Lady Elaine le jour de la Noël.

— Le traître ! Mais pour une annulation, il a besoin du consentement d'Elaine…

— Il ne lui sera pas difficile de la faire paraître consentante. Selon ma fiancée, Marion, Lady Anne est très versée dans les drogues et notre maîtresse n'est plus vraiment elle-même depuis que Lady Anne la soigne avec ses potions. Marion pense qu'elle peut contrôler la volonté de Lady Elaine pour lui faire faire ce qu'elle veut.

— Quelle preuve as-tu de ce que tu avances ?

— Hélas, aucune, mon seigneur. J'ai simplement prêté l'oreille et vu des signes troublants.

— Et je te crois, le rassura Zander.

Il resserra instinctivement la main sur la poignée de son épée.

— Nous devons la libérer de l'emprise de ces êtres diaboliques, gronda-t-il. Mais comment faire ?

— Vous ne pouvez pas attaquer de front, recommanda Bertrand. Le seul moyen serait de pénétrer secrètement le château pour l'enlever.

— Et serais-tu en mesure de nous faire rentrer sans éveiller les soupçons ?

— Je pense qu'avec un déguisement approprié, cela pourrait fonctionner. Tous les matins, les portes latérales sont ouvertes pour laisser le passage aux villageois qui apportent de la nourriture ou viennent travailler. Nous pourrions nous mêler à eux en cachant soigneusement nos armes et rejoindre de la sorte la chambre de Lady Elaine.

— Ton visage est connu là-bas.

— Oui, c'est pourquoi je pourrais conduire la charrette à l'intérieur de laquelle vous et un de vos hommes pourriez-vous cacher. Si nous voulons avoir une chance de succès, il n'est pas prudent de déployer plus d'hommes.

— Si nous échouons…, le prévint Zander, tu as bien conscience que nous mourrons.

Bertrand acquiesça gravement. Les deux hommes échangèrent un regard pour sceller leur accord, puis Zander lança à la cantonade :

— Qui se joindra à moi ?

Tous les hommes présents s'avancèrent d'un pas décidé. Il leva la main et sourit.

— Merci à tous, mes amis. Sir Robert, Henry, vous m'accompagnerez. Le reste d'entre vous restera ici pour protéger le château en attendant notre retour.

— Et si vous ne revenez pas, mon seigneur ? s'inquiéta l'un des hommes.

— Alors vous irez voir mon oncle pour lui demander de me venger et de libérer ma femme.

*
* *

— Elle a bu la tisane que tu lui as apportée ? s'inquiéta Philip. Elle a failli mourir la dernière fois, j'espère que tu as fait plus attention cette fois.

— Je ne lui ai donné qu'une toute petite dose de potion. Cela va la rendre somnolente, mais elle ne risque rien. Demain, je lui en donnerai un peu plus, la fatigue sera plus importante et ses pensées seront brouillées. D'ici quelques jours, elle fera tout ce que nous voudrons sans poser de questions et sans que personne ne remarque quoi que ce soit d'étrange dans son comportement.

— De toute façon, j'ai payé suffisamment le cardinal pour qu'il s'en moque. Cependant, il me faut encore trouver des témoins fiables pour assister à la cérémonie.

— Tu te crées bien des problèmes pour toute cette histoire, Philip. Je ne comprends pas pourquoi tu veux tellement cette femme. Certes, elle est belle, et elle possède quelques terres, mais tu pourrais très bien t'emparer de ces terres autrement.

Philip secoua la tête, lui-même surpris par la force de son désir.

— En fait, je l'ai convoitée depuis l'instant où je l'ai vue avec Zander, dès l'instant où j'ai vu à quel point il la désirait.

— Tu le hais tout autant que moi, n'est-ce pas ?

— Plus encore, siffla-t-il entre ses dents. Son père m'a menacé de me dénoncer au roi. Il voulait que je sois disgracié et exilé.

Anne resta un instant sans voix, stupéfaite par cet aveu. Puis, brusquement, la vérité s'imposa à elle.

— Alors c'est toi qui l'as fait tuer, comprit-elle, interdite. Mais… Pourquoi ?

En vérité, elle était tellement obnubilée par sa

propre haine à l'encontre de Zander qu'elle n'avait jamais vraiment interrogé celle de son frère.

— Je l'ai fait tuer parce qu'il savait…

— Quoi ? Que savait-il, Philip ?

Son frère redressa la tête d'un coup, les yeux hagards.

— Il savait ce que j'avais fait à notre oncle. Je ne savais pas qu'il avait été témoin de mon geste jusqu'à ce qu'il vienne m'accuser.

— Tu… Tu as assassiné notre oncle ? bégaya-t-elle, sous le choc.

Philip se contenta de sourire tranquillement.

— Il était vieux et faible. Je voulais son pouvoir, et surtout, je voulais échapper à la croisade. Ces aventures mortellement dangereuses sont bonnes pour les idiots comme Zander de Bricasse. Cet imbécile était tellement fier de prendre la Croix ! Et regarde où cela l'a mené !

Anne parvint à conserver un visage impassible. Quelque chose dans le regard de son frère lui intimait de se montrer prudente.

— Il est pourtant rentré riche, plus riche que toi, lui fit sèchement remarquer Anne. D'ailleurs, pourquoi n'as-tu pas mis la main sur ses richesses quand il te les envoyait ? Il t'a fait confiance pour garder ses trésors, et apparemment, il a eu raison.

Philip haussa les épaules avec mécontentement.

— Zander est l'un des favoris du roi. Or, ce dernier reviendra bientôt en Angleterre. Si Zander se plaignait de moi auprès du roi…

— C'est pour cela que tu as comploté pour qu'il croie que Newark était son ennemi ! Mais tu as échoué. Tu m'avais promis la tête de Zander. Or, pour l'heure, je n'ai toujours aucune preuve qu'il soit bien mort.

— Cesse de te plaindre, s'agaça Philip. Je t'ai dit qu'il avait été assassiné. S'il vit encore, alors où est-il ?

Pourquoi n'a-t-il encore envoyé aucun message, ni à Elaine ni à moi ?

Anne réfléchit sérieusement à la question.

— Peut-être qu'il joue un jeu plus machiavélique que le tien… Peut-être qu'il n'a plus confiance en toi.

— Je te dis qu'il est mort ! Allons, va-t'en, maintenant. Retourne donner tes potions à Elaine et prends garde à ne pas la rendre malade.

— Que me feras-tu si elle tombe tout de même malade ? demanda Anne d'un ton hésitant.

Elle frissonna violemment en lisant la vérité dans le regard menaçant de son frère. Elle se détourna et sortit de la pièce, en proie à des réflexions inquiètes.

Pour être honnête, elle avait toujours eu connaissance de la nature perverse et avide de son frère. Contrairement à beaucoup, elle ne s'était jamais laissé abuser par son sourire charmeur.

Lorsqu'elle était enfant, elle l'avait un jour découvert en train de torturer un chiot. Quand elle avait voulu secourir la pauvre bête, Philip l'avait giflée. Plus tard ce jour-là, il était venu lui demander pardon et lui avait offert une jolie coiffe. Cependant, elle avait pris soin, ensuite, de ne plus croiser sa route sauf quand cela était absolument nécessaire.

En revanche, Anne avait tendrement aimé son oncle, qui s'était occupé d'eux après que leur père fut mort sur le champ de bataille. Anne n'avait guère aimé beaucoup de monde dans sa vie. Non, son cœur n'avait été empli de tendresse que pour son oncle John et son ami de cœur, Sir Jonquil.

Devant Philip, elle avait fait de son mieux pour ne rien révéler du choc et de la haine qui l'avait emplie lorsqu'il avait révélé l'étendue de ses crimes. Parce qu'elle désirait plus que tout voir Zander de Bricasse payer pour lui avoir ravi son amour, elle avait aidé son frère à soumettre Elaine, contre laquelle elle n'avait rien en vérité. Désormais, il était de toute évidence persuadé qu'elle était de son côté.

Pourtant, la révulsion lui soulevait le cœur à présent qu'elle connaissait l'ampleur de ses crimes. Elle-même n'avait certes pas la conscience sans tache, mais elle ne s'en était jamais prise à des gens de sa propre famille ! Si elle avait su qu'il avait lâchement assassiné son oncle bien-aimé, jamais elle n'aurait conclu de marché avec lui pour se venger de Zander.

Anne ne savait plus très bien ce qu'elle ressentait au fond de son âme — colère, haine, stupéfaction… Quoi qu'il en soit, elle venait de prendre conscience qu'il lui fallait se montrer très prudente. Une fois que Philip aurait obtenu ce qu'il voulait, il n'aurait plus besoin d'elle.

— Nous devons partir ! Vite ! la pressa Marion. Ne prenez rien avec vous, ma lady ! Il nous faut partir avant que Lady Anne ne revienne vérifier si vous dormez toujours.

— Oui, hâtons-nous, dit Elaine avant de s'interrompre brusquement en entendant un bruit derrière la porte. Quelqu'un vient ! Je vais retourner faire semblant de dormir. Tu dois partir et m'attendre dans la cour, Marion !

— Mais, ma lady…

Elaine posa un doigt sur sa bouche pour la réduire au silence avant de s'allonger sur son lit, les yeux clos. Un instant plus tard, la porte s'ouvrit sur Lady Anne. À travers ses cils, Elaine la vit froncer les sourcils en découvrant Marion.

— Votre lady va-t-elle bien ? questionna-t-elle.

— Elle semble très somnolente, répondit Marion. Elle était réveillée il y a quelque temps, mais paraissait tout de même léthargique, comme vidée de toute énergie. Elle ne voulait rien sinon se reposer.

— Je vois… Dans ce cas, je vais la laisser dormir. Venez, vous aussi. J'aimerais que vous préveniez mon frère que je souhaite le voir, dans ma chambre. Dites-lui que c'est important.

— Bien, ma lady. J'y vais de ce pas.

Elaine les entendit ensuite quitter la pièce. Elle se raidit, de crainte qu'Anne ne ferme le verrou de l'extérieur, parce qu'elle avait cru entendre une note de soupçon dans sa voix. Heureusement, aucun bruit ne se fit entendre : la porte était restée ouverte.

Elle attendit encore quelques minutes avant de se lever. Elle enfila son manteau et en tira la capuche bas sur son front. À pas de loup, elle s'approcha de la porte et risqua un regard prudent dans le couloir. Les escaliers étaient plongés dans le noir, mais de brèves lueurs parvenaient de la grande salle encore animée par la fin du repas.

Le cœur battant, Elaine descendit les premières marches. Si elle parvenait à traverser la grande salle sans se faire remarquer, elle pourrait atteindre la cour. Elle retint son souffle en entendant un rire d'homme, heureusement, personne ne l'interpella. Elle continua d'avancer à pas réguliers en veillant bien à rester dans l'ombre des torches.

Soudain, elle entendit la voix forte de Lord Stornway qui annonçait que sa sœur l'avait fait appeler. Elaine enfonça ses ongles dans sa paume pour ne pas défaillir de terreur. Et s'il regardait dans sa direction ? Malgré sa peur, elle parvint à avancer sans trébucher et passa enfin la petite porte qui ouvrait sur la cour intérieure. Elle tendit l'oreille et ne respira que quand elle se fut assurée qu'aucun cri d'alerte ne retentissait.

Dans le ciel, la lune était déjà haute et elle vit

aussitôt Marion qui l'attendait un peu plus loin. Sa dame de compagnie se jeta dans ses bras.

— Dieu merci, vous êtes là ! J'ai craint que Lady Anne ne suspecte quelque chose. Je n'ai fait que prier Dieu qu'elle ne mette pas son frère en garde. La nuit est trop claire et ils n'auraient aucun mal à nous trouver s'ils partaient à notre poursuite. Il n'y a aucune cachette alentour et nous ne serons pas à l'abri avant d'avoir atteint les bois.

— Lord Stornway a été appelé par sa sœur quand j'ai traversé la grande salle. J'ai eu peur qu'il ne me voie, mais j'étais heureusement dissimulée dans l'ombre des piliers.

— Ce n'est pas moi qui ai transmis le message comme elle me l'a ordonné, elle a dû envoyer quelqu'un d'autre. Nous devons nous hâter, ma lady ! Elle doit se douter de quelque chose à présent !

— Allons rejoindre les bois où nous pourrons nous cacher si besoin. Cependant, il vaudrait mieux que nous parvenions à Sweetbriars avant demain car ils se lanceront à ma poursuite dès l'aube.

— Pourquoi m'as-tu fait appeler ? demanda Philip en entrant dans la chambre d'Anne. Elaine est-elle malade ? Tes maudites potions l'ont-elles encore une fois blessée ?

— Pourquoi me rends-tu responsable de sa maladie ? Je n'ai fait qu'obéir à tes ordres, Philip. Tu voulais qu'elle soit docile pour la persuader de t'épouser. Je t'avais prévenu qu'elle ne serait guère aisée à convaincre, tu as refusé de m'écouter.

— Tais-toi, bon sang ! Je ne suis pas venu t'écouter me faire une leçon de morale ! Fais attention, sinon…

— Sinon, quoi… ? Tu sais que tu as besoin de moi,

cher frère. Jamais elle ne t'épousera si je ne soumets pas sa volonté par mes tisanes.

— Maudite sorcière ! grinça-t-il entre ses dents. Le cardinal célébrera ce mariage, qu'il le veuille ou non, sans quoi il lui en coûtera. Quant à toi, si tu lui fais le moindre mal…

Il s'avança vers elle, menaçant, et elle recula en frissonnant.

— Dis-moi qu'elle va bien ou je te brise le cou.

Anne parvint à sourire d'un air dégagé.

— La dernière fois que je l'ai vue, elle dormait paisiblement. Je n'ai fait que lui donner un peu de lait de pavot. Confie-la moi encore quelques jours et elle fera tout ce que tu voudras.

Philip acquiesça.

— Tu feras ce que je te demande si tu sais ce qui est bon pour toi.

— Quand t'ai-je déjà défié ?

Anne alla jusqu'à la fenêtre et regarda dans la nuit, le cœur serré. Soudain, elle aperçut deux silhouettes qui se fondaient difficilement dans l'ombre rare. Elles avançaient vite et disparurent bientôt à l'angle du mur Est.

— Va la voir si tu veux, mais sa dame de compagnie est déjà à son chevet.

— Plus tôt celle-là se mariera et partira, mieux ce sera. Tu l'informeras qu'à compter de demain matin, elle ne travaille plus au service de Lady Elaine. Je ne veux personne autour de ma future femme qui risquerait de l'influencer.

— Bien sûr, assura servilement Anne. Je la servirai moi-même, et l'une de mes servantes pourra s'occuper d'elle également. Ne t'inquiète pas, mon frère. D'ici quelques jours, tout ce que tu as toujours souhaité t'appartiendra.

— Tiens ta promesse !

Après un dernier regard sombre, il sortit de la pièce en claquant la porte.

— Oh oui, je tiendrai ma promesse, comme tu as tenu la tienne, chuchota-t-elle pour elle-même.

Puis elle s'affaira dans la pièce pour décider ce qu'elle allait emporter avec elle. Elle possédait déjà des bijoux de grande valeur, en outre, elle savait où Philip cachait certains de ses trésors. Elle allait attendre une heure ou deux que tout le château plonge dans le sommeil puis elle sortirait par la même porte qu'Elaine et sa servante. Dès que Philip découvrirait leur fuite, elle serait aussitôt condamnée à mort, car il saurait qu'elle lui avait menti.

La révélation des méfaits dont son frère s'était rendu coupable avait comme dessillé son regard jusque-là aveuglé par le désir de vengeance. Désormais, toute soif de vengeance semblait avoir disparu de son cœur. En vérité, elle se moquait de savoir si Zander de Bricasse était ou non vivant.

Elle ne pouvait s'aveugler plus longtemps sur la réalité : son frère était un dangereux meurtrier et elle suspectait même qu'il ait définitivement perdu la raison. Alors que la vérité s'imposait à elle, une atroce culpabilité lui tenaillait le cœur. Son frère n'était pas le seul criminel. Elle avait comploté avec lui pour tuer un homme — qu'elle haïssait de tout son être pour lui avoir volé le seul homme qu'elle ait jamais aimé — et pour forcer une jeune femme innocente dans un mariage qui se serait de toute évidence révélé catastrophique.

Anne savait ce qu'elle devait faire. En repentance pour ses crimes, elle rejoindrait un couvent et prierait pour la rédemption de son âme jusqu'à sa mort.

Chapitre 13

— Pouvons-nous nous arrêter un moment ? supplia Marion, à bout de souffle.

Elle se pencha en avant et prit quelques brèves inspirations.

— Je n'ai pas entendu le moindre bruit depuis notre départ. Il n'y a personne à nos trousses pour le moment.

— Ne parle pas trop vite, la reprit Elaine. Jusque-là, nous leur avons échappé mais le soleil va bientôt se lever et nous avons encore beaucoup de chemin à parcourir avant d'être enfin à l'abri. Ils se lanceront à notre poursuite dès qu'ils découvriront notre fuite, si ce n'est déjà fait.

— Au moins, Lady Anne n'a pas alerté son frère que je lui avais désobéi en n'allant pas le faire chercher comme elle me l'avait ordonné… Ma lady, avez-vous la moindre idée de la distance qu'il nous reste à parcourir ? Je ne sais même pas où nous sommes.

— Je pense que nous devrions continuer droit devant nous pour sortir de cette forêt. Je ne reconnais pas ces lieux, mais une fois à découvert, nous reconnaîtrons peut-être un clocher d'église. Sinon, il nous faudra demander notre chemin.

— Nous sommes perdues, n'est-ce pas ? s'inquiéta

Marion. Nous sommes parties dans une telle hâte que je n'ai même pas pris garde à la direction que nous empruntions.

Elaine lui adressa un sourire qui se voulait rassurant.

— Continuons sans nous décourager. Dès qu'il fera jour, nous croiserons des paysans à qui nous pourrons demander notre chemin. Avec l'aide de Dieu, une bonne âme nous prendra peut-être sur sa charrette sur un bout du chemin.

Marion hocha la tête et se releva.

— Vous avez raison, ma lady. Continuons. J'aurais simplement aimé que Bertrand soit avec nous comme lorsque nous avons dû quitter Howarth.

— Oui, il me manque à moi aussi. Reprends courage, mon amie. Dieu veille sur nous. Regarde, contrairement à ce que nous craignions, Lady Anne n'a pas révélé ses soupçons à son frère. La chance nous sourit et nous ne devons pas nous laisser abattre. Une fois chez nous, nous remonterons le pont-levis et attendrons l'aide de l'oncle de Zander.

— Allons-y, ma lady, déclara Marion en lui prenant la main. Mais avant cela, pardonnez-moi de m'être montrée aussi stupide et d'avoir songé à vous quitter. Si je n'avais pas été aussi aveugle, nous aurions déjà fui.

— Les manières de Lord Stornway, toujours charmantes, ne pouvaient que te tromper. Je n'ai pas été plus lucide. Même maintenant, j'ai parfois du mal à croire qu'il puisse être aussi diabolique. Quant à sa sœur…

— Ne doutez pas, ma lady ! S'ils vous retrouvaient… Allons, hâtons-nous.

***

— À quelle heure ouvrent-ils les portes ? demanda Zander. Nous ne devons nous présenter ni trop tôt, ni trop tard, afin de ne pas attirer les soupçons.

— Juste après la septième heure du jour, répondit Bertrand.

— Alors nous devons nous hâter, nous avons encore la forêt à traverser.

— Cachez-vous sous les sacs, mon seigneur. D'autres paysans ne devraient pas tarder à nous rejoindre sur la route. Tenez, j'aperçois deux silhouettes là-bas.

Zander se hâtait de se blottir entre les sacs lorsque Bertrand émit une exclamation inarticulée.

— Que se passe-t-il ?

— Mon seigneur, je crois…

Il ne termina pas sa phrase et sauta subitement à bas de la carriole pour se mettre à courir vers les deux silhouettes. Médusé, Zander vit l'une des deux se mettre à courir dans leur direction. Alors, enfin, son esprit choqué comprit et son regard s'arrêta sur la deuxième silhouette. Il se figea instantanément en la reconnaissant. Son cœur ne battait plus, ses pieds le clouaient au sol.

— Mon seigneur, cria Bertrand qui avait rejoint sa fiancée, ce sont Marion et Lady Elaine !

Sa voix brisa enfin l'enchantement qui s'était emparé de lui. Il fit un pas en avant et, au même instant, Elaine se mit à courir dans sa direction. Comme elle arrivait à sa hauteur, elle ralentit, le regard incertain.

— Zander… Tu es vivant…, dit-elle d'une voix blanche.

Sa voix vibrait d'émotion et des larmes coulaient sur ses joues.

— Je te croyais mort…

Zander buvait du regard son beau visage tremblant. Sa bouche était sèche et aucun mot ne lui venait à l'esprit. Comment exprimer ce qu'il ressentait ? Comment lui expliquer les doutes qui l'avaient assailli pendant toutes ces semaines où il était resté caché avec Janvier. Comment lui avouer qu'il s'était cru incapable d'aimer encore, mais qu'il avait combattu ses démons… et gagné.

— Que t'est-il arrivé ? Pourquoi n'as-tu pas suivi mon message qui te prévenait de rester à l'intérieur du château le temps que je revienne ?

Sa propre voix lui sembla froide et dure. Hélas, il ne parvenait pas à sourire et il ne bougea pas, alors même qu'il mourait d'envie de la serrer dans ses bras.

— Nous pensions que tu étais prisonnière de Lord Stornway.

Elaine releva le visage, et il vit nettement l'éclat de douleur qui traversait son regard. Il savait que sa rudesse la blessait, cependant, il ne pouvait pas lui laisser voir à quel point il avait eu peur pour elle. Une fureur brûlante incendiait ses veines.

De toute évidence, elle n'était pas prisonnière, elle était donc partie à Stornway de son plein gré. La jalousie lui tordait les entrailles. Tenait-elle encore sincèrement à lui ou bien avait-elle pris conscience qu'il ne la méritait pas ?

— J'ai dû rejoindre à Stornway un homme blessé qui a affirmé que vous l'aviez envoyé pour me prévenir qu'on vous avait trahi, répondit-elle en relevant le menton. Comme je suis restée de longues semaines sans nouvelles de vous, j'ai craint pour votre vie, aussi, j'ai fini par demander l'aide de Lord Stornway.

— Que s'est-il passé là-bas ? interrogea-t-il toujours aussi froidement.

La trahison de celui qu'il croyait son ami lui laissait un goût amer. La femme qu'il aimait l'avait-elle aussi trahi ?

— Ma lady a été gravement malade, intervint Marion comme Elaine gardait le silence. Lady Anne lui a prodigué des soins, mais je crains qu'elle n'en ait profité pour la droguer et affaiblir sa volonté.

— Je peux m'expliquer moi-même, la coupa Elaine.

Cette fois, il y avait de la colère dans son beau regard.

— Lord Stornway a affirmé que vous étiez mort. Le soldat blessé qui m'a parlé vous a vu tomber de cheval et semblait convaincu que vous aviez été tué sous les coups de vos ennemis. Sous le choc, je suis tombée malade. Quand j'ai repris conscience après quelques jours, Lord Stornway a affirmé que je devais l'épouser parce qu'une femme seule ne serait jamais en sécurité.

— Et tu as accepté de l'épouser avant la Noël ? gronda-t-il entre ses dents.

— Je lui ai dit que je ne souhaitais pas me marier du tout, que j'avais besoin de temps pour faire mon deuil, rétorqua-t-elle froidement. Surtout, j'ai affirmé que je ne l'épouserais pas tant que je n'aurais pas la preuve que tu étais réellement mort. Seulement… Il a déclaré que notre mariage n'en était pas un et qu'il le ferait annuler.

— Annuler ? grinça Zander. En effet, il n'avait pas besoin de prouver ma mort, seulement que j'avais été appelé à l'extérieur le soir de nos noces et que le mariage n'avait donc pas été consommé. En vérité, c'était une fausse alerte et je n'en comprends que maintenant la raison. Quel manipulateur diabolique ! Dans ce cas, pourquoi t'a-t-il laissée repartir ?

— Ce n'est pas le cas. Nous nous sommes enfuies sans qu'il le découvre. Anne a tenté de me droguer à nouveau, mais Marion a jeté la potion et j'ai fait semblant de dormir. Nous avions peur qu'Anne se doute de quelque chose et qu'elle nous dénonce à son frère, heureusement, rien de tel ne s'est produit. Nous avons attendu que la nuit tombe et nous nous sommes enfuies.

— Mon Dieu, mais vous avez donc marché toute la nuit ? s'exclama-t-il en prenant conscience qu'elle devait être au bord de l'épuisement. Je suis une brute de t'interroger de la sorte. Pardonne-moi.

La pauvre s'était épuisée toute la nuit après des semaines d'inquiétude et de maladie. Et lui la traitait comme si elle était son ennemie ! Il ne la méritait décidément pas ! Seigneur, son âme devait être tellement noire qu'il n'y avait plus aucun espoir de rédemption pour lui.

Elaine poussa un soupir et vacilla. Alors, enfin, il la prit dans ses bras et la porta jusqu'à la carriole que conduisait Bertrand.

— Nous devrions remercier Dieu de les avoir mises toutes les deux sur notre chemin ! s'exclama Bertrand avec bonhomie. Un peu plus et nous ne les croisions pas. Nous serions entrés chez votre ennemi pour rien !

— En effet, admit Zander après une hésitation. Je crois que Dieu était avec nous.

Il se signa en posant un regard protecteur sur Elaine. Un intense soulagement l'envahit et, pour la première fois depuis des années, il remercia sincèrement le ciel de lui avoir rendu celle qu'il aimait.

— Une fois qu'elles seront à l'abri, nous pourrons décider comment punir Stornway, gronda-t-il entre ses dents.

Allongée sur son lit, Elaine pleurait. Sa fatigue avait rapidement disparu une fois que ses dames l'avaient baignée dans de l'eau parfumée et vêtue d'habits propres. Elle avait mangé un peu de pain et de miel et bu de l'ale légère. Elle se sentait mieux physiquement, néanmoins, son cœur était toujours aussi douloureux.

Elle revoyait encore et encore le visage dur et froid de Zander quand il l'avait retrouvée. Dès qu'elle l'avait reconnu, son cœur s'était empli d'une joie et d'un espoir insensés. Elle avait cru qu'il viendrait en courant à sa rencontre, qu'il la prendrait dans ses bras exactement comme Bertrand l'avait fait. Au lieu de quoi, il l'avait toisée avec froideur. La haïssait-il donc à ce point ?

Même s'il avait semblé s'adoucir en comprenant qu'elle était épuisée et l'avait portée avec douceur jusqu'au chariot, elle ne pouvait se convaincre qu'il tenait à elle comme Bertrand tenait à Marion.

Qu'avait-elle fait pour l'énerver ainsi ? Elle était innocente de tout crime, pourtant, il la considérait comme une coupable.

Il n'était pas différent des autres hommes, finalement. Ils cherchaient tous à dominer les femmes et à les utiliser à leur avantage. Elles n'étaient que des objets de marchandage pour échanger des terres, du pouvoir ou des richesses. Certains les utilisaient en outre pour assouvir leurs désirs, d'autres simplement pour concevoir leurs précieux héritiers.

Mais elle se moquait bien des autres hommes, elle se moquait de Lord Stornway ! Ce qui la faisait souffrir, c'était d'avoir cru Zander différent et de s'être trompée. Pendant des années, elle avait conservé intact son souvenir dans son cœur, s'imaginant que tous ses rêves allaient se réaliser dès qu'il rentrerait. Elle s'était aveuglée de façon ridicule.

Le sentiment de trahison et l'amère désillusion lui donnaient envie de sangloter, seulement elle refusait de rester enfermée dans sa chambre à se morfondre. Elle était la châtelaine et la femme de Zander — même si elle regrettait à présent leur mariage précipité.

Le regrettait-il, lui aussi ? S'était-il imaginé qu'elle avait rejoint Lord Stornway parce qu'elle l'admirait secrètement ? Était-ce pour cette raison qu'il l'avait toisée si froidement ?

Elaine avait entendu raconter des histoires de femmes enlevées à leur mari puis déshonorées par leur geôlier. Lorsqu'elles étaient libérées et rentraient chez elles, elles étaient bien souvent chassées et obligées de se réfugier dans un couvent. Si Zander ne supportait plus sa vue…

Soudain, un coup frappé à la porte la sortit de ses réflexions. La voix de Zander s'éleva pour lui demander la permission d'entrer. Il entrouvrit la porte et la fixa d'un regard étrange, hésitant.

— Elaine…, pardonne-moi de t'avoir blessée tout à l'heure. Je craignais… bien des choses et te revoir ainsi libre… Je ne savais plus que penser.

— Croyais-tu que Lord Stornway me renvoyait à toi déshonorée ? s'exclama-t-elle avec hauteur.

Elle comprit à son expression qu'il avait effectivement envisagé cette possibilité.

— Je suis aussi vierge que quand tu es parti en croisade, se récria-t-elle, piquée au vif. Quand tu n'es pas venu me voir la nuit de nos noces, je t'ai attendu pendant des heures avant de finalement m'endormir. Au matin, je me suis coupée pour faire croire à mes dames que notre union avait été consommée. J'ai également menti à Lord Stornway en affirmant que notre mariage avait été consommé quand il a voulu l'annuler. Malheureusement, il a soudoyé le cardinal pour qu'il n'en tienne pas compte et nous marie sans mon consentement.

— Je le sais. Marion et Bertrand m'ont tout raconté. En vérité, je n'ai jamais douté de ta loyauté, Elaine, mais de la sienne. Je sais désormais à quel point c'est un être vil, et imaginer ce qu'il avait pu te faire m'a fait perdre mon sang-froid. Je remercie Dieu qu'il ne t'ait pas blessée alors que tu étais à sa merci.

— Je ne comprends toujours pas pourquoi il me voulait tellement pour femme, sauf à vouloir simplement ce qui était tien, dit-elle tout en réfléchissant. Je ne pense pas qu'il se serait autant intéressé à moi si je n'avais pas été fiancée puis mariée avec toi.

— Je ne comprends pas. Pourquoi Philip serait-il tellement jaloux de moi ? Nous étions comme des frères autrefois.

— Caïn et Abel n'étaient-ils pas frères, eux aussi ?

— Tu as raison, admit-il en lui tendant la main. Peu importent les motivations de Philip. L'essentiel n'est pas là. Me pardonneras-tu de t'avoir laissée, une fois de plus ?

Elaine pouvait voir la sincérité dans son regard grave, néanmoins, elle n'était pas prête à tout oublier si facilement. Il l'avait effectivement abandonnée le soir même de leurs noces ! Puis, après son attaque et sa disparition, il ne lui avait envoyé qu'un seul messager au lieu de tout faire pour la rassurer.

— Pourquoi ne m'as-tu pas fait prévenir que tu te cachais ? Que tu étais en vie ? N'as-tu pas pensé que je pouvais être mortellement inquiète pour toi ? Ou bien as-tu préféré croire que je t'avais trahi ?

Elle serra les mâchoires pour contenir l'émotion douloureuse qui enflait dans son cœur.

— Comment aurais-je pu penser cela de toi ? se récria-t-il. Je te jure que la pensée que tu puisses me trahir de la sorte ne m'a jamais effleuré !

— Alors pourquoi n'es-tu pas venu me rejoindre ? Pourquoi n'as-tu pas au moins envoyé quelqu'un pour me prévenir que tu étais en vie ?

— Il ne me restait que cinq hommes valides et je ne savais pas auquel me fier. Janvier a été sévèrement blessé en tentant de me protéger. Il s'est mis en travers de leurs lames. Quand nous sommes parvenus à nous enfuir, il était plus mort que vif. J'ai tenu à m'occuper de ses soins moi-même, parce qu'il a plusieurs fois voulu donner sa vie pour moi.

— Je peux comprendre ce dévouement pour un ami cher qui t'a sauvé la vie. Mais n'as-tu pas eu une seule pensée pour ton épouse ? Tu te doutais bien que je devais mourir d'inquiétude.

— Je croyais qu'Eric avait réussi à parvenir jusqu'à toi pour te mettre en garde. Quand j'étais au loin, je suis parti des années et tu ne t'attendais pas à recevoir sans cesse des messages. Dans mon esprit, il ne s'agissait là que de quelques semaines… Pardonne-moi. Je sais à présent combien tu as souffert de mon silence. Marion m'a appris que tu passais des heures à ta fenêtre, que tu ne voulais plus ni manger ni dormir…

Elaine écarta sèchement sa main, agacée qu'il ait eu besoin des confidences de sa dame de compagnie pour prendre conscience de ces évidences.

— Elle aurait mieux fait de tenir sa langue.

— Elle t'aime énormément, tu sais. Je lui ai offert une terre et une pension en remerciement de ses services mais elle n'a rien voulu entendre. Elle et Bertrand vont se marier mais ils refusent de te quitter.

— Lord Stornway leur avait également proposé des terres. Cependant, Bertrand n'avait pas confiance en lui. C'est lui qui, le premier, l'a suspecté de fomenter de mauvaises actions.

— J'aurais aimé me montrer aussi avisé que lui, regretta Zander. À cause de mon aveuglement, Philip t'avait à sa merci entre ses murs ! Il aurait pu te blesser. Dire que je le croyais mon ami…

— Je pense qu'il n'est pas le seul à te haïr… Sa

sœur également. Vois-tu une raison qui justifie de tels sentiments à ton égard ?

Zander sembla un moment pensif avant de finalement hocher la tête.

— Peut-être. J'ai appris qu'elle avait aimé un chevalier, Sir Jonquil. C'était lui, la brute assoiffée de sang qui assassinait des innocents. Lorsqu'il a été dénoncé, il a tenté de m'accuser de ses crimes, aussi, je l'ai affronté en combat singulier. C'était sa mort ou la mienne… Je te l'ai dit, j'aurais voulu l'épargner, cependant, le roi a ordonné qu'il meure comme il avait vécu, par l'épée.

— Voilà pourquoi elle te hait. En revanche, je ne comprends toujours pas la jalousie et la haine de Stornway.

De nouveau, ils s'abîmèrent l'un et l'autre dans un silence pensif, avant que Zander ne reprenne :

— Et si… et si cela avait à voir avec la mort de mon père ? Je croyais que mon ennemi était Newark alors que Philip tramait sa machination dans l'ombre. Et si ce n'était qu'une répétition du passé ? Après tout, je ne sais rien d'autre de la mort de mon père, sinon qu'il a été battu à mort. Et je le sais par Philip qui a affirmé que c'était l'œuvre de Newark. Peut-être n'était-ce qu'un mensonge de plus… Peut-être était-il lui seul responsable de ce crime odieux…

— Mais enfin, pourquoi Philip aurait-il assassiné ton père ?

— Si seulement je le savais… Quoi qu'il en soit, j'ai l'intention de demander une trêve à Newark. S'il veut la paix entre nous, il devra te rendre Howarth.

— Même s'il n'a pas assassiné ton père, il a tué mon oncle et a tenté de m'enlever ! se récria Elaine. Je refuse de lui pardonner si aisément !

— Je comprends, malheureusement, je ne peux pas

combattre deux ennemis de front ! répondit Zander sur la défensive. Voudrais-tu que je venge la mort de ton oncle ?

— Non, ce n'est pas cela du tout. Je ne te demande rien.

En vérité, Elaine brûlait de se blottir entre ses bras et de lui avouer que son seul désir était de vivre en paix auprès de lui.

Elle voulait tant de lui. Elle voulait qu'il l'aime comme il l'avait aimée autrefois. Seulement, elle n'était pas certaine qu'il sache encore aimer de la sorte.

Il arrivait parfois qu'il lui donne de doux noms, mais les mots seuls n'avaient aucun sens. L'amour résidait dans l'intimité, dans le partage des bonnes et des mauvaises choses qui tissaient un mariage véritable.

— Je dois m'occuper de Stornway en priorité, Elaine. Ce qu'il a fait ne peut rester impuni. Et s'il joignait ses forces à celles de Newark, je n'aurais pas assez d'hommes pour te protéger. Je suis donc obligé de former une alliancc avec l'un ou l'autre !

— Je sais. Cependant, je te demande de ne pas me quitter à nouveau si vite, pria-t-elle, la gorge serrée. Ne peux-tu au moins attendre que ton oncle réponde à ta requête ?

— Tu as raison. La Noël sera bientôt là et il n'est pas temps de se faire la guerre en cette période sainte. De plus, je veux d'abord tenter de rassembler des preuves des crimes de Philip. D'après ce que Marion m'en a dit, nous n'avons que leurs soupçons à Bertrand et elle. Or, si j'attaque le shérif du roi sans bonne raison, je serai considéré comme un hors-la-loi.

— Ma parole ne te suffit pas ? Et mon état de faiblesse quand j'étais là-bas ?

— Tu étais malade, Elaine, personne ne peut assurer pourquoi. Philip a des amis haut placés. Le roi rentrera bientôt en Angleterre et il préférera peut-être écouter son shérif, plutôt que moi. Je n'ai pas le choix, Elaine. Je dois attendre que Philip lance sa prochaine attaque contre moi. D'ici là…

Il hésita un instant avant de poursuivre :

— … Nous devrions nous consacrer aux fêtes du Christ et…

— Et ? répéta Elaine dont le cœur s'était mis à battre brusquement sous son regard intense.

Elle plongea ses yeux dans les siens et ne put ignorer plus longtemps le désir qui enflammait ses iris gris. Il avança d'un pas dans sa direction.

— Il est temps que notre mariage soit consommé. Nous devons nous assurer que personne ne pourra plus tenter une annulation. La prochaine fois, Philip n'aura d'autre choix que de s'assurer personnellement de ma mort s'il veut t'épouser. Je compte sur ce point pour qu'il se montre imprudent et se dévoile.

Elaine sentit sa gorge se dessécher. Il ne lui parlait pas d'amour, il l'informait simplement qu'il comptait consommer charnellement leur union. Ce n'était peut-être rien pour lui, mais un tel acte avait du sens pour elle. Elle ravala son amertume pour acquiescer.

— Oui, mon seigneur. Il est temps.

— Je viendrai à toi cette nuit, Elaine, dit-il en lui souriant. Essaie de me pardonner de t'avoir laissée à la merci de cet homme diabolique, si tu le peux.

— Je ne t'ai jamais blâmé, murmura-t-elle quand elle eut repris son souffle.

Mais il était déjà parti. Elle fixa la porte longuement, les jambes tremblantes, le cœur affolé. Pourquoi ne l'avait-il pas prise dans ses bras, plutôt que de partir comme cela ? Peut-être n'éprouvait-il aucune tendresse à l'idée de prendre son corps. Peut-être n'était-ce pour lui qu'un moyen d'accomplir leur union et de posséder pour de bon ses terres.

Plus tard, ce soir-là, Marion lui brossa les cheveux en bavardant avec excitation. Elle laissa sa chevelure flotter librement sur ses épaules et lui enfila une robe de gaze blanche presque transparente. Elaine rougit en voyant qu'on devinait la teinte rose de sa peau sous le tissu arachnéen.

— Lord Zander ne s'est pas caché du fait qu'il comptait vous rejoindre, ce soir, ma lady, continua Marion. Il a déclaré que, même si le village tout entier brûlait, ses chevaliers devraient se débrouiller seuls car rien ne l'empêcherait de rejoindre sa femme !

Elaine rougit de plus belle. Elle avait effectivement dû supporter des plaisanteries plus que suggestives ce soir au dîner. Plutôt que de contrôler ses hommes, Zander s'était joint à leurs rires. Elle avait eu envie de disparaître ou de s'enfuir, cependant, elle avait compris pourquoi il leur permettait tant de libéralité. Après cette nuit, plus personne ne pourrait douter que leur mariage avait été consommé et il ne serait plus question d'une quelconque annulation.

Aussi avait-elle poliment souri tout au long du repas, avant de se réfugier dès qu'elle l'avait pu dans l'intimité de sa chambre. Quand elle serait réellement devenue sa femme, seule la mort pourrait les séparer. À cette pensée, un frisson la parcourut.

— Vous n'avez pas peur, ma lady, n'est-ce pas ? s'inquiéta Marion.

— Que mon époux vienne dans ma chambre ? Non, bien sûr, assura-t-elle dans un sourire. Je songeais simplement… Peu importe. Je ne veux penser à rien d'autre qu'à notre amour, ce soir.

Soudain, elles entendirent du bruit à l'extérieur. Des rires d'hommes leur parvinrent, puis la voix de

Zander qui les congédiait en riant. La porte s'ouvrit et Zander entra. Elaine se figea sous son regard brûlant. Lentement, il s'approcha d'elle.

— Pardonnez-moi, mon seigneur, murmura Marion en faisant la révérence, je vous souhaite la bonne nuit.

Et elle quitta la pièce sans demander son reste. Une fois seule dans la pièce avec lui, Elaine trouva miraculeusement le courage de se lever malgré ses genoux tremblants. Zander était magnifique dans une robe de chambre de soie noire qui tombait jusqu'à ses pieds. La cicatrice sur son visage n'était plus du tout enflammée. Peut-être avait-il finalement utilisé le baume qu'elle lui avait conseillé.

Son sourire était sensuel et charmeur lorsqu'il marcha jusqu'à elle.

— Tu es si belle. J'ai rêvé de cette scène si souvent quand j'étais au loin, Elaine. Quand j'étais presque mourant, seuls les souvenirs de ton beau visage m'ont empêché de sombrer dans le néant.

— Tu le penses vraiment ? demanda-t-elle, la voix tremblante d'émotion.

Brusquement, toutes ses peurs s'évanouirent et un éclair de désir traversa son corps. Spontanément, elle lui tendit les mains.

— Je n'ai jamais aimé aucun autre que toi, avoua-t-elle timidement.

— Je le sais, admit-il en dardant son regard argenté dans le sien. Je ne te mérite pas, Elaine. Je n'étais à l'époque qu'un jeune homme vain qui recherchait la gloire et la vengeance, alors que j'aurais dû saisir le bonheur qui aurait pu être le mien en t'épousant. Pourras-tu me pardonner ?

— Je te pardonne de bon cœur.

Elle leva le visage vers le sien, et bientôt ses lèvres caressèrent les siennes. Spontanément, elle entrouvrit les lèvres sous la pression de sa langue et se laissa explorer. La douceur de cette intrusion la fit trembler de plaisir et ses doigts se refermèrent instinctivement autour de sa nuque. Il gémit tout bas puis ses bras se resserrèrent autour d'elle tandis qu'il intensifiait son baiser.

Les signes de son émoi ne firent qu'augmenter son ardeur, et Elaine se pressa contre son grand corps musclé. Elle arqua les reins pour sentir la rigidité de son sexe dressé à travers le tissu fin de sa chemise de nuit. La bouche de Zander glissa sensuellement le long de son cou qu'elle lui offrit avec bonheur, les yeux clos sous les vagues de désir qui montaient en elle.

Il la porta dans ses bras et la conduisit jusqu'au lit au bord duquel il l'assit, avant de remonter les pans de sa chemise pour révéler entièrement sa nudité.

— Tu es bien plus belle que dans mes rêves, murmura-t-il en s'agenouillant devant elle. Je jure de te chérir et de t'honorer toujours, ma dame.

— Je t'aime, souffla Elaine qui laissa pour la première fois cet aveu passer ses lèvres.

— Donne-toi à moi sans peur, mon amour, pria-t-il en retirant à son tour sa robe de chambre.

En dessous, il ne portait qu'un pantalon sombre. Assis sur le lit près d'elle, il se débarrassa de ses bottes sous son regard curieux. Ses yeux s'écarquillèrent lorsqu'il enleva enfin les chausses. Il était à présent aussi nu qu'elle.

Elaine retint un soupir d'émerveillement en découvrant la beauté brute de ce corps mâle. Sa peau avait la couleur du miel après des années passées sous le soleil du Sud. Elle était incroyablement lisse malgré les éraflures et les bleus dus à l'entraînement physique. Mais ce n'était pas le plus étonnant dans ce corps inconnu. Les yeux d'Elaine revenaient sans cesse se poser sur son impressionnante virilité.

D'un geste doux, il l'incita à s'allonger et se plaça sur le flanc près d'elle. De ses doigts, elle effleura délicatement certaines de ses plus récentes blessures. Malgré ce qu'il avait affirmé, il était évident qu'il avait été sévèrement touché dans l'embuscade tendue par Stornway.

— Elles te font encore mal ? s'inquiéta-t-elle.

— Je ne les sens même pas, dit-il en haussant les épaules. Si Janvier ne m'avait pas protégé de son corps, j'aurais pu mourir. Il a été si gravement blessé… Je ne pouvais pas quitter son chevet, Elaine. Il m'a déjà sauvé la vie deux fois et je ne pouvais pas faire moins pour lui. Comprends-tu ? Et puis, j'ai pensé qu'il était plus sûr de nous cacher tant que nous étions aussi faibles. Si mon ennemi avait su où me trouver…

— Je ne te trahirai jamais ! se récria-t-elle. Tu le sais, n'est-ce pas ?

— Bien sûr. Seulement, aucun de nous deux ne savait véritablement qui était cet ennemi tapi dans l'ombre. Comprends-tu mon dilemme ?

— Je comprends, et je t'ai déjà pardonné ton silence, je te l'ai dit.

Zander prit son visage dans sa large paume. Pendant un long moment, il la contempla, un sourire sur les lèvres. Puis il se pencha pour embrasser son front, sa tempe, le bout de son nez… Ses baisers descendirent plus bas, le long de son cou offert, puis dans la vallée de ses seins. Lorsque les lèvres de Zander se refermèrent sur un de ses tétons, elle se cambra contre lui en gémissant de plaisir.

Lentement, habilement, les mains et la bouche de Zander continuèrent l'exploration de son corps, la laissant à chaque instant un peu plus pantelante et enfiévrée. Puis il parvint peu à peu à l'endroit brûlant, entre ses cuisses, d'où partaient des vagues de plaisir.

Lorsqu'il y posa sa bouche, Elaine laissa échapper un cri de volupté en enfonçant instinctivement ses ongles dans ses épaules. Les reins arqués, le corps tendu, elle ne comprenait rien de ce qui lui arrivait, elle se laissait simplement emporter par les sensations incroyables qui gouvernaient son corps.

Quand Zander se dressa au-dessus d'elle et qu'elle sentit sa virilité contre elle, elle ouvrit les jambes avec impatience pour lui livrer passage. Très lentement, il entra en elle avant de s'immobiliser pour la laisser s'habituer à ce contact. Seulement, submergée par un désir violent, Elaine enfonça ses doigts dans son dos et l'attira plus loin en elle. Elle avait besoin de le sentir entièrement pour apaiser la fièvre dévorante qui montait de ses reins.

Un instant, il y eut une brève douleur et elle se raidit. Heureusement, celle-ci disparut aussi vite qu'elle était venue et Elaine cambra les hanches pour venir à sa rencontre. Ses jambes se fermèrent instinctivement autour de lui et elle retint son souffle.

Zander continua à la prendre doucement, la laissant s'habituer à la sensation enivrante de ce corps en elle. Peu à peu, une tension délicieuse monta au creux de ses reins. Elle avait la sensation que de la lave brûlante enflammait son ventre.

Comme s'il l'avait senti, Zander accéléra bientôt ses va-et-vient, et ensemble ils gravirent le chemin vers l'extase. Elaine sentit brusquement son corps saturé de tension et de plaisir imploser sous une nouvelle charge de plaisir.

Quand tout fut fini, ils restèrent un moment enlacés l'un à l'autre, le souffle court et le corps apaisé. Puis Zander roula sur le côté sans la lâcher, si bien qu'elle se retrouva à demi sur lui, la tête sur son torse et une jambe passée sur sa taille. Elle posa les lèvres sur la peau humide et goûta sa saveur légèrement salée, tandis qu'il la regardait, les yeux mi-clos.

— Je suis fourbu, marmonna-t-il. Il me faudra bien une demi-heure pour revenir à l'assaut de tes charmes, mon adorable petite femme vorace. Tu m'as épuisé.

Elaine rit et sentit croître en elle une assurance nouvelle devant le plaisir évident qu'elle lui avait donné.

— Ainsi, j'ai su plaire à mon époux ? demanda-t-elle d'une voix suggestive.

— Continue comme cela et tu ne dormiras pas de la nuit, mon amour, la prévint-il.

— Non, non ! Je plaisantais, assura-t-elle en se coulant contre lui.

Très vite, elle sentit le sommeil l'emporter et sourit une dernière fois en entendant le souffle profond et égal de Zander.

Chapitre 14

Elaine se réveilla en se demandant pourquoi elle se sentait si différente. Puis la mémoire lui revint et elle sourit. La passion de Zander la nuit dernière avait fait d'elle une autre femme. Elle étendit la main à travers le lit et découvrit avec surprise que les draps étaient froids sous ses doigts. Il avait dû quitter le lit depuis quelque temps déjà.

Pourquoi ne l'avait-il pas réveillée ? Un frisson de peur la transperça. Avait-il rompu sa promesse ? Était-il parti retrouver son ami d'autrefois ?

Elaine sauta du lit et courut à la fenêtre pour observer la cour. Elle ressentit aussitôt un soulagement intense en voyant les hommes s'entraîner. Elle reconnut la silhouette de Zander qui combattait Sir Robert. La dernière fois qu'elle les avait vus se battre, ce dernier avait clairement le dessus. Cette fois, il était au contraire dominé par la vitesse et le talent de son opposant.

Malgré le froid mordant du petit matin, les hommes ne portaient rien d'autre que des chausses de cuir couvertes par de hautes bottes. Leurs torses nus étaient protégés par un simple bouclier. Elaine ne pouvait s'empêcher de frémir à chaque fois qu'elle voyait l'acier des lames s'abattre tout prêt de la peau nue de son époux. Les deux hommes prenaient l'avantage tour à tour, puis au bout d'un moment, Zander lança plusieurs attaques coup sur coup. Sir Robert cria merci en mimant la supplication et les deux hommes éclatèrent de rire.

Soudain, Zander tourna la tête en direction de la fenêtre de sa chambre, comme s'il avait senti qu'elle le regardait. Cette fois, elle ne recula pas. Elle lui rendit son signe de la main avant d'appeler ses femmes pour l'aider à s'habiller.

Lorsqu'elles refirent son lit, il n'y eut plus aucun doute sur la perte de sa virginité. Elaine rougit légèrement sous le regard empreint de fierté de Marion.

— Que voulez-vous pour rompre le jeûne, ma lady ?

— Du pain, du miel, quelques dattes et un peu de fromage, pria-t-elle. J'ai grand faim.

Ses dames gloussèrent à qui mieux mieux tout en l'aidant à passer une tunique de soie verte, assortie d'un surcot de velours d'un vert plus soutenu. Elle ceignit ensuite une ceinture de cuir doré à l'or qui se terminait par des petits pendants de bronze. Sur sa tête, Marion déposa une bande de velours vert entremêlé de soie blanche, qui retenait un voile fin laissant voir ses boucles blondes retenues en arrière par des peignes de bronze.

Elaine ne prêta qu'un regard distrait à son reflet un peu flou. Intérieurement, elle se sentait belle, car elle n'avait jamais été aussi débordante de joie et de plénitude.

— Vous êtes splendide, ma lady. Aussi resplendissante que toute nouvelle épousée devrait l'être après sa nuit de noces !

— Merci, Marion, dit-elle dans un rire. Je me sens merveilleusement bien, en effet !

De fait, l'énergie qui courait dans ses veines ne lui

donnait aucune envie de rester tranquillement dans ses appartements pour accomplir des travaux d'aiguille. Malgré le froid, le soleil brillait dans un ciel bleu, aussi demanda-t-elle qu'on lui apporte son lourd manteau de fourrure pour aller marcher à l'air libre.

En descendant prestement les marches, elle chantonnait gaiement. Son corps vibrait d'une énergie incroyable et son esprit était miraculeusement délesté des doutes et des peurs qui l'avaient assombri si longtemps.

Quelques domestiques travaillaient dans la grande salle et elle répondit gaiement à leurs saluts respectueux. La large cheminée avait été nettoyée et chargée de nouvelles bûches qui commençaient à flamber joyeusement. Deux servantes discutaient et gloussaient tout en lavant à grande eau la pierre du sol avant de répandre dessus une nouvelle jonchée d'herbes séchées.

Elaine avait l'étrange impression que tout le monde semblait plus heureux et plus détendu autour d'elle, comme si ses gens avaient senti que les choses avaient changé et que tout allait pour le mieux.

Une fois parvenue dans la cour, elle vit que certains hommes poursuivaient leur entraînement, tandis que d'autres les observaient, dont Zander et Sir Robert.

Les artisans étaient déjà à l'œuvre dans leurs échoppes et des bruits de martèlement résonnaient en provenance de la forge où l'on devait fabriquer de nouvelles armes. Un peu plus loin, le sellier plantait des clous dans ses selles, et à l'armurerie on façonnait les boucliers et les casques que le forgeron avait passés préalablement au feu. L'odeur du pain frais qui cuisait dans le four public était un délice.

Tous ceux qu'elle croisait lui offraient un sourire aimable. Peut-être était-ce simplement sa propre euphorie qui lui faisait ainsi voir la vie en rose, mais

Elaine avait bel et bien l'impression que tout autour d'elle respirait le bonheur.

Un groupe d'hommes arriva de l'extérieur du château, chargé d'un grand arbre et de feuillages pour les décorations de la Noël qui aurait lieu dans quelques jours. L'odeur de l'arbre fraîchement coupé lui rappela soudain son dernier réveillon de Noël avec son père. Ce soir-là, le cuisinier avait fait rôtir un bœuf, un mouton et vingt chapons pour que tout le village puisse partager leur festin. Elaine posa les doigts sur la croix d'argent de son père qui reposait sous sa robe, autour de son cou. Même son chagrin lui paraissait plus doux. Le cœur léger, elle s'avança vers Zander.

Si son époux continuait de lui faire l'amour avec la même passion que la nuit précédente, peut-être aurait-elle un petit enfant dans ses bras pour les prochaines fêtes de Noël. Zander se tourna vers elle et la vit. Devant son visage fermé, elle se figea un instant, puis son expression se détendit et il lui sourit. Son cœur fondit littéralement de plaisir.

— Ma dame, la salua-t-il galamment, j'avais recommandé à tes dames de te laisser dormir.

— Elles ne m'ont pas réveillée, assura-t-elle. J'étais levée tôt et la journée est bien trop belle pour rester enfermée à coudre ou tisser.

— Vraiment ? Et qu'aimerais-tu faire ?

— Je crois que je vais aller cueillir des herbes et des baies. Personne n'osait s'aventurer à l'extérieur du château en ton absence, mais maintenant, oui, j'aimerais que quelques gardes nous accompagnent, moi et mes dames, dans les bois tout proches.

Zander sembla hésiter un instant, puis finit par acquiescer.

— Comme tu le souhaites, ma douce. Rassemble

tes dames, je vais donner mes ordres. Je viendrai avec vous et nous emporterons de quoi manger avec nous. Ce jour me semble bien choisi pour prendre un peu de repos.

— Merci, dit Elaine en le regardant timidement.

Devinait-il à quel point son cœur s'emballait quand il la regardait avec cette ardeur ? Savait-il qu'elle avait envie de rire, de courir, de chanter, parce qu'il l'avait aimée avec passion toute la nuit ?

— Nous ne vous ferons pas attendre longtemps, promit-elle.

Elle repartit d'un pas vif vers ses appartements et appela Marion.

Celle-ci apparut aussitôt, l'air inquiet.

— Quelque chose ne va pas, ma lady ?

— Non, non, tout va à merveille ! Nous allons partir pour la journée en forêt. Lord Zander et ses hommes nous escorterons pour notre protection. Va chercher Alice, Bess et Mary, et dis-leur de prendre leurs paniers. Propose également à Bertrand, je suis sûre qu'il sera heureux de se joindre à nous. Zander compte prévoir de quoi déjeuner là-bas.

— C'est un jour de fête ! s'exclama Marion, radieuse. À deux jours du réveillon, vous imaginez comme tout le monde est excité. Que dois-je dire aux servantes qui restent, ma lady ? Doivent-elles continuer la tapisserie ?

— Elles peuvent faire des jeux, si elles préfèrent. Le pont-levis sera relevé après notre départ et les gardes resteront à leurs postes, mais ceux qui n'ont pas de tâches essentielles peuvent s'occuper comme ils l'entendent.

Elaine prit son propre panier et attendit que ses dames enfilent manteaux et gants pour se préparer à affronter le froid, qui heureusement était sec par cette journée ensoleillée.

Le groupe qui quitta le château plus tard dans la matinée formait une joyeuse assemblée. Elaine montait son propre palefroi, tandis que les autres dames étaient en croupe derrière des soldats. Dix hommes d'armes les accompagnaient et cinq domestiques venaient derrière eux, avec une charrette chargée de provisions et de couvertures pour s'asseoir au cours de leur repas champêtre.

Tout le monde discutait et riait joyeusement, tandis qu'un musicien entonnait un morceau de flûte, assis sur le banc de la carriole. Les notes aigrelettes résonnaient joyeusement dans l'air glacial.

Quand ils traversèrent le village, les habitants sortirent sur les perrons de leurs chaumières pour les saluer. Zander la surprit en prenant le temps de s'arrêter pour échanger quelques mots avec eux. Le bourgmestre vint rendre ses hommages à ses maîtres et Zander lui tendit une bourse pleine de pièces avec pour mission de les distribuer à tous les villageois pour célébrer la Noël.

— Dites à chacun de venir festoyer avec nous pour le réveillon.

Des acclamations enthousiastes accueillirent cette annonce et ils repartirent sous les bénédictions des villageois. Lorsqu'ils parvinrent sous le couvert des arbres, ils démontèrent. Les palefreniers s'occupèrent des chevaux pendant que les dames et les chevaliers partaient en quête des plantes et des fleurs commandées par Elaine. Rapidement, tous se dispersèrent deux par deux. Elaine vit Marion s'éloigner joyeusement en compagnie de Bertrand.

De temps à autre, l'un d'entre eux criait tout haut ce qu'il avait trouvé : des herbes, des noix, des baies…

Autant d'ingrédients qui donneraient du goût et de la variété à leurs repas.

Les femmes étaient entraînées dès l'enfance à différencier les bonnes espèces de champignons des vénéneuses. Dans ces bois, il y avait par chance une espèce de gros champignon plat particulièrement délicieux. L'un des chevaliers avait ramené avec lui son chien qu'il avait élevé à découvrir les truffes et, de fait, il parvint à dénicher deux gros pieds et un petit.

Les truffes étaient ordinairement recherchées à l'aide de cochons. Cependant, ces gourmands avaient trop souvent tendance à les manger avant qu'elles aient pu être cueillies.

Elaine trouva encore quelques belles noix tombées au pied d'un noyer à présent dégarni.

— Nous avons certes manqué la meilleure période de récolte, néanmoins, pouvoir se promener ainsi sans crainte est en soi un vrai plaisir, fit-elle remarquer. Cela me manquait.

— J'espère sincèrement que la vie te sera plus douce désormais, répondit Zander en lui prenant la main.

Il la porta à ses lèvres et son cœur s'emballa.

— Je l'espère pour toi comme pour moi, ajouta-t-il à voix basse.

Plus loin, quelqu'un s'était mis à chanter. D'autres voix se joignirent bientôt à la sienne. Elaine se tourna dans la direction du chant et découvrit que ses dames avaient posé leurs paniers et s'étaient rassemblées en cercle. Elles commencèrent une ronde pendant que les hommes battaient la mesure et chantaient.

— Venez, ma lady ! l'appela Marion. Et vous, mon seigneur !

Elaine rit et les rejoignit en courant. Zander arriva derrière elle et, plutôt que de rester près des hommes, il prit sa main pour entrer dans la ronde. Des chevaliers suivirent son exemple et tous entonnèrent le chant de Noël en dansant.

La nuit la plus sacrée de l'année était toute proche et c'était le moment pour chacun de profiter avec joie de l'existence. Elaine était heureuse de voir que chacun parvenait ainsi à oublier les soucis des derniers mois.

Jamais elle n'oublierait cette journée merveilleuse dans les bois. Elle avait toujours aimé se promener ainsi pour faire la cueillette avec ses dames. Mais ce jour était particulier et elle se sentait emplie d'une joie paisible tandis qu'ils retournaient vers Sweetbriars à la fin de l'après-midi.

Le pont-levis fut abaissé pour leur livrer passage. Zander questionna Sir Robert qui lui assura que tout était en ordre et qu'aucun trouble n'était advenu pendant leur absence.

Les hommes qui les avaient accompagnés partirent prendre la relève des gardes qui avaient veillé tout le jour depuis les remparts.

Après une toilette sommaire, tout le monde se retrouva dans la grande salle pour partager un repas de fête. Les plats furent déposés tour à tour parmi les convives enjoués. Dans les cuisines, les pages et les aides goûtaient les mêmes délices que leurs maîtres.

Quand Elaine souhaita la bonne nuit à ses dames et aux chevaliers pour rejoindre seule sa chambre, elle se sentait épuisée mais heureuse. Elle était néanmoins déterminée à ne pas s'endormir tant que Zander ne l'aurait pas rejointe. Elle espérait simplement qu'il ne serait pas trop long, même s'il irait sans doute faire un tour sur les remparts avant d'aller dormir.

Apparemment, il tiendrait sa promesse et n'avait aucune intention de se battre à cette période sacrée de l'année, malheureusement, il ne pouvait pas savoir ce que son ennemi avait en tête.

Elaine n'eut guère à attendre longtemps. Sa chandelle était à peine entamée que Zander entra dans la pièce. Elle alla aussitôt jusqu'à lui et tendit son visage vers lui pour lui offrir ses lèvres spontanément. Après un lent baiser sensuel, ils se regardèrent un long moment, comme pris au piège d'un enchantement.

Son cœur battait la chamade lorsqu'elle défit le col de sa robe pour la laisser tomber à ses pieds. Sous son regard ardent, elle se tint bientôt nue devant lui. Il la contempla un instant avant de la prendre dans ses bras pour la conduire jusqu'au lit. Les lèvres d'Elaine s'incurvèrent et il lui rendit son sourire.

— La nuit dernière, tu m'as fait plaisir, mon époux. Ce soir, je veux que tu m'apprennes comment te plaire.

Sa voix était rauque de désir et elle le vit frissonner.

— Tu me plais à chaque instant, gronda-t-il avant de prendre ses lèvres. Oui, ma douce, je t'apprendrai tout ce qui peut nous apporter du plaisir.

— M'apprendras-tu aussi à danser cette danse lointaine, que tes hommes ont pratiquée ? J'aimerais beaucoup danser avec toi de cette façon, parfois.

Zander ne se trompa pas à l'éclat aguicheur de son regard et émit un rire de gorge.

— Tu es une séductrice, ma douce, murmura-t-il en la ramenant vers lui. Et je ne désire rien d'autre que de t'avoir pour femme…

Elaine lui sourit tendrement et laissa ses mains parcourir son corps musclé comme il parcourait le sien. Cependant, au fond de son âme, un manque lui mordait le cœur. Elle aurait voulu saisir un signe, n'importe quel indice qui lui prouve qu'il tenait à elle autant qu'elle tenait à lui.

Il la désirait, certes — mais l'aimait-il sincèrement ?

*
* *

— Seigneur…

Zander se tourna vers son ami et se rua à sa rencontre, les bras grands ouverts.

— Janvier ! Te voilà de retour ! Comment vas-tu ? J'étais terriblement inquiet que Newark refuse de t'écouter et te fasse battre, voire tuer…

— Cela a dû lui traverser l'esprit, admit Janvier en riant. Du moins au début. S'il ne s'était pas produit un incident à sa table, il m'aurait sûrement renvoyé ou fait pendre. Au lieu de quoi, il a fini par m'appeler son ami et a juré de me donner ce que je voudrais. Je lui ai donc parlé de ton offre de paix et il a assuré qu'il la considérerait sérieusement.

Zander n'en croyait pas ses oreilles.

— Tu as vraiment dû accomplir un miracle pour que Newark se montre aussi reconnaissant !

— C'est en effet un miracle du Tout-Puissant. Quelque chose est arrivé pendant le repas, le premier soir. Un jeune garçon appelé Stronmar était assis près du comte. Il mangeait et riait en même temps lorsqu'il a commencé à s'étouffer. Tout le monde restait pétrifié à le regarder, alors je l'ai saisi et l'ai violemment frappé dans le dos avant de serrer à la taille. Il a recraché un énorme morceau de pain dur et a pu respirer à nouveau.

— Ainsi, tu as sauvé sa vie.

— Oui, seigneur. Évidemment, certains ont cru que je l'attaquais et un instant plus tard, j'étais cerné et jeté au sol, par chance, Newark a compris ce que j'avais fait. Il a ordonné à ses chevaliers de s'écarter et il m'a convoqué après le repas pour me remercier en privé. J'aurais juré qu'il y avait des larmes dans ses yeux.

— Tu as agi rapidement et de façon avisée, comme

toujours. Cependant, je me demande pourquoi Newark tient tant à la vie d'un seul homme.

— Je crois que ce Stronmar est son fils bâtard. Sa filiation n'est pas officielle, mais les rumeurs m'ont renseigné.

— Je comprends mieux. Je sais que les femmes successives de Newark ne lui ont donné que des filles. Si c'est là son seul fils, il doit tenir à lui chèrement… Merci, mon ami. Il ne nous reste plus qu'à espérer que Newark accepte mon offre à présent.

— Tout ce que nous pouvons faire, c'est patienter pour le moment, dit Janvier. Avec la volonté d'Allah, tout ira bien.

Zander se rembrunit. Il ne parvenait pas à se sentir aussi optimiste, pour sa part.

— J'aimerais savoir ce que trafique Philip. Je commence à trouver étrange de n'avoir toujours rien entendu de lui…

Philip jeta rageusement le coffret de chêne à travers la pièce. Ces crises de furie le prenaient régulièrement désormais.

Quand il avait découvert la ruse d'Anne et la fuite d'Elaine, il avait tout dévasté autour de lui, hélas, sa sœur n'avait pas laissé grand-chose de valeur en partant. Ses meilleures robes, ses bijoux, son argent et ses objets précieux avaient disparu. La garce était même allée jusqu'à voler une bourse pleine d'or et un calice d'argent de son coffre à lui !

— Qu'elle soit maudite ! gronda-t-il entre ses dents. Si je la retrouve, je lui briserai le cou !

Dans un nouvel accès de rage, il recommença à jeter tout ce qui lui passait sous la main. Pour l'heure, sa colère était dirigée contre sa sœur. Il lui avait fait confiance pour l'aider à briser la volonté d'Elaine. Or, d'une façon ou d'une autre, Anne, Elaine et sa servante étaient parvenues à s'enfuir au cœur de la nuit. Étaient-elles parties toutes ensemble ? Anne avait-elle aidé Elaine à s'échapper ? Ou bien avait-elle découvert sa fuite, paniqué, et fui avant qu'il ne puisse exercer sa vengeance sur elle.

Philip savait qu'Elaine rentrerait à Sweetbriars et il ne s'inquiétait guère à son sujet. Elle était seule, vulnérable et il pourrait la reprendre quand bon lui semblerait. En revanche, il ne savait pas où était passée sa traîtresse de sœur. Elle l'avait volé de son or et de sa vengeance sur l'homme qui n'avait pas cessé de le surpasser en tout depuis des années.

Philip enrageait à chaque fois qu'il y pensait. Zander n'était ni plus fort ni plus intelligent que lui, en revanche, il avait toujours été plus chanceux.

Pourtant, pendant un moment, ils avaient été des amis sincères. Si Philip n'avait pas été surpris en train d'assassiner son oncle par le baron de Bricasse, peut-être même seraient-ils restés bons amis. Cependant, la menace que représentait Zander après qu'il avait tué son père était bien trop dangereuse pour qu'il le laisse en vie.

Il avait d'abord compté sur les dangers de la Terre sainte pour régler le problème et, de fait, les Sarrasins étaient presque venus à bout de Zander. Il avait bel et bien cru en être débarrassé jusqu'à son retour en Angleterre avec une fortune faite. D'ailleurs, c'est à lui que Zander envoyait et confiait ses richesses. Bien souvent, il avait été tenté de faire main basse sur ses richesses, mais il avait préféré la prudence, d'autant plus qu'il était lui-même fortuné grâce à son statut de comte et de shérif.

Puis il avait vu Elaine et il avait su en un instant

qu'il devait avoir cette femme. Le regard que Zander posait sur elle était éloquent : cette femme avait bien plus de valeur à ses yeux que n'importe quelle richesse matérielle. S'il voulait punir Zander pour toutes les années d'angoisse qu'il avait subies — tous ces matins où il se réveillait en sueur après un cauchemar dans lequel son ancien ami le tuait froidement — alors ce serait en lui volant sa femme. Sans compter qu'elle était très belle. Philip voulait la séduire, la posséder, puis la blesser. Et il avait presque atteint ce but !

Allons, du calme. Elaine serait sienne, qu'elle le veuille ou non. Dès qu'il serait prêt, il reprendrait son château et elle avec. Peu importait qu'elle soit ou non consentante, il ne l'épouserait plus, non, il la déshonorerait…

— Mon seigneur…

Philip fit volte-face pour fixer le serviteur qui se tenait dans l'encadrement de la porte, l'air terrifié.

— Mon seigneur, j'ai des nouvelles…

— Alors, parle ! ordonna-t-il sèchement tandis que le garçon tombait à genoux, décomposé. Parle, ou je te fais arracher la langue.

D'ordinaire attentif à paraître civilisé et bon, Philip laissait à présent éclater sa vraie nature au grand jour et il se délectait de voir la terreur qu'il inspirait désormais à ses gens.

— Pardonnez-moi, nous avons retrouvé Lady Anne. Elle s'est réfugiée dans l'abbaye de Saint-Michel où l'abbesse lui a offert l'asile.

— Maudite soit-elle ! s'emporta Philip en envoyant son pied vers la silhouette agenouillée. Sors d'ici !

Le garçon se releva en gémissant mais ne partit pas.

— Ce… Ce n'est pas tout, mon seigneur. Lord Zander… Il est revenu. Lui et ses hommes sont à

Sweetbriars. Au moins trente soldats ont rejoint ses rangs cé matin même.

Philip sentait sa tempe battre sous l'effet de la fureur. Ses mâchoires étaient si serrées qu'elles lui faisaient mal et il se détourna brutalement de l'homme sanglotant.

Sa sœur était hors d'atteinte ! En dépit de son pouvoir, le shérif du roi n'avait en effet aucun moyen de pression contre une abbaye. Le roi lui-même ne serait pas autorisé à pénétrer dans ce sanctuaire s'il le demandait — ce qu'il ne ferait pas, car Richard ne permettrait jamais de souiller un lieu d'asile religieux. Si Philip tentait quoi que ce soit contre sa sœur, la sentence du roi serait sans appel.

Pire encore, Zander était en vie ! Il était parvenu une fois de plus à échapper à la mort ! Les hommes qu'il avait payés pour faire la besogne lui auraient-ils menti ? Ils avaient juré avoir vu Zander tomber de cheval et une douzaine de lames lui passer au travers du corps.

Aucun homme ne pouvait survivre à cela, bon sang ! Et pourtant, ce maudit chien était toujours en vie ! Cet homme était décidément increvable ! N'importe qui d'autre que lui serait mort en Terre sainte !

Les poings serrés, Philip marcha comme un lion en cage en marmonnant des imprécations. Il aurait sa revanche ! Contre Zander, contre sa femme. Oui, dès qu'il aurait repris Sweetbriars, il ferait enchaîner Zander et le forcerait à regarder quand il prendrait du plaisir avec sa femme.

Un vertige douloureux bourdonnait sous son crâne. Les images défilaient à toute vitesse dans son esprit, bientôt elles se fragmentèrent et il tomba au sol, le corps secoué de convulsions. Il poussa un cri d'alerte, maudissant dans un dernier sursaut de conscience sa faiblesse congénitale. Il avait subi les assauts de cette maladie depuis la mort de son oncle et il craignait que ce ne soit là une punition de Dieu pour son crime.

Quand il subissait l'une de ses crises, seule Anne l'aidait à se sentir mieux. Hélas, sa sœur n'était plus là pour lui donner ses traitements. Allait-il mourir ? Ce fut sa dernière pensée avant que tout ne devienne noir. Il tomba inconscient dans un dernier murmure :

— Anne. Reviens…

— Un message est arrivé de la part de Lord Stornway, lui annonça sœur Eveline alors qu'Anne était occupée à coudre dans sa petite chambre. Souhaitez-vous le voir, ma lady ?

— Je ne préfère pas. Je crains qu'il s'agisse d'une autre ruse de mon frère. Il trouvera les mots pour me convaincre de quitter ce sanctuaire, puis il me tuera.

La nonne se signa prestement, horrifiée.

— Que Dieu ait pitié de lui. Si cela est vrai, vous ne devez pas quitter ces murs tant qu'il vivra, ma lady. Cependant, le serviteur qui est venu a déclaré que votre frère avait eu une sorte de crise qui l'avait laissé prostré et hagard.

Anne fronça les sourcils, inquiète malgré elle.

— Mon frère subit en effet des crises de ce type, de temps à autre. J'avais pris l'habitude de lui donner un soin qui l'apaisait, mais… Pourrais-je utiliser les herbes de votre jardin ?

— Il s'agit de la vie d'un homme, je suis certaine que la Révérende Mère n'y verra aucune objection.

— Dans ce cas, puis-je vous demander de prévenir le messager de mon frère que je vais préparer un soin et le lui remettre pour qu'il retourne dès demain auprès de mon frère. Je ne lui refuserai pas mon aide, néanmoins, je ne retournerai pas non plus auprès de lui, car dès qu'il se sentira mieux, il cherchera à me punir de l'avoir fui.

— Dieu bénisse votre esprit charitable, ma lady, déclara la nonne avant de s'éloigner.

Anne resta un moment pensive. Philip ne méritait certes pas qu'elle fasse le moindre geste pour lui, néanmoins, il était son frère. Elle avait par ailleurs suffisamment de péchés sur la conscience pour ne pas en ajouter, car depuis qu'elle s'était installée à l'abri de ces murs, elle avait commencé à faire pénitence pour ses mauvaises actions.

Elle s'ennuyait déjà de la routine qui rythmait la vie des sœurs. Or, elle savait qu'elle ne sortirait plus jamais de ces lieux. C'était sans doute là la punition que Dieu lui envoyait pour se repentir.

Au fond de son cœur, elle était tentée d'envoyer une préparation qui ne ferait rien pour apaiser les tourments de Philip. Cela dit, la potion curative était en elle-même un médicament extrêmement fort. Si son frère en abusait… Eh bien, son destin était entre ses propres mains à présent que sa folie destructrice l'avait chassée. Elle ne serait pas responsable d'un tel accident. Seul Dieu pouvait décider du destin de son frère.

Les douze jours de célébration de la Noël furent heureux pour les gens de Sweetbriars. Ils dansèrent, chantèrent, jouèrent à des jeux et chacun profita de ces moments de paix et de repos.

Pour la première fois, Elaine sentait que Zander tenait sincèrement à elle. Il ne l'aimait peut-être pas comme elle l'aimait, mais il se montrait toujours passionné la nuit et généreux avec elle comme avec ses gens. Comme cadeau, il lui offrit ainsi un magnifique collier serti d'émeraudes qu'elle pouvait également porter dans ses cheveux.

De son côté, elle lui offrit une paire de gants de cuir qu'elle avait doublée d'une pièce de soie brodée à ses initiales et à son blason — la même tête d'aigle qu'il portait sur son armure.

Elaine avait également offert à chacune de ses dames une pièce de tissu et Zander leur avait distribué quelques pièces pour leur dot si elles souhaitaient se marier. De fait, certaines de ses dames s'étaient rapprochées des chevaliers de Zander. Sans doute se marieraient-elles bientôt, mais la plupart ne voudraient pas quitter son service à moins que leurs époux ne gagnent assez d'argent pour s'établir dans leur propre maison.

Une fois la période de Noël passée, la maisonnée retrouva son effervescence coutumière. Les hommes repartirent chasser pour reformer les provisions. Ils ramenèrent de la venaison, un sanglier et des lièvres. La viande du sanglier fut salée pour être gardée et les lièvres furent préparés dans des sauces riches.

Grâce à l'industrie d'Elaine dans les semaines qui avaient suivi son retour, ils avaient déjà plusieurs tonneaux de viande salée et des réserves de fruits secs. Malheureusement, les hivers étaient toujours difficiles à passer pour les plus pauvres. Chaque jour, des mendiants venaient demander de quoi se nourrir.

Heureusement, elle savait se montrer généreuse sans être pour autant dépensière. Elle faisait également bon usage de ses médecines pour soigner les pauvres âmes que le froid rendait fragiles et affaiblies. Ainsi, aucun mendiant n'était renvoyé sans au moins une miche de pain, un morceau de fromage et un peu de bœuf séché. Si elle pensait ses soins utiles, elle les leur dispensait gratuitement. Hélas, trop souvent, elle ne savait comment aider les malheureux, et ne pouvait que leur conseiller de faire un pèlerinage dans un lieu saint. Certains étaient réputés faire des miracles.

C'est par l'un de ces pèlerins, justement, qu'elle eut pour la première fois des nouvelles de Stornway, qui se trouvait alité.

— Apparemment, il aurait été pris d'une subite maladie peu après le départ de sa sœur, expliqua l'homme en se signant aussitôt. Que Dieu veille sur lui car il ne vivra peut-être plus longtemps.

Passé le premier instant de stupéfaction face à ces informations, Elaine parvint à demander :

— Savez-vous où Lady Anne, sa sœur, est partie ?

— J'ai entendu dire qu'elle avait trouvé refuge auprès des sœurs de Saint-Michel. On dit aussi que son frère aurait menacé de la tuer, ajouta-t-il plus bas. Que Dieu ait pitié de son âme.

Lorsque Zander rentra ce jour-là de la chasse, Elaine lui apprit les nouvelles. Cette fois, il ne ramenait qu'un chevreuil et du pigeon. Le temps était particulièrement venteux et froid et le petit gibier semblait avoir disparu, sans doute chassé par les villageois. Le braconnage était illégal, néanmoins, Zander se montrait indulgent, car l'hiver s'annonçait rigoureux.

Beaucoup risquaient de mourir de faim, notamment les pauvres hères qui vivaient sur les terres de seigneurs peu tolérants qui ne donnaient rien à leur peuple. Certains barons n'hésitaient pas à pendre quiconque était pris à attraper un lapin dans les bois. Pour sa part, Zander avait l'habitude de partager ce qu'il ramenait, pour limiter le braconnage, même si, à cette période de l'année, il était difficile de trouver assez de nourriture pour tout le monde.

— Penses-tu que Stornway soit à l'agonie ? lui

demanda-t-elle ce soir-là. Ou bien qu'il s'agit d'une ruse pour te faire baisser ta garde ?

— Je n'en sais rien, admit Zander. J'aimerais aller parler à Lady Anne et lui demander ce qu'elle pense de tout cela, cependant, je sais qu'elle ne me pardonnera jamais d'avoir tué son fiancé.

— Je pourrais aller la voir à ta place, proposa Elaine.

— Non ! N'y pense même pas ! s'exclama-t-il avant de la saisir par le poignet. Promets-moi que tu ne chercheras pas à me désobéir, Elaine ! Si tu étais enlevée… Nous n'avons reçu aucune nouvelle de Newark pour le moment. Les dangers qui nous menacent sont multiples.

Elaine hocha la tête pour apaiser ses inquiétudes.

— Crois-tu vraiment qu'il acceptera de nous rendre Howarth ? Je sais bien que tu reprends des forces de jour en jour et que des hommes ne cessent de venir grossir les rangs de ton armée, cependant, Howarth n'est pas si facile à prendre. Sans la ruse de Newark qui a prétendu être un allié de mon oncle, jamais la forteresse ne serait tombée si facilement.

— J'espère qu'il acceptera, car il nous faut d'autres domaines pour supporter les besoins d'un nombre toujours croissant de personnes. Jusque-là, Sweetbriars est parvenu à supporter notre train de vie, mais nous devrons partir bientôt, puisque je dois rassembler encore davantage d'hommes d'armes. J'ai demandé à mon oncle de trouver un domaine non loin du sien. Il n'empêche que Howarth t'appartient de plein droit, ce qui en fait légalement mon bien. Je ne peux pas le laisser à Newark en toute impunité.

— Et que comptes-tu faire s'il refuse de te le rendre ?

— Je dois d'abord me concentrer sur Philip, ensuite…

Il s'interrompit en voyant son regard s'assombrir.

— Je sais bien que tu ne veux pas me voir partir,

reprit-il. Toutefois, je me dois de protéger tes intérêts et ceux de nos gens. En tant que seigneur de ce château, c'est mon devoir.

— Je le sais bien, admit-elle à contrecœur.

Les seigneurs avaient en effet de lourdes responsabilités à l'égard des gens qui dépendaient d'eux. Aussi, diriger un large territoire ne laissait que peu de répit entre l'aube et le crépuscule. Il était évident que le petit château de sa mère ne supporterait pas d'accueillir toute l'année une armée aussi nombreuse que celle que Zander était en train de constituer. Ainsi, peut-être devraient-ils partir plus tôt qu'elle ne l'avait cru.

— Ton oncle a-t-il trouvé un logement qui pourrait nous convenir ?

— Il m'a écrit pour me parler d'un manoir à quelques lieues du sien. L'endroit devrait être bientôt mis en vente. Les bois alentour sont vastes et riches et il y a un lac bien pourvu en poissons. Je compte m'y rendre pour voir l'endroit par moi-même et l'acheter dès que je serai certain que tu es en sécurité.

Elaine aurait voulu lui demander de l'emmener, cependant, elle ne voulait pas paraître trop dépendante de lui. Après tout, de nombreux chevaliers quittaient leurs épouses pour aller séjourner à la Cour ou dans des contrées lointaines pour combattre.

Seulement, elle avait déjà attendu Zander de si longues années ! Or, depuis son retour, ils n'avaient finalement passé que quelques heures volées ensemble, tous les deux. Il avait ses devoirs et elle ses obligations de châtelaine. Son cœur répugnait à le voir partir au loin une fois de plus.

— Quand comptes-tu t'y rendre ? demanda-t-elle d'une voix miraculeusement ferme.

Zander ouvrait la bouche pour lui répondre quand un soldat pénétra en courant dans la grande salle.

— Mon seigneur ! Le comte de Newark est aux portes du château avec trente hommes. Il affirme venir en paix et arbore un drapeau blanc. Devons-nous le laisser entrer ?

— S'il n'a que trente hommes, il ne vient pas nous attaquer. Dites-lui d'entrer avec quinze de ses hommes qui pourront garder leurs épées. Les autres devront attendre à l'extérieur, mais les portes resteront ouvertes.

Tandis que l'homme partait délivrer son message, Zander tourna vers elle un regard assombri d'inquiétude.

— Retourne dans ta chambre et ferme soigneusement la porte au cas où ce serait un piège et qu'il nous faille nous battre. Je ne voudrais pas que tu sois blessée ou enlevée.

— Je ferai comme tu l'ordonnes, mon époux. Ne t'inquiète pas de ma sécurité. Je vais rassembler mes dames et nous irons tisser dans mes appartements jusqu'à ce que tu m'envoies un message pour m'autoriser à redescendre.

— Alors, je te laisse serein.

Il se détournait déjà et elle sentit la morsure du chagrin et de la peur sur son cœur. Brusquement, il se retourna vers elle.

— Elaine... Je voulais que tu saches... Ces dernières semaines à tes côtés ont été les plus heureuses de ma vie.

Il accompagna ses paroles d'une douce caresse sur sa joue et Elaine sentit ses jambes faiblir sous le coup de l'émotion.

Sur ces mots, il se détourna et elle partit rejoindre ses dames de compagnie. Ces dernières se hâtaient à sa rencontre car elles avaient appris l'arrivée du comte. Toutes ensemble, elles rejoignirent rapidement le salon de couture où elles avaient l'habitude de travailler — et pour beaucoup, de dormir.

À leurs murmures et à leurs regards anxieux, Elaine comprit qu'elles étaient inquiètes. Alors, elle répartit rapidement les tâches en fonction des talents de chacune pour garder leur esprit occupé. Pour sa part, elle se posta à la fenêtre et observa ce qui se passait dans la cour. Hommes et chevaux se pressaient ensemble et elle aurait été incapables de dire si les nouveaux venus venaient en paix ou non.

— Venez vous asseoir, ma lady, pria Marion. Pourquoi ne pas nous lire quelques passages de la Bible, cela apaisera nos esprits.

Elaine acquiesça et prit sa lourde bible reliée de cuir. Elle l'installa sur un pupitre de chêne et feuilleta les pages avec précaution.

Elle se mit à lire à voix haute des passages de la Genèse. Ses dames connaissaient bien le latin pour l'entendre chaque jour à la messe. Elle sentit rapidement que sa voix égale les apaisait. Toutes se plongèrent dans leur travail sans parler, jusqu'à ce qu'un coup retentisse à la porte. Aussitôt, la voix de Bertrand se fit entendre pour demander qu'on lui ouvre.

Marion sauta sur ses pieds et courut pour lui ouvrir.

— Quelles sont les nouvelles ? Tout va bien ? demanda-t-elle avec anxiété.

— Apparemment, le comte est bien venu en ami. Il a amené avec lui des documents concernant la propriété de Howarth.

Elaine referma la bible avec un soupir de soulagement.

— Mon seigneur me fait-il demander ?

— Vous et vos dames pouvez à présent rejoindre la grande salle, ma lady, acquiesça Bertrand. Lord Zander ne craint plus pour votre sécurité.

— Très bien, nous arrivons.

Elles se réunirent prestement autour d'elle, mais elle sentit que leur inquiétude n'était toujours pas évanouie.

— Mon seigneur ne nous ferait pas appeler s'il craignait le moindre danger, les rassura-t-elle avec un sourire.

Alors, toute la pièce sembla brusquement débarrassée de la peur qui les avait oppressées et les bavardages reprirent, comme à l'accoutumée.

Elaine ouvrit la marche. En bas, la grande salle était remplie d'hommes en armes. Zander avait sûrement rassemblé nombre de ses chevaliers pour faire une démonstration de ses forces. Dès qu'elle entra, le silence se fit et toutes les têtes se tournèrent dans sa direction.

Son souffle se bloqua dans sa gorge. Elle ne voyait que le comte, son regard perçant et dur. L'appréhension lui noua le ventre. Accepterait-il vraiment de se soumettre si facilement à la requête de Zander ?

Elle s'obligea à relever fièrement le menton et avança vers son mari. Malgré son trouble, elle offrit aux regards scrutateurs une apparence calme et digne. Elle parvint même à contrôler miraculeusement les tremblements de ses mains.

Cet homme était son ennemi, même si elle comprenait pourquoi Zander ne voulait pas le combattre. Il avait assassiné son oncle, humilié et chassé sa tante, tenté de la capturer pour la forcer au mariage ! La colère et la fierté l'empêchaient de ressentir la moindre peur face à lui. Aussi posa-t-elle sur lui un regard si impérieux qu'elle le vit se troubler légèrement.

— Elaine, mon aimée, le comte de Newark ici présent a quelque chose à vous dire, déclara Zander assez fort pour être entendu de tous.

— Je suis venu jusqu'ici pour demander votre pardon, ma lady, dit le comte. Si j'avais su que vous étiez fiancée à Lord Zander, je n'aurais jamais cherché à vous faire mienne ni à prendre vos terres.

Ses lèvres lippues s'ourlèrent en une sorte de sourire. Elaine retint un frisson d'écœurement.

— Vous avez tué mon oncle et chassé sa femme, sir, rétorqua-t-elle froidement.

— Et je le regrette. Votre oncle m'a trompé en ajoutant un délai supplémentaire avant de vous donner à moi. Aussi, j'ai pris ce que je considérais mien par la force. Avec la volonté de Dieu, vous vous êtes cependant échappée. Croyez-moi, ma lady, Lord Howarth avait la ferme intention de nous trahir l'un et l'autre. Il comptait garder vos terres pour lui seul. À présent que vous avez épousé Lord Zander, vos terres lui reviennent de droit, aussi, je les lui rends. En réparation du dommage que je vous ai causé, je vous donne également cent pièces d'argent.

Elaine plissa les paupières et serra les poings. Comment osait-il se comporter avec une telle nonchalance ? Le regard lubrique qu'il posait sur elle l'indignait. Comme elle aurait aimé pouvoir lui jeter son argent au visage ! Ce monstre, cet assassin osait accuser son oncle de trahison et de mensonge pour excuser sa propre violence.

La vérité, c'était qu'elle avait refusé son offre et qu'il avait voulu s'imposer par la force, voilà tout. Les mots lui brûlaient la gorge. Heureusement, le regard de Zander lui permit de tenir sa langue. Elle serra donc les dents et attendit que son époux prenne la parole.

— Ma femme vous remercie pour cette offre, mon seigneur. Elle aimait beaucoup son oncle, mais, tout comme vous, elle a été trompée par lui. Elaine, apposez votre signature sur ce document et la querelle entre nos deux maisons sera enfin enterrée. Le comte de Newark partira alors pour ses terres en Normandie, à la rencontre du roi Richard. Nous ne pouvons conserver de l'inimitié entre nous car le roi aura besoin de tous ses soutiens à son retour.

Au fur et à mesure que Zander parlait, Elaine sentait la fureur croître en elle. Comment osait-il lui ordonner de laisser ce vil serpent outrepasser ainsi la loi sans même une punition ? Ce qu'elle voulait, elle, c'était dénoncer les actes de Newark au roi et exiger satisfaction ! Cependant, le regard de son époux s'assombrit et elle vit luire la colère dans ses iris gris.

— Elaine, répéta-t-il en tendant impérieusement une plume vers elle.

Cette fois, c'était un ordre, pas une requête, et elle ne put rien faire d'autre que prendre la plume qu'il lui tendait. Le corps rigide de rage contenue, elle plongea la pointe dans l'encrier et signa à l'endroit que le clerc lui indiquait.

— Parfait, conclut Zander en signant à son tour. Ce document scelle donc notre nouvelle alliance, Newark. Dites à Richard que lorsqu'il rentrera je me tiendrai à sa disposition.

— Bien sûr, je lui ferai connaître votre loyauté, dit Newark en se passant la langue sur ses lèvres épaisses.

Elaine frémit intérieurement. Zander s'avança vers son nouvel allié et lui serra le bras.

— Vous dînerez avec nous, ce soir ? proposa-t-il comme s'ils étaient à présent les deux meilleurs amis du monde.

— Pardonnez-moi, je dois malheureusement poursuivre mon voyage, répondit Newark. Je suis déjà resté trop longtemps, seulement, je voulais régler notre querelle.

— Considérez-la réglée et voyagez avec notre bénédiction, dans ce cas. Toute animosité est oubliée entre nous.

Elaine les regarda s'éloigner vers la cour un instant avant de faire volte-face pour retourner dans sa chambre. Elle était profondément malheureuse de voir que Zander avait pardonné si facilement au comte. L'honneur exigeait pourtant qu'il paie pour ce qu'il avait fait à son oncle. Sans compter ce qu'il lui aurait fait à elle s'il l'avait rattrapée… Or, son propre mari ne semblait guère s'en soucier !

Certes, elle savait que Zander voulait récupérer les terres de Howarth. Était-ce pour cela qu'il l'avait ainsi trahie en acceptant de brader son honneur et la paix de son esprit en échange de quelques pièces d'argent ? S'il l'avait aimée, il aurait compris à quel point il la blessait. Il aurait plongé son épée dans le cœur noir de ce maudit traître au lieu de l'accueillir comme un ami cher.

Son oncle n'avait jamais songé à tromper Newark. Ce n'était qu'un mensonge éhonté pour couvrir ses mauvaises actions et Zander le savait aussi bien qu'elle. Comme osait-il prétendre publiquement le contraire ?

Elaine allait et venait dans sa chambre, partagée entre la fureur et le chagrin. Ces dernières semaines, elle s'était laissée aller à croire que Zander l'aimait réellement. À présent, elle doutait et ce doute la faisait souffrir. Pourquoi sinon aurait-il accepté les termes de Newark ? Ne voyait-il pas à quel point il insultait la mémoire de son oncle ?

Quand, un peu plus tard, Zander la rejoignit dans sa chambre, il prit la parole sans lui laisser le temps de dire quoi que ce soit.

— Je sais que tu es en colère, mais laisse-moi t'expliquer pourquoi il était nécessaire d'accepter les excuses du comte…

— Je n'ai entendu aucune excuse ! rétorqua-t-elle avec fougue.

— C'était là tout ce que nous pouvions obtenir d'un homme comme lui !

— Tu veux dire pour un voleur et un meurtrier ? Je refuse de toucher à cet argent taché de sang !

— Je ne m'attendais pas à ce que tu le gardes. Tu peux le distribuer aux nécessiteux pour le rendre utile.

— Très bien, je le dépenserai pour m'assurer que mes gens ne manqueront de rien cet hiver. Il n'empêche que j'aurais voulu que tu le punisses pour ce qu'il a fait, pas que tu le traites en ami.

— Elaine, tu sais que je ne pouvais rien faire d'autre ! Si les choses avaient été différentes, j'aurais pu le défier en combat singulier — malheureusement, il a l'amitié de Richard au point qu'il va le ramener de France jusqu'en Angleterre. Si le prince Jean entend parler du retour imminent du roi, il pourrait fomenter un complot. Je ne peux pas risquer qu'une querelle avec Newark mette en péril le retour de notre roi !

Elaine détourna le visage, les yeux emplis de larmes. Elle ne parvenait pas à parler tant l'émotion lui serrait la gorge. Que pouvait-elle dire ? Qu'elle lui en voulait de se soucier moins d'elle que de son devoir envers le roi ? Une telle plainte aurait semblé ridicule.

— Je vais devoir bientôt te quitter, reprit-il d'un ton plus doux. Je dois aller parler à Stornway, puis j'irai rendre visite à mon oncle. Après quoi je devrai me préparer à rencontrer le roi. Demain matin, nous retournerons à la chasse afin que tu aies suffisamment de viande pendant mon absence. De ton côté, pourrais-tu te préparer à partir dans le domaine que mon oncle nous a trouvé dès mon retour ?

— Pars, si tu le dois, répondit-elle froidement pour masquer sa douleur. Nous pouvons nous débrouiller sans aide pendant plusieurs mois si nous sommes prudents.

— Je ne serai pas parti aussi longtemps. Je vais laisser suffisamment d'hommes pour te protéger. Et maintenant, ma dame, ne veux-tu pas te joindre à moins pour le souper ?

Comme il lui tendait la main, elle prit sur elle et le suivit en bas. Apparemment, il pensait avoir bien agi avec Newark, et peut-être était-ce le cas, après tout.

Elle trouvait néanmoins son attitude blessante et avait de plus en plus la sensation qu'elle, ses terres et ses gens, n'étaient rien d'autre que des pions dans le jeu de pouvoir auquel il se livrait.

Toutefois, elle garda pour elle ses sentiments. À quoi bon livrer les troubles qui agitaient son âme à un homme qui ne semblait l'avoir épousée que pour honorer une vieille promesse, ou pire, simplement pour accéder à ses terres.

Dire qu'elle avait été assez naïve pour s'imaginer qu'il l'aimait autant qu'elle l'aimait.

Chapitre 15

Zander ne rejoignit pas sa chambre cette nuit-là. Une distance inconfortable s'était installée entre eux et il avait posé un rapide baiser sur sa main en marmonnant qu'il ne la dérangerait pas.

— J'ai l'intention de me lever tôt pour partir à la chasse dès l'aube. Je te souhaite de beaux rêves, Elaine.

Elle avait acquiescé en retour, les yeux baissés pour qu'il ne remarque pas les larmes qui gonflaient ses paupières.

Elaine s'était hâtée vers sa chambre et avait fermé rapidement la porte dans son dos. Les questions l'avaient alors assaillie.

Pourquoi Zander se montrait-il aussi entêté ? Pourquoi ne la prenait-il pas dans ses bras en lui disant qu'il l'aimait ? Ne voyait-il pas combien il se montrait arrogant et autoritaire en l'obligeant à signer ce document infamant ?

Certes, les femmes étaient supposées obéir à leur mari — il avait légalement tout pouvoir sur elle. Cependant, elle avait toujours cru qu'il était différent des hommes comme Stornway ou Newark, qui considéraient les autres — et en premier lieu, les femmes — comme des objets. Mais peut-être avait-elle été simplement bercée par les illusions de la jeunesse ?

Pendant un moment, à la Noël, il avait semblé redevenir le jeune garçon qu'elle avait aimé, bien qu'il y eût toujours une partie de lui qui demeurât secrète. Elle avait cru, espéré, qu'il revienne petit à petit vers elle, qu'il redevienne l'homme dévoué et pieux qu'elle avait aimé.

Hélas, il semblait à nouveau hors d'atteinte. Peut-être était-ce sa faute ? Mais ne pouvait-il comprendre ses sentiments ? S'il lui avait d'abord expliqué ses motivations, plutôt que de la contraindre à signer ce document honteux devant tout le monde, elle aurait sans doute accepté la situation plus facilement.

Était-ce elle qui en demandait trop ? Ou bien son époux qui se comportait comme un rustre ?

Aux premiers rayons du soleil, Elaine se leva et courut à la fenêtre pour voir ce qui se passait dans la cour. Les hommes étaient déjà rassemblés et prêts à se mettre en selle. Plus loin, les chiens frétillaient d'impatience autour du coureur — un homme qui courait à pied assez vite pour rester à la hauteur des chiens et les rassembler si besoin.

Elaine observa Zander, qui était en pleine conversation avec Sir Robert. Les deux hommes plaisantaient et riaient. Soudain, elle sentit ses joues s'enflammer. Parlaient-ils d'elle ?

Non, elle se montrait ridiculement susceptible. Ils avaient des sujets autrement plus importants à débattre : le retour du roi, les alliances politiques à préserver ou même les tâches de supervision des hommes. Ils ne perdraient pas de temps à discuter d'un sujet aussi vain qu'une femme. L'amertume lui fit monter les larmes aux yeux.

Tandis qu'elle observait la cour, elle vit des hommes venir tour à tour parler à Zander. Malgré sa rancœur, elle dut reconnaître qu'il prêtait attention à chacun, traitant de manière égale ses chevaliers comme les plus humbles palefreniers. Quand une servante vint lui offrir une coupe d'eau, il la remercia avec un sourire.

Stupidement, Elaine ressentit un pincement de jalousie en voyant le regard énamouré que la fille posait sur lui. Zander était un homme fort et puissant. Surtout, il était toujours beau — peut-être même sa cicatrice ajoutait-elle quelque chose de dangereusement attirant à son allure. Elle aurait dû être fière d'avoir un tel époux plutôt que de s'en désoler.

Brusquement, il leva le regard vers sa fenêtre, comme s'il avait deviné sa présence. Il sembla hésiter un instant, puis il leva la main pour la saluer. Embarrassée, elle recula d'un pas.

Qu'aurait-elle dû faire hier soir ? Avait-elle été stupide de le laisser s'éloigner ? Bien sûr, elle avait eu envie de passer la nuit avec lui, seulement, sa fierté l'avait empêchée de l'admettre tout haut. Elle savait bien au fond de son cœur qu'elle ne cesserait jamais de l'aimer.

Cependant, elle voulait plus de lui qu'une bonne alchimie entre leurs corps. De bons amants ne suffisaient pas à faire de bons époux. Elle voulait qu'il la traite comme son égale, qu'il éprouve pour elle un amour véritable. Or, il semblait ne la considérer parfois que comme une femme de bonne naissance qui lui avait apporté des terres, lui offrirait un jour des enfants et se trouvait par ailleurs être une amante satisfaisante.

Elaine soupira. Dans leur monde, était-il seulement possible pour un homme de traiter son épouse en égale ? La plupart de ceux qu'elle connaissait penseraient que non. Les femmes étaient utiles pour ce qu'elles apportaient, pas pour leur esprit.

Elle était sans doute folle d'attendre autant de son propre mariage. En vérité, elle était déjà chanceuse d'avoir épousé un homme tel que Zander. Bien souvent, les femmes étaient simplement vendues au plus offrant.

Pourtant, elle ne pouvait s'empêcher de désirer plus. Elle avait entendu des histoires d'un amour inspirant et merveilleux, comme celle d'Hélène de Troie. Des histoires de femmes puissantes qui avaient mis des hommes à genoux. Même dans la Bible, il existait des femmes capables de gouverner de grands guerriers, comme Dalila qui avait volé la force de Samson, ou encore Cléopâtre, qui avaient régné sur le cœur de deux empereurs.

Contrairement à ces femmes, Elaine n'avait aucun désir de contrôle ou de domination. En revanche, elle voulait le respect et l'amour de son mari. Au début, elle avait cru que la passion sensuelle qu'ils partageaient pourrait suffire, elle découvrait hélas que cela ne serait jamais assez.

Elle était légalement la femme de Zander, toutefois, elle voulait partager sa vie, ses pensées, être consultée sur les décisions qui affectaient leurs vies à tous deux.

Une fois de plus, la chasse n'avait guère été fructueuse. Ils n'avaient pris que trois lièvres, cinq pigeons et un petit chevreuil. C'était déjà bien peu pour nourrir les dames et les domestiques, sans même parler des chevaliers. Ils seraient donc obligés de prendre à nouveau dans leurs réserves de viande salée.

Zander savait qu'il ne pouvait plus retarder son départ, ne serait-ce que d'un jour. Il devait rapidement trouver un château plus grand, doté de bois plus vastes pour faire vivre tout son entourage pendant la dure période de l'hiver. Sweetbriars était une demeure magnifique en été et à l'automne, mais au cours de l'hiver, elle ne permettait plus de nourrir tant de monde. Le château de Howarth leur avait été rendu, mais Zander ne se faisait aucune illusion : Newark avait dû vider toutes les réserves avant de quitter les lieux. De même, il se doutait que le domaine aurait besoin de quelque temps de repos pour se remettre de l'occupation d'un homme sans scrupule comme Newark. Il saccageait tout, terres et lieux, mais ne remettait rien en culture d'après les échos qui lui étaient revenus.

Zander irait parler à l'intendant et lui donnerait de l'or pour refaire les réserves afin qu'ils puissent éventuellement y séjourner l'hiver suivant.

En entrant dans la grande salle, il fronça les sourcils, inquiet de ce qu'il allait y trouver. Elaine était-elle toujours en colère contre lui ? Il n'avait eu d'autre choix que d'accepter les termes du comte ! Elle devait pourtant bien le savoir ! Il n'était pas encore assez puissant pour affronter deux ennemis à la fois. Or, même si Philip ne s'était pas encore manifesté, l'attaque viendrait.

Depuis la veille, il n'avait cessé de tourner et retourner son esprit en tous sens pour trouver un moyen de l'apaiser sans pour autant offenser son nouvel allié. En vain… Hier soir, elle avait semblé distante, aussi avait-il préféré la laisser dormir seule. Résultat, il avait passé la nuit les yeux grands ouverts, à penser à elle, encore et encore.

Quand il entra dans la grande salle, il la découvrit en train de donner ses ordres au cuisinier pour le souper. Des domestiques commençaient à installer les longues planches de bois brut sur les tréteaux. La seule table qui restait constamment en place était la table d'honneur qu'il partageait avec Elaine et ses plus proches chevaliers. Celle-ci était déjà dressée d'aiguières et de plats d'argent qui contenaient vin, ale, tranches de pain épaisses et dattes.

Zander marcha jusqu'à la table et prit une datte. Il était affamé après une journée de chasse harassante.

— Désires-tu du vin, mon seigneur ? lui demanda Elaine.

Il se tourna vers elle avec espoir. Lui tenait-elle encore rigueur de leur querelle de la veille ?

— Oui, merci. La journée a été longue et peu fructueuse. Nos provisions commencent à être dangereusement insuffisantes.

— Je comprends. Tu dois partir, dit Elaine en levant la tête.

La lueur dans son regard d'azur lui indiqua que tout n'était pas pardonné.

— Je reviendrai dès que je le pourrai.

Elle acquiesça poliment. Il la fixa, soudain incertain.

— Te sens-tu mieux ?

— Beaucoup mieux, merci. Je saurai me débrouiller, je connais mes devoirs de châtelaine.

Hélas, son regard glacial acheva de le convaincre qu'elle lui gardait rancœur.

— Et qu'en est-il de tes devoirs d'épouse ? gronda-t-il d'un ton menaçant.

À sa propre stupéfaction, elle fit mine de n'avoir rien entendu, releva le menton et se détourna.

Zander maîtrisa l'envie qu'il avait de saisir son poignet pour la retenir. Elle le poussait à bout, seulement, ils étaient exposés à la vue de tous et il devrait attendre qu'ils soient seuls pour l'obliger à l'écouter. Son orgueil était parfois véritablement insupportable ! Il était même tenté de la renverser sur ses genoux pour lui donner la fessée comme à une enfant impertinente.

Malheureusement, une telle idée ne fit rien pour l'apaiser. Il ne voulait pas punir sa femme, non, ce qu'il voulait, c'était l'avoir consentante et passionnée entre ses bras. Il voulait l'embrasser langoureusement, caresser sa peau satinée et sentir son sexe étroit se contracter autour de sa virilité quand il entrait en elle.

Inutile d'en discuter autour de lui. La plupart des hommes lui conseilleraient d'en passer par la punition pour lui apprendre comment une épouse devait se comporter face à son mari.

Il rejoignit sa chambre au pas de charge pour se débarrasser de la poussière de la journée. Ce soir, il avait la ferme intention de régler le problème avec cette petite entêtée !

Un petit sourire satisfait flottait sur les lèvres d'Elaine tandis qu'elle terminait de superviser les préparatifs du souper. Elle avait parfaitement conscience de la frustration de Zander et cela lui plaisait infiniment. Non qu'elle appréciât d'être en désaccord avec lui, cependant, elle refusait de se plier docilement au moindre de ses ordres. Elle était la maîtresse de ces lieux et il devait apprendre à respecter ses pensées et son autorité dans les domaines qui lui étaient dévolus.

Est-ce que le respect le mènerait à l'amour ? Ou bien, au contraire, risquait-elle d'anéantir l'affection qu'il avait eue pour elle ? Elle connaissait son tempérament explosif, mais avait également remarqué que ses colères passaient aussi vite qu'elles étaient arrivées. Après tout, il traitait tous ses gens comme des égaux, alors pourquoi pas sa propre femme ?

Elaine s'assura que tout était en place pour le festin du soir — le dernier qu'ils auraient avant plusieurs semaines, jusqu'au retour de Zander ou bien jusqu'à ce qu'ils trouvent le moyen de refaire leurs réserves de nourriture. Elle était parfaitement consciente que Zander n'exagérait rien et que l'hiver serait difficile. Il avait tant gelé ces derniers temps que le gibier se terrait et bientôt, ils seraient contraints de manger le bétail, qui devait au contraire se reproduire au printemps. Durant les hivers rudes, même les seigneurs n'étaient pas à l'abri de la faim si les provisions n'étaient pas bien gérées.

Elaine poussa un soupir. Elle devait accepter les absences de son mari. Celle-là ne serait pas la dernière. Et puis, il ne partait que pour inspecter leur prochain lieu de vie… Cela aurait pu être bien pire. Après tout, il avait juré loyauté à Richard et, au retour du roi, il devrait peut-être reprendre les armes en son nom.

Pour l'heure, s'il était aussi pressé de partir, c'était en partie pour elle, pour trouver un lieu de vie qui convienne à son épouse et à leurs gens. Il avait raison de s'en occuper, bien évidemment. Toutefois, elle avait aussi besoin de savoir, au fond de son cœur, qu'elle allait lui manquer.

Aussi, malgré le désir qu'elle avait de se laisser aller dans ses bras ce soir, elle était déterminée à garder ses distances. Zander devait apprendre à respecter son point de vue sans quoi leur mariage ne serait pas une union heureuse. Peut-être en demandait-elle trop, mais elle avait envie, non, *besoin*, de cette considération. Et si Zander était bien l'homme qu'elle pensait, il comprendrait ce besoin.

Elaine demeura parfaitement calme et aimable tout au long du dîner. Elle souriait à chacun, riait des plaisanteries des chevaliers de Zander et mena de bon cœur la danse qui suivit le repas. Puis elle souhaita la bonne nuit à tous ainsi qu'un bon voyage pour ceux qui partaient.

Zander avait passé la soirée à l'observer et il bouillait intérieurement. Il ne pouvait strictement rien lui reprocher dans ses manières. Elle se montrait absolument charmante avec tous. En tant que châtelaine, elle était sincèrement aimée et admirée par ses gens, pour la bonne raison qu'elle se montrait douce et généreuse tout en restant ferme. Elle avait toujours un soin prêt pour les malades.

Bien sûr, elle ne pouvait, pas plus que les chirurgiens, traiter les maladies les plus graves. Ainsi, ceux qui étaient soudain pris d'un mal violent ou inconnu étaient supposés avoir été attaqués par des démons. Ils étaient enfermés et enchaînés pour être laissés à pourrir dans la solitude et la pauvreté. Cela faisait partie des nombreux mystères de la vie contre lesquels les hommes essayaient vainement de lutter en lisant dans les astres.

Un autre mystère demeurait à ses yeux, plus énigmatique encore : pourquoi Elaine n'était-elle pas une épouse aussi dévouée et obéissante qu'elle l'était en tant que châtelaine ? Les dames de haute naissance qu'il connaissait savaient où était leur place et ne tentaient pas de se rebeller ainsi contre leurs époux. Elles attendaient qu'on leur dise quoi faire et se montraient reconnaissantes de ce qu'elles avaient.

Du moins, sa propre mère lui avait semblé toujours agir de la sorte. Jamais elle n'aurait osé remettre en cause d'une quelconque manière les décisions de son époux. Et pourtant… Une part de lui-même ne voulait pas d'une épouse soumise et silencieuse. L'une des raisons pour lesquelles il était tombé amoureux d'Elaine, des années auparavant, c'était qu'elle était pleine de vie, joueuse, dotée d'une force et d'une volonté peu communes.

Un sourire naquit sur ses lèvres tandis qu'il se remémorait un jour qu'ils avaient passé ensemble dans la forêt. La nourrice d'Elaine était venue la prévenir que son père la faisait demander. Elle avait été sévèrement tancée par la brave femme qui lui avait dit de rentrer immédiatement et de mieux se comporter. Pour toute réponse, Elaine avait saisi sa main et s'était enfuie avec lui dans les bois.

C'était le début de l'automne et l'air était doux et chaud. Seuls les chuchotis d'un écureuil ou les pépiements des oiseaux brisaient le silence de la clairière dans laquelle il avait déposé son manteau pour lui faire un lit. Ils étaient restés allongés là pendant des heures, à discuter, à rire, à s'embrasser… Ils ne parvenaient pas à détacher leurs yeux l'un de l'autre tandis qu'ils parlaient de tout et de rien. Il avait partagé avec elle ses rêves et ses espoirs, et elle en avait fait de même.

Il la désirait comme un fou, déjà à l'époque, cependant l'honneur lui interdisait de toucher à une jeune dame innocente. Elle était restée aussi pure et innocente depuis ce jour jusqu'à celui, tout proche, où elle lui avait donné son corps avec la fougue et la passion qui la caractérisaient.

Zander n'avait même pas besoin de fermer les yeux pour la revoir, toute jeune fille, la robe remontée au-dessus des genoux afin d'entrer dans l'eau froide de la cascade.

Il lui avait rapporté des mûres qu'elle avait mangées avec bon appétit. Le jus avait coloré de rouge ses lèvres et il avait savouré avec délice ce nectar. Sans doute beaucoup d'hommes n'auraient-ils pas résisté à la tentation de la prendre dans l'intimité de cette clairière secrète. Mais il n'avait pas voulu l'entraîner trop loin dans les plaisirs de la chair. Parce qu'il l'aimait.

Bon sang ! Il l'aimait comme un fou ! Il l'avait toujours aimée et il l'aimait encore !

Seuls ces souvenirs, et les centaines d'autres qu'il avait d'elle l'avaient aidé à supporter l'enfer de la guerre toutes ces années.

Au début, il avait tenu pour réaliser le seul rêve qui lui importait : rentrer pour faire enfin d'elle sa femme. Puis le chagrin, la mort, ses terribles blessures avaient anéanti ce rêve. Il n'avait plus voulu se bercer d'illusions. Pourtant, quand il l'avait retrouvée, elle n'avait pas vu la cicatrice, elle n'avait vu que l'homme derrière.

Elaine était belle, intelligent, courageuse et fière, exactement telle qu'il la voulait. Il l'aimait ainsi et l'aimerait toujours, peu importait qu'elle le défie ou qu'ils se querellent.

En même temps que la révélation de son amour s'imposait à lui, Zander sentit l'armure qu'il avait érigée autour de son cœur se fendiller. Pourquoi avait-il cherché à mettre une distance entre eux ? Pourquoi ne lui avait-il pas avoué à quel point elle comptait à ses yeux ? Peut-être qu'alors elle aurait mieux compris pourquoi il avait dû se résoudre à cette alliance avec Newark. Seulement pour son bien à elle, pour sa sécurité.

Zander prit conscience que, contrairement à ce qu'il avait cru, son âme n'avait pas tant changé malgré les épreuves. Il avait renié Dieu, cependant, Dieu avait continué de veiller sur lui. Il sentit son cœur s'émouvoir en comprenant que Dieu ne l'avait jamais quitté. Alors, l'esprit enfin apaisé, il pria en silence pour remercier le Seigneur de lui avoir tant donné.

Profondément apaisé, il comprit qu'il devait trouver un moyen de faire la paix avec sa femme. Elle était rentrée dans sa chambre et il se demanda s'il trouverait sa porte verrouillée. Peu importait ! Sa détermination ne faiblirait pas : elle l'écouterait avant qu'il ne parte, dût-il pour cela briser sa porte.

Elaine était restée pensive en regagnant sa chambre. Elle n'était pas fatiguée le moins du monde, seulement, elle était lasse de rester auprès de Zander dans cette atmosphère tendue. Elle ne savourait même plus le fait de piquer son orgueil de mâle. Au fur et à mesure du dîner, sa poitrine s'était serrée.

Demain, il la quitterait pour plusieurs semaines. Tout ce qu'elle voulait, c'était se lover contre lui, sentir ses lèvres sur les siennes et s'abandonner à ses caresses. Seulement, si elle reculait maintenant, elle ne serait jamais rien de plus à ses yeux que des bras accueillants et une châtelaine pour gérer ses demeures.

Elle avait prévenu Marion qu'elle se préparerait sans aide pour la nuit. En effet, elle préférait être seule au cas où Zander décidait de la rejoindre. Une fois la porte de ses appartements refermée, elle retira son voile et sa coiffe. Elle ôtait une à une les épingles qui maintenaient sa longue chevelure en chignon lorsque la porte s'ouvrit dans son dos. Son cœur battit plus vite mais elle ne se retourna pas.

— Tu es magnifique.

En entendant cette voix, elle fit volte-face. Son souffle se bloqua dans sa gorge tandis que ses yeux écarquillés se posaient sur la silhouette de l'homme qui se tenait devant elle. Elle eut du mal à reconnaître dans ce visage pâle et fiévreux celui qu'elle avait connu. Les yeux de Stornway brillaient d'une lueur maladive et malfaisante à la fois.

Elaine serra les poings et réprima un frisson de peur et de répulsion. Elle fit de son mieux pour ne pas laisser sa voix trembler en découvrant la dague qu'il tenait dans la main.

— Comment êtes-vous entré ? Vous ne quitterez pas ces murs vivant. Les hommes de mon mari vous tueront.

— Je dois reconnaître que tu es une garce particulièrement fière, dit Philip en avançant vers elle. Je vais adorer te soumettre à ma volonté. Oui, ce sera un plaisir de te mater, pour que tu comprennes enfin qui est ton maître.

— Vous ne sortirez pas d'ici vivant, répéta-t-elle en sentant la panique l'envahir.

Cet homme était de toute évidence fou, et cela ne faisait qu'accroître le danger qu'elle courait. Il semblait prêt à tout.

— Ma vie n'a plus grande valeur à mes yeux, rétorqua-t-il avec un rictus grimaçant. Je suis ici pour vous donner une bonne leçon d'humilité, à toi et à ton mari. Je veux qu'il me regarde quand je te mettrai à genoux pour te prendre, puis je le tuerai.

Avait-il complètement perdu la raison ? Elaine n'avait qu'à crier pour… Oh non ! Elle avait renvoyé ses dames de compagnie ! Elle était seule face à lui ! Elle pouvait entendre les rires et les cris de l'assemblée en bas. Mais elle, personne ne l'entendrait. Pourrait-elle atteindre la porte et s'enfuir ? Elle tenta de faire un pas en avant, mais Philip fut plus rapide. Sa lame allait et venait devant elle, menaçante. Serait-il capable de la tuer sans même la violer ?

Une résolution née de la peur grandit en elle. Elle ne se laisserait pas faire sans se battre.

— Vous êtes fou, dit-elle d'une voix étrangement calme. Je ne me soumettrai jamais. Je préfère encore la mort.

— Maintenez-la, gronda Stornway.

Sous son regard affolé, deux de ses hommes sortirent de l'ombre.

— Attachez-lui les bras dans le dos, ordonna-t-il, mais ne la blessez pas. Je la veux vivante… Je veux qu'elle soit parfaitement consciente de ce qui va leur arriver, à elle et à son maudit mari.

Elaine poussa un cri de rage et courut dans un élan de terreur vers la porte. Hélas, les hommes se jetèrent sur elle et la maintinrent tandis qu'elle se débattait et hurlait comme une bête sauvage. Il leur fallut plusieurs minutes pour finalement parvenir à la soumettre. Ils la forcèrent à tomber à genoux devant Philip, les mains liées dans le dos. Elaine pouvait sentir le goût du sang sur ses lèvres car elle s'était rudement mordu la langue en se débattant.

— Et voilà. Il ne nous reste plus qu'à attendre, à présent, dit tranquillement Philip en souriant.

Elle frémit d'horreur devant son regard réjoui. Comment pouvait-on ainsi prendre plaisir à humilier et faire souffrir autrui ?

— Si vous me faites du mal, ou si vous vous en prenez à mon seigneur, ses hommes vous tueront ! s'écria-t-elle à l'adresse de ses geôliers pour les raisonner.

Mais Philip prit ses mots pour lui et se contenta d'éclater de rire.

— Eh bien, j'aurais ma vengeance avant de mourir. Bâillonnez-la !

Elle se retrouva bientôt bâillonnée par un morceau de tissu crasseux et ne parvint pas à s'en débarrasser malgré ses efforts. Elle regrettait amèrement de l'avoir défié et énervé, parce qu'à présent, elle ne pourrait pas mettre Zander en garde. Mais peut-être son comportement de la soirée l'inciterait une fois de plus à ne pas venir chez elle…

Au moment même où cette pensée se formait dans son esprit, une ombre apparut dans l'encadrement de la porte.

— Elaine… Qu'est-ce que…

La voix profonde de Zander lui brisa le cœur. En l'entendant, Philip se tourna brusquement vers lui. Elaine vit le visage de son époux passer de la stupeur à la rage en un instant quand son regard embrassa le spectacle de sa femme maintenue à genoux par deux hommes. Pourtant, sa voix était étonnamment calme lorsqu'il prit la parole.

— Ainsi, Philip, la rumeur mentait. Je te pensais alité. Comment es-tu parvenu à entrer ? Laisse-moi deviner… Tu es passé avec tes sbires par la porte latérale lorsque les hommes sont rentrés de la chasse et tu t'es fondu parmi eux. Je vais devoir réprimander les gardes pour leur faute…

— Tu n'aurais rien pu faire pour m'empêcher d'entrer, lança Philip. Jette ton arme et montre-moi tes mains ou elle meurt.

Sur un geste de son maître, l'un des serviteurs posa une lame tranchante sur sa gorge. Le cri qui monta de sa gorge ne sortit qu'en un pathétique gémissement à travers le bâillon. Zander ne devait pas se laisser entraver à son tour ! Elle secoua violemment la tête pour lui faire signe de partir. Ne voyait-il pas qu'obéir à ce fou était le pire à faire ? Une fois que Philip l'aurait attaché, il pourrait sans inquiétude mener son plan monstrueux à terme avant de les tuer tous les deux.

Elle ressentit une vague de désespoir en le voyant néanmoins défaire la boucle de son épée et la laisser tomber à terre. Il lui jeta un regard étrange qu'elle ne sut comment interpréter. Puis il plaça ses bras dans son dos.

— Attachez-le ! glapit Philip.

Aussitôt, l'un de ses serviteurs se rua sur lui pour s'exécuter. À l'aide d'une corde, il se mit en devoir de lier les mains de Zander, mais avant même qu'elle comprenne ce qui arrivait, l'homme se retrouva au sol, gémissant, les mains ensanglantées.

— Dis à ton sbire de la relâcher ou ce maudit chien mourra, gronda Zander.

Philip se contenta d'éclater de rire.

— Je me moque bien qu'il vive ! Tue-la ! ordonna-t-il à l'homme qui la tenait. Tue-la !

Horrifiée, Elaine ne parvenait pas à détacher son regard de ses yeux fous.

— Crois-tu que tu pourras quitter ce lieu vivant ? demanda calmement Zander au serviteur. Je te laisse une chance de le faire : relâche-la et pars maintenant. Partez tous les deux, ajouta-t-il en désignant celui qui gémissait toujours à terre. Sinon, vous mourrez dans d'atroces souffrances. Un seul cri et mes hommes accourent. Vous n'avez pas à subir les conséquences de la querelle qui m'oppose à votre maître, alors partez.

Elaine sentit l'hésitation de l'homme qui la maintenait. Un instant, la lame appuya plus fort contre sa gorge, puis elle s'écarta. Prudemment, il avança en direction de la porte, puis, comme Zander restait immobile, il s'enfuit en courant, aussitôt suivi de son complice blessé.

Philip se rapprocha d'Elaine, blême, le visage ruisselant d'une sueur malsaine. Il tendit sa lame vers elle, cependant, seuls ses bras étaient entravés. Sans hésiter une seconde, elle se releva et partit en courant. Philip chercha à lui bloquer le chemin, mais la lame que Zander venait d'envoyer dans les airs vint se planter dans son bras. Philip poussa un hurlement de douleur et se retourna brusquement vers Zander.

Elle échangea un rapide regard avec ce dernier, et sans un mot, elle passa en courant devant lui. Une fois dans le couloir, elle tenta de hurler à pleins poumons. Bien sûr, seuls des marmonnements incompréhensibles s'échappaient de son bâillon. Heureusement, les hommes la virent. Janvier accourut auprès d'elle et la libéra de ses liens et de son bâillon.

— Mon seigneur ?

— Il se bat contre Stornway. Dans ma chambre. Vite !

Elle s'attendait à ce qu'il parte en courant au secours de Zander, au lieu de quoi, il se contenta d'esquisser un sourire.

— Il se débrouillera très bien sans personne. Stornway n'est pas un combattant. Venez, ma lady, installez-vous à table et prenez un peu de vin.

— Quoi ? Non ! Je dois y retourner ! balbutia Elaine, stupéfaite et paniquée par la réaction de Janvier.

— Votre présence ne ferait que le distraire, au contraire, assura-t-il en la retenant. Lord Zander n'aura d'autre choix que de tuer l'homme qui a trahi son amitié et il ne voudrait pas que vous assistiez à ce spectacle.

Elaine inspira un soupir tremblant d'émotion.

— Mais… Je l'aime… S'il lui arrivait…

— Et lui vous aime plus que tout, la coupa Janvier avec un bon sourire. Pourquoi croyez-vous qu'il a fait la paix avec un homme qu'il exècre et méprise ? Pensez-vous qu'il était aisé pour lui de contenir sa fureur ? Il n'a agi que pour votre bien, ma lady.

Elaine ne put qu'acquiescer faiblement, submergée par l'émotion.

— Je… Je le sais bien. C'est seulement… Il ne m'a pas consultée.

— Vous savez bien qu'un chevalier doit se montrer fort et sûr de lui pour asseoir son autorité. Si un homme demandait publiquement l'avis de sa femme, il serait la risée de ses compagnons. Est-ce ce que vous voulez ? Ne vaut-il pas mieux qu'il vous protège et vous honore ?

Elaine baissa le regard, embarrassée. Elle n'avait bien sûr jamais eu l'intention d'humilier Zander devant ses hommes. Tout à coup, elle prenait conscience qu'elle avait gâché les derniers jours avant son départ au nom d'un orgueil ridicule. S'il partait et était tué alors qu'ils étaient en froid… Elle retint le gémissement de douleur qui montait en elle.

Affreusement inquiète, elle tendit l'oreille pour savoir ce qui se passait à l'étage. Rien. Aucun bruit. Une terreur sans nom lui glaça le sang. Stornway avait-il tué son époux ? Elle tourna les yeux vers l'escalier et découvrit avec un soulagement indicible la silhouette de son époux. Déjà, elle courait vers lui et il ouvrait ses bras.

— Es-tu blessé ? s'affola-t-elle. Il voulait nous tuer tous les deux. Il voulait me déshonorer sous tes yeux, balbutia-t-elle.

Zander hocha sombrement la tête en la tenant contre lui pour l'apaiser.

— Je crois qu'il a perdu l'esprit. Il hurlait de telles insanités, la bave aux lèvres. Je suis heureux que tu n'aies pas été là pour voir cette déchéance. Le monstre qu'il était devenu… Oui, je pense sincèrement que sa mort est une miséricorde divine car ce fou n'avait plus rien à voir avec l'homme que j'ai connu autrefois.

— Pardonne-moi, murmura-t-elle en se serrant contre lui. Pardonne-moi mon obstination et mon orgueil, je t'en prie.

Il l'écarta de lui, les sourcils froncés.

— Tu ne devrais pas me demander pardon. Je hais Newark autant que toi, Elaine. Même si j'ai fini par comprendre qu'il n'avait jamais été mon ennemi, je méprise et je hais cet homme. Je déteste être forcé de négocier avec des hommes de son acabit. Cependant, c'est ce qu'il y avait de mieux à faire pour nous… Pour toi, mon amour. Tu sais comme moi qu'on ne peut hélas pas toujours choisir avec qui faire des alliances afin de garantir la paix.

— Je le sais, admit-elle dans un souffle. Je me suis montrée entêtée et stupide parce que… Parce que je voulais que tu m'aimes, que tu me respectes.

Elle laissa les larmes couler sur ses joues et leva le regard sur lui. Zander lui sourit tendrement et essuya ses pleurs.

— Ne sais-tu pas à quel point je t'adore ? J'ai essayé de te prouver mon amour de bien des façons, pourtant. Les mots ne me viennent plus aussi facilement qu'autrefois, hélas. Je ne suis plus le jeune homme enjoué d'autrefois.

— Je le sais. C'est l'homme qui est rentré de croisade que j'aime, et non ton souvenir. Je t'en prie, pardonne-moi. Je te promets que j'essaierai de t'obéir et…

Zander la fit taire d'un baiser qui lui coupa le souffle. Elle se pressa amoureusement contre son grand corps musclé pour lui exprimer tout ce qu'elle ressentait au fond de son cœur. Bientôt, il l'écarta doucement et lui prit les mains.

— Tu ne peux pas retourner dans ta chambre cette nuit, Elaine. Tu dormiras dans ma chambre ce soir et demain matin…

— Emmène-moi avec toi, l'interrompit-elle. Montre-moi ce nouveau château. Laisse-moi décider avec toi de l'endroit où nous allons vivre.

Zander la contempla de longues secondes sans rien dire, l'air hésitant. Enfin, il acquiesça et Elaine en ressentit une joie intense.

— Oui, tu viendras avec moi. De toute façon, je ne suis pas certain d'avoir la force d'être à nouveau séparé de toi après ce soir.

Ses doigts serrèrent plus fort ses mains et elle sentit son léger tremblement.

— J'ai failli te perdre, reprit-il. Je ne l'aurais pas

supporté. Viens, mon amour, laisse-moi t'emmener dans ma chambre.

Elaine le laissa donc l'entraîner jusque dans ses appartements. Le décor en était très simple, c'était là clairement les quartiers d'un soldat. Malgré sa richesse, il avait été habitué à vivre avec le minimum et il ne semblait pas décidé à s'accorder plus de confort. Non, en vérité, il dépensait ses richesses pour elle exclusivement.

Il lui avait offert des bijoux, des tissus précieux et sa protection. Il lui avait effectivement montré qu'il tenait à elle, de la seule façon qu'il connaissait. Il n'avait jamais hésité à mettre sa propre vie en danger pour la sauver.

Ainsi, Elaine se doutait bien qu'il n'avait pas dû être facile pour lui de donner la mort à celui qui avait été son ami. Sans doute, si Philip était resté dans son château, Zander aurait-il tenté une trêve entre eux. Cependant, Philip l'avait attaquée, elle, et Zander lui en avait fait payer le prix.

Lord Stornway avait été shérif du roi. Zander devrait-il répondre de sa mort devant Richard ? Quel que soit l'avenir, il n'était en tout cas pas serein.

Ils montèrent silencieusement les marches, mais dès qu'il eut refermé la porte de sa chambre, elle se tourna anxieusement vers lui.

— Le roi sera-t-il en colère contre toi pour avoir tué Stornway ?

— Peut-être. J'irai lui exposer la situation dès son retour. Je t'en prie, ne t'inquiète pas de cela, maintenant, Elaine. Ce n'est pas le moment.

Lentement, il s'agenouilla devant elle sans jamais la quitter des yeux. Elle le regardait sans comprendre quand il se pencha pour baiser ses jambes. Ses doigts se posèrent sur ses pieds.

— Ils sont glacés, dit-il. Je t'aurais portée si j'avais su que tu étais nu-pieds.

— Pourquoi t'agenouilles-tu devant moi ?

— Parce que je ne mérite pas d'être ton époux, ma dame. Je veux que tu acceptes mon hommage et que tu saches que tu m'es plus précieuse que n'importe quoi sur cette terre. Je t'aime depuis toujours, Elaine, mais je ne l'ai jamais aussi durement compris que lorsque j'ai vu cette lame sur ton cou. Je ne peux pas vivre sans toi, mon amour.

— Oh ! Zander, relève-toi. Je t'aime de tout mon être et jamais je ne te croirai indigne de mon amour. Tu es le chevalier le plus honorable que je connaisse et je t'admire.

— Pourtant, mon âme est entachée d'une nouvelle mort. Un homme qui avait été mon ami est mort de ma main. Des innocents sont morts de la main d'hommes qui étaient sous mon commandement.

— Tu étais un soldat, alors, contraint d'obéir aux ordres. Cet homme, ce n'est pas toi, dit-elle doucement.

— Crois-tu ? Je suis toujours un soldat, Elaine, et je serai tenu de me plier aux ordres que Richard me donnera. Bien sûr, je ne repartirai plus faire la guerre aussi loin de chez nous, néanmoins, je devrai toujours défendre mon roi.

— Je le sais, et je le comprends. Je ne te demande pas de rester toujours auprès de moi, je ne te demande pas d'oublier ton honneur et ton devoir. Tout ce que je demande, c'est que tu m'aimes et que tu me traites comme ton égale en m'informant de tes actions. Je serai à ton côté, mon seigneur, pour partager le bon comme le mauvais.

— Te traiter comme une égale ? Je te considère comme infiniment supérieure à moi ! En revanche, je peux te promettre que je partagerai mes décisions avec toi, même si je n'en ai peut-être pas toujours l'opportunité. Si nos vies dépendent d'une décision rapide, je devrais la prendre sans ton accord.

— Bien sûr, tu es le seigneur ici et je ne chercherai jamais à me substituer à ton autorité. C'est à toi qu'il revient de nous défendre. Simplement, pour ce qui nous concerne tous deux, j'aimerais savoir que mon avis t'importe.

— Tu n'arrives toujours pas à me pardonner d'avoir fait la paix avec Newark ?

— Si, je t'ai pardonné, soupira-t-elle. Tu n'es pas le seul à avoir pris conscience ce soir que la vie est trop courte pour se quereller. S'il t'était arrivé malheur… je n'aurais plus eu de raison de vivre.

— Tu es et tu seras toujours ma priorité, mon amour. Désormais, laissons tout cela derrière nous.

Le regard intense, il s'avança vers elle et la prit dans ses bras.

— À présent que tu sais à quel point je t'aime, tu ne t'éloigneras plus de moi, n'est-ce pas ? demanda-t-il d'une voix rauque.

— Jamais, jura-t-elle en prenant son visage dans ses mains. Je t'aime plus que ma vie, Zander.

Il prit sa bouche avec une possessivité envoûtante avant de l'amener jusqu'à son lit. Le matelas en était bien plus dur que le sien, mais Elaine ne songea pas à se plaindre sous les caresses et les baisers de son mari.

— Ma magnifique épouse, murmura-t-il en la serrant contre lui. Si tu savais comme j'ai eu peur de te perdre, ce soir…

— Je le sais. J'ai ressenti la même angoisse à l'idée de te perdre, répondit-elle, ses lèvres contre les siennes.

Bientôt, sa robe et sa chemise furent jetées au sol. Peau contre peau, ils s'enivrèrent l'un de l'autre. Elaine avait toujours aimé ces moments, mais ce soir, elle ressentait entre ses bras un plaisir décuplé. Elle se cambrait contre lui, haletante, tremblante de désir tandis que ses doigts habiles l'amenaient toujours plus près de l'extase. Quand enfin il entra en elle, elle gémit longuement, les yeux clos, émerveillée par la plénitude qu'elle ressentait.

Elle se laissa emporter par l'incroyable harmonie qui liait leurs deux corps. Bientôt, le plaisir se fit si intense qu'il en devint presque douloureux.

— Mon merveilleux amour... Je t'adore, je ne cesserai jamais de t'aimer, gronda-t-il au creux de son oreille.

Le plaisir qu'il lui donnait était si puissant, si fort qu'elle ne put lutter davantage contre la vague de plaisir qui l'emportait.

— Je ne douterai plus jamais de ton amour, promit-elle comme ils reposaient, épuisés mais comblés.

Zander attira Elaine contre son torse et sentit bientôt ses membres se détendre tandis qu'elle plongeait dans un sommeil bienheureux. Lui savourait la sensation de la sentir ainsi abandonnée contre lui.

Elle était sienne, enfin. Dans son corps et dans son âme. Il n'était certes pas le jeune idéaliste qui l'avait quittée des années auparavant, mais le chevalier qui était rentré auprès d'elle était déterminé à l'aimer et à la protéger toute sa vie.

Épilogue

Elaine admirait les rayons de lumière qui inondaient le cabinet où elle avait coutume de travailler au manoir de Bricasse. Le château se trouvait à moins de trois lieues à l'ouest des terres de l'oncle de Zander. Dans la pièce, les étagères étaient emplies de soins et d'herbes qu'elle et ses dames avaient préparés. Partout, des fleurs pendues séchaient et un banc était encore jonché des trouvailles de leur dernière récolte dans les champs alentour.

Sir Roderick leur avait trouvé un magnifique endroit, un château à la fois solide et agréable, installé sur des terres fertiles qui permettaient de nourrir les hommes d'armes de plus en plus nombreux qui rejoignaient Zander.

Elaine essuya ses mains sur un linge avant de quitter la pièce pour rejoindre la grande salle. Le manoir était plus moderne que Sweetbriars, aussi les pièces en étaient-elles plus agréables avec leurs hautes fenêtres de verre.

Elle se massa le bas du dos qui devenait de plus en plus douloureux à mesure que son bébé grandissait en elle. Si seulement son époux était à la maison… Elaine repensa à tout ce qui s'était passé ces derniers temps.

Plus tôt cette année, au mois de février, le roi Richard

était finalement rentré pour reprendre pleinement ses droits sur le trône. Plutôt que de se révolter, le prince Jean avait juré allégeance à son frère et avait convaincu Richard de sa loyauté, bien que beaucoup doutent en secret de sa sincérité. Quoi qu'il en soit, le roi avait pris sa décision et, malgré les années de captivité, il préparait déjà sa prochaine croisade. Zander avait été convoqué avec d'autres chevaliers auprès de la Cour. Elaine avait peur que le roi ne lui demande de prouver sa loyauté au trône en retournant avec lui en Terre sainte.

Lorsque Zander avait parlé face à la Cour, le roi avait accepté sa version de la mort de Stornway. À la grande surprise d'Elaine, Anne n'avait pas émis la moindre objection à son récit. Pour la remercier, Elaine lui avait écrit une lettre. Elle avait reçu une réponse de l'abbesse de Saint-Michel qui lui annonçait qu'Anne avait décidé d'entrer dans les ordres.

Bientôt, Elaine avait sorti la jeune femme de son esprit pour profiter enfin du bonheur qui lui était offert. Ils s'étaient installés dans leur nouveau château, puis, Sir Roderick les avait convoqués chez lui où il recevait le roi.

La rumeur affirmait alors que Richard avait en tête de nommer Sir Roderick shérif, en remplacement de Stornway. Pourtant, après un séjour sans incident, le roi était finalement parti sans rien annoncer. L'oncle de Zander avait-il été déçu de n'être finalement pas nommé au poste de shérif ? Elle n'en savait rien, parce qu'il n'en avait pas parlé devant elle. Son époux lui en disait autant qu'il le pouvait dans l'intimité de leur chambre, parce que son oncle restait persuadé que les dames devaient être protégées des vérités politiques.

Au mois de juin de cette même année, Elaine avait compris qu'elle portait un enfant. Malgré son impatience, elle avait attendu quelques semaines avant de l'annoncer à son époux. Par bonheur, le médecin avait confirmé que tout allait bien et qu'elle était enceinte depuis plus de deux mois.

À cette annonce, Zander l'avait regardée avec émerveillement. Elaine adorait revoir en pensée cette scène.

— *Tu portes mon enfant ? s'écria-t-il en saisissant ses mains dans les siennes pour les embrasser amoureusement. Je n'arrive pas à y croire ! Et pourtant, cela ne devrait guère m'étonner... Nous avons été plutôt passionnés ces derniers mois...*

— *Es-tu heureux ?*

— *Bien sûr ! Et toi, mettre au monde notre enfant, cela ne t'inquiète-t-il pas ?*

— *Pas le moins du monde ! Je suis folle de joie, au contraire. J'ai toujours voulu des enfants. Notre maison est splendide, nos terres riches, comment pourrais-je ne pas être heureuse d'accueillir nos enfants ?*

Elaine sourit en repensant à ces instants. Oui, elle aimait cette maison, elle aimait partager la vie de son époux. Elle appréciait tout particulièrement la nouvelle organisation de leurs chambres à coucher : les deux chambres seigneuriales étaient connectées par un petit couloir au milieu duquel était installé un parloir.

À toute heure, ils pouvaient ainsi se retrouver quand leurs tâches respectives leur laissaient un moment de répit. De plus, elle avait veillé à ce que les appartements de son époux bénéficient de tout le confort nécessaire à un seigneur puissant.

Elaine sentit l'angoisse lui serrer la gorge. Et si ce bonheur était menacé ? Et si le roi, qui était en ce moment même avec Zander, le forçait à partir au loin, à l'abandonner une nouvelle fois ?

Certes, ses dames prendraient soin d'elle, et avec

Sir Roderick si proche, elle ne risquait pas d'être attaquée. Peut-être même parviendrait-elle à échapper à la solitude, car la femme et la fille de Sir Roderick lui rendaient visite chaque semaine.

Seulement, ils n'étaient pas Zander. Or, elle voulait qu'il soit présent pour la naissance de leur enfant. Elle pressentait que ce serait un fils. Zander avait affirmé qu'il n'avait pas de préférence, néanmoins, elle savait bien que tous les hommes voulaient un héritier. Hélas, la délivrance n'arriverait pas avant plusieurs mois, et Zander serait peut-être au loin d'ici là.

Elle s'était déjà préparée mentalement à ne pas le supplier. Elle se contentait donc de prier Dieu pour qu'il ne soit pas appelé auprès du roi pour la prochaine croisade. Mais si c'était le cas, elle l'aimait trop pour le forcer à choisir entre elle et ce que l'honneur lui commandait.

Soudain, elle entendit un bruit en provenance de la cour et elle fit volte-face pour découvrir Zander qui entrait dans la grande salle. Il était si imposant, si viril avec sa cicatrice, qu'elle ressentit un frisson de désir. Les yeux de son mari luisaient d'excitation et elle redouta aussitôt le pire : il avait accepté d'accompagner le roi !

Elle s'efforça néanmoins d'afficher un sourire pour le saluer :

— Bienvenue à la maison, je suis heureuse de te retrouver.

— Et moi plus encore, mon amour. N'aie pas l'air aussi inquiète, je n'apporte pas les nouvelles que tu redoutes ! déclara-t-il dans un rire léger.

— Ainsi, le roi ne t'a pas demandé de te joindre à sa croisade ?

— Non. Il m'a bien demandé quelque chose, mais ce n'était pas cela.

— Quoi, alors ? Dis-moi, supplia-t-elle, sur des charbons ardents. Cesse de me torturer, j'étais terrifiée à l'idée que tu doives encore me quitter, Zander !

— Je ne te quitterai jamais plus de quelques jours, promit-il avec un doux sourire. Richard m'a demandé de devenir son shérif. Il voulait quelqu'un en qui il puisse avoir confiance pour préserver la paix en son absence. Il comptait ainsi me donner les châteaux de Lanark et de Rochester.

Elaine ouvrit de grands yeux, le souffle coupé. Zander, shérif du roi ? Cela signifiait qu'ils devraient quitter cette maison, partager leurs temps entre différents domaines. Cela ne l'enchantait guère, bien sûr, mais au moins, ils seraient ensemble.

— Et qu'as-tu répondu ? le pressa-t-elle comme il faisait mine de la faire languir davantage.

— Je lui ai demandé pourquoi il n'avait pas plutôt offert cet honneur à mon oncle. Il m'a alors expliqué qu'il savait Sir Roderick tout à fait capable de maintenir la paix sur ses terres, mais qu'il préférait un homme fort pour contenir les excès de son frère — or, il pense que je suis l'homme de la situation.

— Oh…, souffla Elaine.

Le roi faisait là un grand honneur à son époux, mais ce faisant, il le plaçait dans une position difficile. La mission qu'il lui confiait impliquait que Zander soit souvent à la Cour, et s'il se faisait un ennemi du prince Jean, il risquait d'être assassiné. Cependant, si c'était ce que son époux désirait, elle ne pouvait lui demander de refuser un tel honneur, même si son cœur saignait de voir leur harmonie ainsi mise en péril.

— A-t-il fait de toi un comte, alors ?

— Il a en effet offert ce titre… et je l'ai refusé. J'ai prié le roi de donner l'honneur d'un tel titre à mon oncle. J'ai évidemment juré que si Sir Roderick avait besoin de moi pour défendre la paix du royaume, mon épée lui était acquise. Cependant, je n'ai aucune envie de passer mon temps à la Cour. C'est avec toi que je veux le passer, Elaine. Je veux voir nos enfants grandir et profiter de la joie paisible du foyer que nous construisons ensemble.

Elaine se laissa aller contre lui, les jambes vacillantes sous le coup de l'émotion. Elle ne put retenir un immense soupir de joie et de soulagement.

— Comment Richard l'a-t-il pris ? s'inquiéta-t-elle.

— Il était un peu déçu, c'est certain. Mais pas en colère. Je l'ai servi longtemps et loyalement. Il ne pouvait me refuser le droit de m'éloigner des ambitions et des honneurs de la Cour.

— Merci, murmura Elaine en s'appuyant contre son torse tandis qu'il passait les bras autour de sa taille. Merci d'être revenu vers moi, mon amour. Je ne demande rien d'autre que de vivre en paix auprès de notre famille.

— Alors je te promets, ma douce, que tant que l'Angleterre sera en paix, je resterai à tes côtés. Seule une menace sur notre bonheur pourra me contraindre à reprendre l'épée. Je te le jure devant Dieu.

Le cœur débordant d'amour, Elaine comprit que son époux tiendrait cette promesse-là. Elle se haussa sur la pointe des pieds pour lui donner un langoureux baiser.

Retrouvez en octobre 2019,
dans votre collection

LES HISTORIQUES

Deux roses pour un cœur, de Anne Herries - N°848

1455, Pays de Galles

Sauvée de justesse par Robert de Melfort, Melissa peine à se remettre du choc. Elle ne pensait jamais revoir ce jeune nobliau que son père a fait violenter pour l'éloigner d'elle et qui semble lui tenir rancune de ce traitement. En exigeant qu'il l'escorte jusqu'au couvent où elle doit être mise sous bonne garde jusqu'à son mariage de raison avec le marquis de Leominster, peut-être pourrait-elle lui témoigner son affection ? Et le convaincre de l'aider à fuir sa triste destinée…

Le sort d'un Irlandais, de Michelle Willingham - N°849

CŒUR DE GUERRIER - TOME 3

1175, Irlande

Joan se sait maudite. Par trois fois elle a voulu prendre un époux et par trois fois ceux-ci ont trépassé avant l'échange des vœux sacrés. Aussi refuse-t-elle d'obéir à ses deux frères, Warrick et Rhys de Laurent, lorsqu'ils l'encouragent à accepter l'offre de Ronan O'Callaghan. Elle ne peut risquer la vie de cet homme, qu'elle connaît à peine, mais qui la trouble plus que de raison. Même si celui-ci la supplie de consentir pour le bien du clan O'Callaghan.

L'inconnu du bal, de Nicola Cornick - N°850

LES HÉRITIÈRES MACMORLAN - TOME 2

Écosse, 1815

Jack Rutheford ? En découvrant les traits de l'homme masqué avec qui elle vient de partager la nuit la plus passionnée de sa vie, Lady Mairi se sent défaillir. Comment elle, la veuve respectable, a-t-elle pu laisser libre cours à son désir pour ce libertin notoire, cet insupportable insolent ? Bien sûr le bal de la veille était des plus enchanteurs… mais elle doit trouver une échappatoire avant le réveil de son cousin par alliance, en priant pour que lui ignore toujours l'identité de sa mystérieuse amante…

LES HISTORIQUES

La missive oubliée, de Michelle Styles - N°851

Newcastle, Angleterre, 1846

Pour Miss Emma Harrison, orpheline de mère, seule la guérison de son père bien-aimé importe. Aussi cache-t-elle à tous l'état de ce dernier pour protéger le joyau de toute une vie : sa compagnie Harrison et Lowe, spécialisée en construction. Mais lorsque Jack Stanton, devenu ingénieur, refait surface pour lui prêter main-forte sur le chantier d'un pont, Emma sent ses défenses faiblir. Cet homme, le plus qualifié pour la seconder, est aussi le seul qu'elle ait jamais aimé et qui l'a abandonnée sans un mot sept ans plus tôt...

L'honneur d'une Strickland, de Christine Merrill - N°852

AU SERVICE DES STRICKLANDS - TOME 2

Humiliée. Déshonorée. Charity ne trouve pas de mots assez forts pour repousser Miles *Strickland* lorsqu'il lui dévoile son identité. Dire que la veille encore, elle succombait à la plus exquise des étreintes entre ses bras et lui confiait vouloir retrouver une partie de l'héritage familial disparu afin d'échapper à un mariage avec le comte de Comstock. Désormais tout est clair : Miles, l'héritier de sa fortune, est venu des Amériques pour la déposséder...

Le chevalier du dragon, de Catherine Archer - N°853

Angleterre, 1202

Inquiète pour son frère Christian, disparu lors d'une mystérieuse mission, Lady Aislynn reprend espoir lorsque leur père fait un songe prémonitoire: Christian sera sauvé par « une femme blonde, belle de corps et douce de visage ». Un portrait qui lui ressemble trait pour trait... Persuadée de pouvoir aider son frère, elle part à sa recherche en compagnie d'un ami de ce dernier, Jarrod Maxwell. Un homme énigmatique, fils d'un croisé et d'une Orientale, dont tout laisse à penser qu'il en sait plus sur la disparition de Christian qu'il ne le prétend...

La dame de Rionallis, de Michelle Willingham - N°854

Irlande, 1171

En se fiançant avec Hugh Marstowe, Geneviève de Renalt croyait vivre le grand amour. Mais sitôt installé à Rionallis, domaine qui constitue une partie de sa dot, son futur époux tombe le masque et la maltraite. Geneviève se croit perdue ; d'autant que son fiancé décide, sans coup férir, de précipiter leurs noces. C'est alors que le château est attaqué par une horde d'Irlandais avec à leur tête Bevan MacEgan, un guerrier qui prétend être le véritable maître de Rionallis. Prête à tout pour échapper à son sort, Geneviève accepte, à ses risques et périls, de pactiser avec l'ennemi. Car Bevan a beau la mépriser et vouloir la déposséder de son bien, elle sait qu'il est le seul à pouvoir la sauver...

HARLEQUIN

Composé et édité par HarperCollins France.

Achevé d'imprimer en juillet 2019.

CPI
BLACK PRINT

Barcelone

Dépôt légal : août 2019.

FSC
www.fsc.org
MIXTE
Papier issu de sources responsables
FSC® C108412

Pour limiter l'empreinte environnementale de ses livres, HarperCollins France s'engage à n'utiliser que du papier fabriqué à partir de bois provenant de forêts gérées durablement et de manière responsable.

Imprimé en Espagne.